JOGO DE CORPO

ELLE KENNEDY

JOGO DE CORPO

Tradução
Flora Pinheiro

HARLEQUIN
Rio de Janeiro, 2024

Copyright © 2009 by Elle Kennedy. Todos os direitos reservados.
Copyright da tradução © 2024 by Flora Pinheiro por Editora HR LTDA.
Todos os direitos reservados.

Título original: Body Check

Todos os direitos desta publicação são reservados à Casa dos Livros Editora
LTDA. Nenhuma parte desta obra pode ser apropriada e estocada em sistema de banco de dados ou processo similar, em qualquer forma ou meio, seja eletrônico, de fotocópia, gravação etc., sem a permissão dos detentores do copyright.

PRODUÇÃO EDITORIAL	Cristhiane Ruiz
COPIDESQUE	Mariana Dias
REVISÃO	Thais Entriel e Helena Mayrink
DESIGN DE CAPA	Vi-An Nguyen
ADAPTAÇÃO DE CAPA	Osmane Garcia
DIAGRAMAÇÃO	Abreu's System

Dados Internacionais de Catalogação na Publicação (CIP)
(Sindicato Nacional dos Editores de Livros, RJ)

Kennedy, Elle
  Jogo de corpo / Elle Kennedy ; tradução Flora Pinheiro. –
1. ed. – Rio de Janeiro : Harlequin, 2024.

  Título original: Body check.
  ISBN 978-65-5970-434-7

  1. Romance canadense. I. Pinheiro, Flora. II. Título.

24-93456
  CDD-819.13
  CDU: 82-31(71)

Índice para catálogo sistemático:
1. Romance canadense   819.13
Bibliotecária responsável: Meri Gleice Rodrigues de Souza – CRB-7/6439

Harlequin é uma marca licenciada à Editora HR Ltda. Todos os direitos reservados à Editora HR LTDA.

Rua da Quitanda, 86, sala 601A - Centro,
Rio de Janeiro/RJ - CEP 20091-005
Tel.: (21) 3175-1030
www.harpercollins.com.br

Nota da autora

Escrevi este livro pouco depois de completar 20 anos, e pode acreditar quando digo que nunca experimentei nada como a alegria que senti no dia em que uma editora da Harlequin Blaze me ligou e disse que queria publicá-lo.

E devo dizer: ler a história de novo, quase duas décadas depois, foi uma experiência surreal. Como autora, aperfeiçoo a minha escrita todos os dias. Posso olhar para um livro que escrevi no ano passado (que dirá, então, na década anterior) e pensar: *nossa, melhorei muito. Jogo de corpo* é especial, no entanto, por ter sido o meu primeiro romance contemporâneo — e meu primeiro romance sobre hóquei.

Se você já leu outros livros que escrevi, então sabe que uma das minhas séries mais vendidas se passa no mundo do hóquei universitário. Eu adoro romances de esportes, e fico muito feliz que o meu primeiro livro publicado tenha sido uma história de hóquei.

Ser convidada a revisitar um manuscrito lançado há tantos anos foi ao mesmo tempo uma surpresa agradável e intimidadora. Um desafio que me vi animada a encarar. Hayden e Brody sempre terão um lugar especial no meu coração, e sou muito grata pela oportunidade de fazer essa viagem ao passado. Espero que goste desta versão atualizada e estendida de *Jogo de corpo*.

Boa leitura!

Elle

1

— Eu realmente preciso fazer sexo — comentou Hayden Houston, soltando um suspiro.

Ela estendeu a mão para pegar a taça na mesa de mogno lisa e tomou um gole de vinho tinto. A bebida levemente amarga saciou sua sede, mas não ajudou a acalmar a frustração.

As imagens que a encaravam das paredes do Ice House Bar também não ajudaram. Fotos de jogadores de hóquei no meio de uma tacada rápida, cartões colecionáveis de jogadores novatos emoldurados, fotos do time dos Chicago Warriors — parecia que o esporte a assombrava aonde quer que fosse. Claro, era filha do dono de um time, mas, de vez em quando, seria bom concentrar a atenção em algo que não fosse hóquei.

Como sexo.

Do outro lado da mesa, Darcy White sorriu.

— A gente não se vê há dois anos, e isso é tudo que tem a dizer? Fala sério, professora, nada de anedotas sobre a vida em Berkeley? Nenhuma palestra perspicaz sobre arte impressionista...?

— Costumo deixar as palestras perspicazes para os meus alunos. E, quanto às anedotas, nenhuma delas envolve sexo, então não vamos perder tempo com isso.

Hayden passou a mão pelo cabelo e descobriu que todo o volume que tentara colocar nele antes de ir para o Ice House Bar havia murchado. Mousse para dar volume? Até parece. Pelo visto, nada conseguia fazer seu cabelo castanho escorrido ficar diferente de um cabelo escorrido.

— Tudo bem, vou morder a isca — brincou Darcy. — Por que está pensando tanto em sexo?

— Porque não estou fazendo.

Darcy tomou um gole de vinho.

— Você não estava saindo com alguém na Califórnia? Dan? Drake?

— Doug — corrigiu Hayden.

— Há quanto tempo estão juntos?

— Dois meses.

— E ainda não transaram?

— Não.

— Tá brincando! E isso ainda não passou pela cabeça dele? — Darcy fez uma pausa, pensativa. — Ou é a cabeça *de baixo* que não está interessada?

— Ah, está. Doug só quer, nas palavras dele, "que a gente se conheça bem antes de cruzar a ponte da intimidade".

Darcy deu uma risadinha.

— "Ponte da intimidade"? Amiga, ele parece um otário. Acho que devia dar um pé na bunda dele. E logo. Antes que volte a falar dessa ponte da intimidade.

— Estamos dando um tempo — admitiu Hayden.

— Depois de *dois* meses?

— Sim. Antes de viajar, eu disse que precisava de um tempo.

— Tempo? Não, o que você precisa é de um novo namorado.

Meu Deus, essa era a última coisa que ela queria. Jogar o anzol no mar e pescar outros peixes? Não, obrigada. Depois de três relacionamentos fracassados em cinco anos, Hayden tinha decidido parar de se interessar por cafajestes, focar nos caras legais. E Doug Lloyd com certeza pertencia à segunda categoria. Ele dava aulas sobre Renascimento em Berkeley, era inteligente e espirituoso, e valorizava o amor e o compromisso tanto quanto ela. Filha de pai solteiro, tudo o que Hayden sempre quis foi um parceiro com quem pudesse construir um lar e, então, envelhecer juntos.

Depois que a mãe morrera em um acidente de carro quando Hayden era bebê, o pai tinha desistido de encontrar o amor outra vez, escolhendo passar mais de vinte anos concentrado em sua carreira como treinador de hóquei. Ele finalmente se casara de novo havia três anos, mas a filha suspeitava de que tinha sido uma decisão motivada pela solidão, em vez de amor. Por qual outro motivo ele teria pedido uma mulher em casamento depois de quatro meses de namoro? Uma mulher vinte e nove anos mais nova que ele. Uma mulher de quem ele estava se divorciando, aliás.

Hayden não tinha intenção de seguir o exemplo do pai. Não passaria décadas sozinha, para depois se jogar de cabeça em um casamento com alguém totalmente errado para ela.

Doug partilhava dessa mesma mentalidade. Ele era bem tradicional e acreditava que o casamento devia ser valorizado, não precipitado. Além disso, tinha um corpão de dar água na boca. Até permitira que ela tocasse nele... uma vez. Estavam se beijando no sofá da sala da casa dele em São Francisco quando Hayden deslizou as mãos por baixo da camisa de botões. Passando os dedos pelo peitoral musculoso, ela murmurou:

— Vamos continuar no quarto.

Foi quando ele soltou a notícia bombástica de que não estava pronto para uma maior *intimidade*. Ele havia garantido que se sentia atraído por ela, mas que, assim como o casamento, não acreditava que o sexo deveria ser precipitado. Queria que a primeira vez fosse especial.

E nenhuma das carícias dela em seu peitoral tinham sido capazes de convencê-lo a abandonar as intenções cavalheirescas.

E esse era o problema. Doug era *bonzinho demais*. No começo, Hayden achara a opinião dele sobre sexo muito encantadora. Mas os dois meses com ele, somados aos oito meses de celibato antes de conhecê-lo, resultaram em uma extrema frustração sexual.

Ela adorava o fato de Doug ser um cavalheiro, mas... porra. Às vezes, uma garota só precisava de um *homem*, e o cavalheirismo que fosse para o inferno.

— É sério, esse tal de Damian parece um palerma — disse Darcy, interrompendo a linha de pensamentos de Hayden.

— Doug.

— Que seja. — A amiga fez um gesto displicente e jogou o longo cabelo ruivo por cima do ombro. — Dane-se a intimidade. Se Dustin não quer dormir com você, encontre alguém que queira.

— Acredite, estou tentada.

Mais do que tentada, na verdade. Os próximos meses seriam um verdadeiro inferno. Ela voltara para casa depois do fim do semestre para dar apoio ao pai durante o divórcio complicado, para ser uma boa filha, mas isso não significava que tinha que gostar da situação.

— Você virou ninfomaníaca desde que saiu da cidade? — perguntou Darcy.

— Não, só estou estressada e preciso relaxar. Por acaso pode me culpar por isso?

— Não mesmo. A madrasta má está jogando maçãs envenenadas para todo o lado, não é?

— Você viu o jornal hoje de manhã também?

— Ah, vi. Péssimo.

Hayden passou os dedos pelo cabelo.

— Péssimo? É um desastre.

— Alguma coisa do que ela disse é verdade? — perguntou Darcy, num tom cuidadoso.

— É claro que não! Meu pai nunca faria nada de que ela o está acusando. — Hayden tentou controlar a frustração na voz. — Não vamos falar sobre isso. Hoje à noite só quero me esquecer do meu pai, da Sheila e de toda essa confusão.

— Tudo bem. Quer falar sobre sexo de novo?

Hayden sorriu.

— Não. Prefiro fazer, em vez de falar.

— Então vá fazer. Tem um montão de homem neste lugar. Escolha um e vá para casa com ele.

— Você quer dizer... um lance casual, uma noite e nada mais? — perguntou, com cautela.

— Isso.

— Não sei. Parece meio vulgar... pular na cama com alguém, depois nunca mais ver a pessoa.

— Como assim, vulgar? Eu faço isso direto.

— É claro que faz. Você morre de medo de compromisso.

Darcy trocava de homem como quem trocava de meia, e alguns dos detalhes que dividia com Hayden deixavam a amiga de queixo caído. Ela, com certeza, não se lembrava de já ter tido sete orgasmos em uma noite ou de ter se envolvido em um ménage com dois bombeiros que conhecera — quem diria! — em uma fogueira ilegal no Lincoln Park, em Chicago.

Darcy ergueu a sobrancelha, olhos azuis cintilando em desafio.

— Certo, só me diga uma coisa... O que parece mais divertido: ter alguns orgasmos intensos com um homem que você talvez nunca mais veja ou atravessar a ponte da intimidade com Don?

— Doug.

Darcy deu de ombros.

— Acho que nós duas sabemos que o meu mau caminho é melhor do que o caminho da virtude. Ou devo dizer "ponte"? — Ela balançou a mão, como se agitasse uma bandeira branca. — Desculpe, prometo me abster de comentários sobre pontes pelo resto da noite.

Hayden não respondeu. Em vez disso, pensou na sugestão de Darcy. Ela nunca tivera uma aventura sem compromisso na vida. Para ela, sexo acompanhava outras coisas. Coisas de relacionamento, como sair para jantar, passar uma noite abraçadinhos, dizer *eu te amo* pela primeira vez.

Mas por que sexo sempre tinha que vir junto com amor? Não poderia ser apenas prazer? Nada de jantares, nada de dizer eu te amo ou de criar expectativas?

— Não sei, não — disse ela, devagar. — Ir para a cama com um desconhecido quando, na semana passada, eu ainda estava com Doug? Parece errado.

— Você pediu tempo por um motivo — argumentou Darcy. — Pode muito bem aproveitar...

— Indo para a cama com outra pessoa. — Hayden tomou um gole do vinho, pensativa e hesitante ao mesmo tempo.

— Por que não? Olha, você passou anos procurando um homem com quem construir uma vida, talvez devesse procurar um que dê partida na libido. Na minha opinião, está na hora de você se divertir, querida. Acho que precisa de um pouco de diversão.

Hayden suspirou.

— É, também acho.

O sorriso de Darcy se alargou.

— Está considerando mesmo a ideia?

— Se encontrar um de quem eu goste, talvez.

As próprias palavras a surpreenderam, mas fizeram sentido. O que tinha de tão errado em dormir com alguém que havia acabado de conhecer em um bar? As pessoas faziam essas loucuras o tempo todo. Talvez, agora, ela estivesse precisando ser um pouco louca.

Darcy se recostou na cadeira, pensativa.

— Qual vai ser seu pseudônimo?

— Meu pseudônimo? — questionou Hayden.

— É. Se for fazer isso direito, precisa de anonimato total. Ser outra pessoa por uma noite. Tipo Yolanda.

— De jeito nenhum — protestou, rindo. — Prefiro ser eu mesma.

Darcy fez uma expressão desanimada.

— Tudo bem.

— Estamos nos precipitando. Eu não deveria escolher alguém primeiro?

O entusiasmo de Darcy voltou.

— Verdade. Certo. Vamos girar a roleta dos homens e ver em qual vai parar.

Sufocando uma risada, Hayden seguiu o exemplo da amiga, os olhos varrendo o bar lotado. Avistou homens por todos os lados. Altos, baixos, bonitos, carecas. Nenhum despertou seu interesse.

Mas, então, ela o viu.

Parado no balcão de costas para elas, o sortudo ganhador da roleta dos homens. Tudo que ela conseguia ver era uma cabeleira castanho-escura, um torso largo vestindo um suéter azul-marinho, e pernas longas envoltas em jeans.

Ah, e a bunda. Era difícil não ver aquela bunda firme.

— Excelente escolha — provocou Darcy, seguindo o olhar.

— Não consigo ver o rosto dele — reclamou Hayden, tentando não torcer o pescoço.

— Paciência, pequeno gafanhoto.

Ela observou o homem deixar algumas notas no balcão de mogno polido do bar e pegar um copo de cerveja com o atendente. Quando ele se virou, Hayden soltou um suspiro impressionado. O sujeito tinha o rosto de um deus grego. Esculpido, másculo, olhos azuis intensos que faziam seu coração acelerar, e lábios sensuais que faziam a boca dela formigar. E ele era enorme. De costas, não parecera tão grande, mas, ao ver de frente, Hayden percebeu que ele tinha bem mais que um metro e oitenta, com peitorais perfeitos para uma mulher apoiar a cabeça. Dava para notar os músculos mesmo por baixo do suéter.

— Uau — murmurou ela, mais para si mesma do que para Darcy.

Um arrepio de antecipação percorreu seu corpo ao imaginar passar a noite com ele.

Com a cerveja na mão, o homem saiu em direção a uma das mesas de sinuca do canto do bar e foi, então, para o suporte de tacos. Apoiando o copo na pequena prateleira ao longo da parede, ele pegou um dos tacos e começou a arrumar as bolas na mesa de feltro verde. Um segundo depois, um universitário alto e magro se aproximou, e eles trocaram algumas palavras. O rapaz pegou um taco e se juntou ao sr. Delícia à mesa.

Hayden se voltou para Darcy e viu a amiga revirar os olhos.

— Que foi? — perguntou, se sentindo um pouco na defensiva.

— O que está esperando? — questionou Darcy.

Ela olhou de novo para o deus do sexo de cabelo escuro.

— É para eu ir até lá?

— Se está mesmo decidida a transar hoje, então sim, vá até lá.

— E o que vou fazer?

— Jogar sinuca. Conversar. Flertar. Você sabe, olhar debaixo do capô antes de comprar o carro.

— Ele não é um carro, Darcy.

— Verdade, mas, se fosse, seria algo perigoso e sexy, como um Hummer.

Hayden explodiu em uma gargalhada. Se havia algo que pudesse ser dito sobre Darcy, era que não existia outra como ela.

— Vamos lá, ande logo.

Hayden engoliu em seco.

— Agora?

— Não, semana que vem.

A boca ficou ainda mais seca, levando-a a beber o restante do vinho.

— Você está mesmo nervosa com essa ideia, né? — perguntou Darcy, arregalando os olhos azuis. — Quando foi que ficou tão tímida? Você dá palestras para turmas de centenas de pessoas. Ele é só um homem, amiga.

Hayden voltou os olhos na direção do sujeito. Ela notou como os músculos das costas se contraíam quando ele apoiava os cotovelos na mesa de sinuca, como a bunda firme ficava uma delícia naquela calça jeans desbotada.

Ele é só um homem, disse para si mesma, deixando o nervosismo de lado.

Certo.

Só um homem alto, sexy, transbordando masculinidade.

Seria moleza.

2

Brody Croft circulou a mesa de sinuca, olhos aguçados como os de um falcão enquanto examinava as opções. Com um rápido aceno de cabeça, apontou e disse:

— Treze na lateral.

Seu jovem companheiro, com uma camisa havaiana vermelha que fazia os olhos de Brody doerem, ergueu as sobrancelhas.

— É sério? Jogada difícil, cara.

— Eu consigo.

E conseguiu. A bola deslizou para dentro da caçapa, fazendo o universitário urrar.

— Boa, cara. Boa.

— Obrigado. — Ele se moveu para alinhar a próxima jogada quando percebeu o oponente o encarando. — Algum problema?

— Não, hã, problema nenhum. Você é… Brody Croft? — soltou o rapaz, parecendo envergonhado.

Brody conteve uma risada. Tinha se perguntado quanto tempo o rapaz levaria para se certificar. Não que fosse tão convencido a ponto de pensar que todos no planeta o conhecessem, mas o bar pertencia a Luke Stevens e Jeff Wolinski, que também jogavam pelos Warriors, então a maioria dos frequentadores com certeza era fã de hóquei.

— Ao seu dispor — respondeu ele, com naturalidade, estendendo a mão.

O rapaz a apertou com força, como se estivesse afundando em um poço de areia movediça e a mão de Brody fosse a única esperança de escapar com vida.

— Que legal! Eu sou Mike.

O olhar de pura adoração no rosto de Mike provocou um embrulho desconfortável no estômago de Brody. Ele sempre gostava de encontrar fãs, mas, às vezes, a adoração ia um pouco longe demais.

— Que tal se a gente continuar o jogo? — sugeriu ele, gesticulando para a mesa de sinuca.

— Sim. Quer dizer, claro! Vamos jogar! — Os olhos de Mike quase saltaram de seu rosto magrelo. — Mal posso esperar para contar para o pessoal que joguei uma partida de sinuca com Brody Croft.

Como não conseguiu pensar em uma resposta que não incluísse algo idiota, como "obrigado", Brody passou giz no taco. A próxima jogada seria mais difícil que a primeira, mas nada de que ele não pudesse dar conta. Trabalhara em um bar igual àquele quando jogava para o time de base e mal ganhava o suficiente para comprar comida. Costumava ficar pelo bar depois do trabalho, jogando sinuca com os outros garçons, e acabou tomando gosto pelo jogo. Com a agenda de compromissos que tinha hoje em dia, raramente sobrava tempo para jogar.

Mas, com os rumores sobre uma possível investigação da liga, por conta das alegações feitas pela futura ex-esposa do dono do time em uma entrevista recente, Brody poderia acabar com mais tempo livre do que gostaria. Ao que parecia, a sra. Houston tinha provas de que o marido havia subornado pelo menos dois jogadores para perderem. E de que havia feito apostas grandes — e ilegais — nesses jogos combinados.

Embora provavelmente não houvesse verdade alguma nas alegações, Brody estava preocupado com os rumores.

Cerca de cinco anos antes, um escândalo semelhante arrasara os Colorado Kodiaks. Apenas três jogadores estavam envolvidos, mas diversos inocentes acabaram prejudicados, e a reputação deles ficou manchada quando a franquia caiu em desgraça.

Nem em um milhão de anos Brody aceitaria um suborno, e ele não tinha a menor intenção de ser associado a qualquer um dos jogadores que talvez o tivessem aceitado. O agente dele ficara responsável pelo processo de renegociação de seu contrato, já que o atual estava previsto para acabar no fim da temporada. Brody estaria livre então, ou seja, precisava se manter afastado dessa situação se quisesse ser contratado por um novo time ou continuar nos Warriors.

Tentou se lembrar de que as manchetes daquela manhã não passavam de boatos. Se as alegações de Sheila Houston dessem em alguma coisa, aí, sim, ele começaria a se preocupar. Por enquanto, precisava se concentrar em jogar bem, para que os Warriors vencessem a primeira rodada dos play-offs e se classificassem para a fase seguinte.

Descansando o taco entre o polegar e o indicador, Brody se posicionou, deu uma última olhada e puxou-o para trás.

Pelo canto do olho, a figura curvilínea de uma mulher chamou sua atenção, distraindo-o justo no instante em que empurrava o taco para a frente. A breve distração fez os dedos escorregarem. A bola branca deslizou pelo feltro, evitando todas as outras na mesa e caindo na caçapa distante. Falta.

Droga.

De cara feia, ele levantou a cabeça no exato momento em que a fonte de sua distração se aproximava.

— Você poderia tentar de novo — disse Mike de uma vez, apressando-se em recuperar a bola branca e colocá-la de volta na mesa. — Isso se chama *mulligan* ou algo do tipo.

— Isso é uma jogada do golfe — resmungou Brody, o olhar fixo na morena que chegava.

Alguns anos antes, um entrevistador da *Sports Illustrated* pedira a ele que descrevesse o tipo de mulher que o atraía. "Loiras altas" fora a resposta rápida, o que era praticamente o exato oposto da mulher que havia parado a dois passos dele. Mesmo assim, a boca ficou seca ao vê-la, o corpo rapidamente reagindo a cada pequeno detalhe. O cabelo sedoso de um tom castanho-chocolate caindo sobre os ombros, os olhos verdes vibrantes do mesmo tom de uma floresta tropical exuberante, o corpo pequeno com mais curvas do que o cérebro de Brody podia registrar.

Ele perdeu o fôlego quando o olhar dos dois se encontrou. O esboço de um sorriso incerto no canto dos lábios cheios da mulher enviou uma descarga elétrica na direção da virilha dele.

Merda. Ele não conseguia se lembrar da última vez que o simples sorriso de uma mulher tinha provocado nele uma reação tão intensa.

— Pensei em jogar com o vencedor.

Na mesma hora, a voz suave e rouca dela enviou outra descarga elétrica até o pênis de Brody.

Chocado ao perceber que estava a dois segundos de uma ereção completa, tentou lembrar ao próprio corpo que não era mais adolescente, mas, sim, um homem de 29 anos que sabia se controlar. Porra, conseguia controlar o disco enquanto se defendia de cotoveladas e *cross-checks* dos atacantes do time adversário, controlar os hormônios deveria ser fácil.

— Pode ficar no meu lugar — ofereceu Mike, empurrando o taco para as mãos dela. Seu olhar desceu até o decote profundo da blusa amarela da morena, então, o rapaz se virou para Brody e piscou. — Divirta-se, cara.

Brody engoliu em seco, depois concentrou os olhos na mulher que o deixou excitado apenas com um sorriso.

Ela não parecia o tipo que frequentava um bar de esportes, mesmo um tão refinado quanto aquele. Claro, tinha um corpo espetacular, mas algo nela gritava inocência. Talvez as sardas no nariz. Ou a maneira como ficava mordendo o canto do lábio inferior.

Antes que pudesse impedir, a imagem dos lábios carnudos e vermelhos envolvendo uma parte específica da anatomia dele disparou pelo seu cérebro como uma tacada bem dada em direção ao gol. O pau pressionou o zíper da calça jeans.

Lá se foi a intenção de controlar os hormônios.

— Acho que é minha vez... — disse ela, inclinando a cabeça e abrindo outro sorriso cativante. — ... já que você desperdiçou sua jogada.

Ele limpou a garganta.

— Hã, sim.

Segura a onda, cara.

Certo, ele precisava reorganizar as ideias. Era um jogador de hóquei, sim, mas conquistar mulheres não era mais um esporte para ele. Os dias de pegador tinham ficado para trás. Não só isso, como estava farto de mulheres em volta só por causa de sua carreira. Àquela altura, bastava entrar em algum lugar — clube, bar, até mesmo a biblioteca — para uma mulher surgir ao seu lado, pronta para ir para a cama. E Brody nem conseguia contar quantas vezes já tinha escutado: "Você é tão forte fora do gelo quanto nele, querido?"

Não, muito obrigado. Ele tinha passado pela fase do sexo casual, se divertido, marcado tantos gols fora do gelo quanto nele, mas estava na hora de seguir por uma nova trilha. Uma em que a mulher em sua cama se importasse de fato com quem *ele era*, não com o astro do hóquei sobre quem mal podia esperar para contar às amigas.

A névoa sexual em seu cérebro se dissipou, deixando-o alerta, controlado e muitíssimo consciente do rubor nas bochechas da morena e do indício de atração em seus olhos. Se a mulher estava querendo brincar com o sr. Hóquei, ficaria surpresa.

— Sou Hayden — disse a nova oponente, a incerteza flutuando em seus olhos verde-escuros.

— Brody Croft — respondeu ele, com frieza, esperando ver o lampejo de reconhecimento no rosto dela.

Não viu. Nenhuma faísca de familiaridade, os olhos nem sequer se arregalaram. A expressão não mudou nem um pouco.

— É um prazer conhecê-lo… Brody.

Sua voz se demorou no nome dele, como se testando a palavra na boca. Ela deve ter decidido que gostou de como soava, porque deu um pequeno aceno de cabeça e voltou a atenção para a mesa. Depois de examiná-la rapidamente, apontou para a bola que ele não conseguira encaçapar e cantou a jogada.

Era para Brody acreditar que ela não sabia mesmo quem ele era? Que havia entrado em um bar de esportes e escolhido aleatoriamente flertar com o único jogador profissional de hóquei presente?

— Então... você assistiu ao jogo ontem à noite? — perguntou ele, inclinando a cabeça com naturalidade.

Ela o observou com uma expressão confusa.

— Que jogo?

— Um dos play-offs. Warriors e Vipers. O jogo foi muito bom, na minha opinião.

A mulher franziu a testa.

— Ah. Eu não sou muito fã, para ser sincera.

— Você não gosta dos Warriors?

— Não gosto de hóquei. — Ela fez uma careta autodepreciativa. — Na verdade, não gosto de esporte nenhum. Talvez ginástica nas Olimpíadas?

Ele sorriu.

— Você está perguntando ou afirmando?

— Afirmando. — Ela sorriu de volta. — E acho que diz muito o fato de eu assistir a um evento esportivo que só acontece uma vez a cada quatro anos, não é mesmo?

Ele se pegou gostando do tom ácido na voz grave quando ela admitiu a falta de interesse em esportes. Sinceridade era raro. A maioria... Certo, *todas* as mulheres que conhecia afirmavam amar o esporte que ele praticava, e, se não amavam de verdade, assim fingiam, como se o fato de terem tal interesse em comum fizesse deles almas gêmeas.

— Mas eu amo sinuca — acrescentou Hayden, levantando o taco. — Conta como esporte, certo?

— Para mim, conta.

Ela assentiu, depois focou nas bolas espalhadas pela mesa e se inclinou para a frente para fazer a jogada.

Brody teve a chance de dar uma boa olhada no decote, a pele aveludada transbordando dali. Quando desceu o olhar, admirou os seios fartos, abraçados com firmeza por um sutiã do qual dava apenas para ver o contorno.

Ela fez a jogada, e ele ergueu as sobrancelhas quando a bola desapareceu na caçapa. A mulher era boa.

Certo, mais que boa, ele teve que admitir, conforme ela circulava a mesa e encaçapava uma bola atrás da outra.

— Onde é que você aprendeu a jogar assim? — questionou ele, finalmente conseguindo falar.

Hayden fez contato visual por um instante, antes de encaçapar a última bola de cor sólida da mesa.

— Com meu pai. — Ela sorriu de novo, os lábios carnudos suplicando para que a boca dele lhes fizesse coisas perversas. — Ele comprou e instalou uma mesa pra mim quando eu tinha 9 anos, bem ao lado da dele. A gente costumava jogar lado a lado no porão todas as noites, antes de eu ir dormir.

— Ele ainda joga?

Os olhos dela se anuviaram.

— Não. Hoje em dia, ele anda ocupado demais com o trabalho para relaxar em uma mesa de sinuca. — Ela endireitou as costas. — Bola oito, caçapa do canto.

Àquela altura, Brody nem se importava mais com o jogo que Hayden estava prestes a vencer. O cheiro doce de seu perfume, um aroma frutado sutil, pairava no ar, tornando difícil para ele sequer raciocinar, tamanho o desejo. Ele não conseguia se lembrar da última vez que tinha se sentido tão atraído por uma mulher.

Depois de encaçapar a bola oito, Hayden se aproximou, cada passo fazendo a excitação dele aumentar. Ela passou os dedos pelo cabelo escuro, e uma nova fragrância tomou conta das narinas de Brody. Morango. Coco.

De repente, ele estava com muita, muita fome.

— Bom jogo — disse ela, abrindo outro sorriso, desta vez malicioso.

Ele franziu os lábios ironicamente.

— Eu nem cheguei a jogar.

— Sinto muito. — Ela fez uma pausa. — Você gosta de jogar?

Ela estava se referindo a sinuca? Ou a um jogo diferente? Talvez do tipo que se jogava na cama. Sem roupa.

— Sinuca, quero dizer — acrescentou ela, às pressas.

— É claro, gosto de sinuca. E de outras coisas.

Um rubor rosado e adorável se espalhou, outra vez, pelas bochechas dela.

— Eu também. Quer dizer, também gosto de outras coisas.

Aquilo despertou a curiosidade de Brody, e ele encarou o enigma diante de seus olhos. Ele teve a nítida impressão de que ela estava flertando com ele. Ou tentando, pelo menos. No entanto, o rubor inconfundível e o leve tremor das mãos traíam a postura confiante que ela tentava exibir.

Será que fazia aquilo com frequência? Flertava com estranhos em bares? Olhando-a de novo, finalmente enxergando além da névoa da atração inicial, não parecia ser o caso. Hayden não estava vestida para seduzir. Claro, a blusa era decotada, mas cobria a barriga, e a calça jeans não era justa como as da maioria das mulheres ali. E, por mais atraente que fosse, ela não parecia ciente do próprio apelo.

— Isso é bom. Outras coisas podem ser bem divertidas — respondeu ele, num tom leve.

Seus olhares se conectaram mais uma vez. Brody podia jurar ter sentido a tensão sexual no ar. Ou talvez tivesse apenas imaginado. Não podia negar a sensação que zumbia na virilha, como a pulsação grave do baixo de uma melodia de jazz sensual, mas, talvez, fosse o único se sentindo assim. Hayden era difícil de ler.

— Então... Brody. — O nome saiu dos lábios dela de uma maneira que fez o homem enrijecer.

Isso não dizia muita coisa, considerando que cada parte dele já estava dura, formigando de expectativa.

Ele a queria na cama.

Droga.

Cinco minutos antes, estava dizendo a si mesmo que iria parar de dormir com garotas que não ligavam para ele, que era hora de procurar algo mais significativo. Então por que estava na expectativa de um encontro com uma mulher que acabara de conhecer?

Porque ela é diferente.

A observação veio do nada, trazendo consigo um redemoinho desconcertante de emoções. Sim, de alguma maneira, ela provocava uma luxúria primordial e voraz nele.

Sim, tinha um corpo feito para enlouquecer qualquer homem. Mas algo em Hayden o intrigava mais a fundo. Aquelas malditas sardas encantadoras, os sorrisos tímidos, o olhar que claramente dizia: "Eu quero ir para a cama com você, mas estou um pouco apreensiva quanto a isso." Era uma combinação de sensualidade e timidez, excitação e cautela, que o atraía.

Ele abriu a boca para dizer algo, qualquer coisa, mas fechou-a assim que Hayden estendeu a mão para tocar seu braço.

Encarando Brody com aqueles seus olhos de um verde profundo, ela disse:

— Olha, sei que vai soar... direto. E não pense que faço isso com frequência... Na verdade, nunca fiz, mas... — Ela respirou fundo. — Você gostaria de voltar comigo para o meu hotel?

Ah, o hotel dela. Uma turista. Isso explicava por que não o reconhecera. No entanto, ele teve a impressão de que, mesmo que ela soubesse sua profissão, não se importaria.

E gostou disso.

— Então? — Ela continuou a fitá-lo, esperando sua resposta.

Brody não conteve o tom de provocação na própria voz.

— E o que vamos fazer no seu quarto de hotel?

— Podemos tomar uma bebida — respondeu ela com um indício de sorriso nos lábios.

— Uma bebida — repetiu ele.

— Ou podemos conversar. Assistir à televisão. Pedir serviço de quarto.

— Talvez saquear o frigobar?

— Com certeza.

Eles se encararam, sem interromper o contato visual, o calor do desejo e a promessa de sexo preenchendo o espaço entre eles.

Finalmente, Brody enfiou o taco de sinuca no suporte e foi até ela. Dane-se. Tinha dito a si mesmo que não teria mais casinhos sórdidos em bares, mas, porra, aquilo não parecia sórdido. Parecia certo.

Mal conseguindo disfarçar a urgência de seu tom, ele envolveu a pele macia e quente do braço de Hayden com os dedos e disse:

— Vamos lá.

3

Meu Deus, ele topou.

Ela tinha convidado um estranho lindo para o quarto de hotel dela para tomarem uma bebida — leia-se: transarem — e ele realmente dissera *sim*.

Hayden resistiu à vontade de abanar o rosto quente com as mãos. Em vez disso, tentou manter a calma.

— A gente se encontra lá fora, pode ser? Preciso avisar a minha amiga que estou de saída.

Os olhos azuis e sedutores de Brody a estudaram por um momento, deixando-a ainda mais quente. Com um aceno rápido de cabeça, ele saiu do bar.

Desviando os olhos do traseiro incrivelmente sexy do homem, Hayden deu meia-volta e correu até Darcy, desviando das pessoas pelo caminho. Quando chegou à mesa, a amiga a cumprimentou com um sorrisinho satisfeito.

— Que menina má — provocou Darcy, balançando o dedo na direção dela.

Sentando-se na cadeira, Hayden engoliu em seco e esperou o coração desacelerar.

— Meu Deus. Não acredito que estou mesmo fazendo isso.

— Imagino que ele tenha aceitado?

Ela ignorou a pergunta.

— Acabei de dar em cima de um completo estranho. Sim, ele é um estranho muito bonito, mas... Caramba! Não sei se consigo ir adiante com isso.

— É claro que consegue.

— Mas eu nem conheço o cara. E se ele me esquartejar e esconder meus pedacinhos no ar-condicionado do hotel ou algo assim?

— Você está com o seu celular?

Ela assentiu.

— Se notar algo estranho, ligue para a polícia. Ou me ligue, e eu chamo a polícia. — Darcy deu de ombros. — Mas eu não me preocuparia com isso. Ele não me parece um *serial killer*.

Hayden soltou um suspiro.

— Foi isso que disseram sobre Ted Bundy.

— Você pode desistir, sabia? Não é obrigada a dormir com ele. Mas você quer, não quer?

Será que queria? Ah, sim. Ao pensar no rosto esculpido e no corpo sarado de Brody, parte do nervosismo se dissipou. Ele era, sem dúvida, o homem mais bonito que Hayden já conhecera. E ela tinha a sensação de que ele sabia o que fazer na cama. O apelo sexual bruto que emanava dele lhe dizia que a noite poderia ser muito estimulante.

— Eu quero. — Hayden foi tomada por uma confiança renovada. — E acho que eu não deveria deixá-lo esperando.

Darcy deu uma piscadinha.

— Divirta-se.

— Você vai ficar bem aqui sozinha?

— É claro. — Darcy apontou para a taça de vinho. — Só vou terminar minha bebida e encontrar alguém com quem passar esta noite.

Hayden riu.

— Boa sorte.

— Não vou precisar.

Com um aceno rápido de despedida, Hayden se enfiou entre a multidão, indo em direção à porta. Quando saiu para o ar fresco da noite, avistou Brody parado perto de uma das plantas no saguão de entrada, as mãos nos bolsos da calça jeans.

Ela sentiu um friozinho na barriga enquanto observava aquele perfil. Ele era mesmo espetacular. O olhar desceu para os lábios dele. Ela se perguntou como seria senti-los colados aos seus. Será que seriam macios? Duros? As duas coisas?

— Oi — disse ela, a voz trêmula.

Deu um passo à frente no momento em que Brody se virou para encará-la. Aquela expressão, apreciativa e cheia de antecipação, a deixou mais nervosa.

— Seu carro ou o meu? — perguntou ele, uma voz rouca que fez os dedos do pé dela se enroscarem.

— Eu não tenho carro. Minha amiga me deu carona.

A voz dela saiu em um maldito guincho.

— Meu carro está ali — falou ele e acenou com a cabeça, então começou a caminhar em direção ao estacionamento.

Não olhou para trás para ver se Hayden estava seguindo. Simplesmente presumiu que estava.

Era sua chance de desistir. Ela poderia voltar correndo para dentro do bar e fingir que jamais o tinha convidado para voltar com ela para o hotel. Poderia ligar para Doug, ter uma conversa franca, talvez seduzi-lo e convencê-lo a fazer sexo por telefone... Ha-ha. Até parece.

Acelerou para acompanhar os passos decididos de Brody.

— Belo carro — comentou, quando chegaram ao SUV BMW preto e brilhante.

— Obrigado.

Ele tirou as chaves do bolso e apertou um botão. O sistema de segurança do carro apitou quando foi destravado, e ele abriu a porta do carona para ela. Hayden se recostou no assento de couro e esperou Brody entrar.

Depois de afivelar o cinto de segurança e ligar o motor, ele se virou na direção dela, perguntando:

— Para onde?

— Ritz-Carlton.

Ele ergueu a sobrancelha, mas não disse nada, apenas saiu do estacionamento e dobrou à esquerda.

— Então, de onde você é, Hayden?

— Nasci em Chicago, mas moro em São Francisco há três anos.

— O que você faz lá?

— Sou professora em Berkeley. Dou aulas de História da Arte e também faço doutorado.

Antes que ela pudesse perguntar o que ele fazia da vida, Brody disse:

— Parece empolgante.

Ela teve a impressão de que Brody não estava mais falando sobre carreira. E as suspeitas foram confirmadas quando o olhar dele percorreu seu rosto e desceu até o decote. Sob o breve escrutínio dele, seus mamilos se enrijeceram contra o sutiã de renda.

Ela brincou com a manga do suéter de lã verde que trouxera, em vez de um casaco mais pesado, concentrando-se na paisagem ao longo da Avenida South Michigan, com medo de voltar a olhar para ele. Se Brody a deixava tão excitada com um olhar disfarçado, então o que seria capaz de fazer com ela na cama?

Mal podia esperar para descobrir.

O restante da viagem de carro transcorreu em silêncio. Quando chegaram ao hotel, Brody entrou no estacionamento e desligou o motor. Ainda assim, nenhum dos dois falou nada. Ao soltar o cinto de segurança, a pulsação de Hayden começou a acelerar. Pronto. Uma hora antes, ela reclamava para Darcy sobre a falta de sexo em sua vida, mas, então, ali estava ela, entrando no saguão do Ritz com o homem mais sexy que já conhecera.

Seu coração martelava nas costelas enquanto pegavam o elevador até a cobertura. Com um olhar interrogativo, ele observou:

— Você deve ganhar bem em Berkeley.

Ela apenas assentiu, o rosto inexpressivo. Não queria lhe dizer que a luxuosa cobertura, na verdade, pertencia ao pai, que morara ali até três anos antes, quando se casou com Sheila. Ele não se desfizera do lugar, para que Hayden tivesse onde ficar quando o visitasse. Mas não podia revelar isso a Brody, ainda mais porque levaria a perguntas como: "O que seu pai faz?" E isso levaria a perguntas sobre o time de hóquei, o que era um assunto que ela tentava evitar.

Com exceção de Doug, a maioria dos homens com quem saía ao longo dos anos enlouquecia ao descobrir que o pai era dono dos Warriors. Hayden conheceu um que não parou de perturbá-la, querendo ingressos para assistir aos jogos, o que a fez terminar de imediato com ele. E, mesmo depois do término, ele continuou mandando mensagens e implorando pelos ingressos. Ela acabou tendo que bloqueá-lo.

Entendia a obsessão por esportes que a maioria dos homens desenvolvia, mas, pelo menos uma vez, seria bom se ela fosse o foco desse tipo de paixão.

As portas do elevador davam direto para a sala de estar. Decorado em preto e dourado, o cômodo ostentava quatro enormes sofás de couro no centro, todos voltados para a televisão gigantesca na parede oposta. A suíte tinha três quartos grandes e uma varanda coberta particular, com banheira de hidromassagem para dez pessoas. No canto da suíte principal, ficava o bar, para onde Hayden foi assim que entraram.

Ela não era de beber, mas estava com os nervos à flor da pele, deixando suas mãos trêmulas e os batimentos cardíacos irregulares. A expectativa era de que o álcool pudesse acalmá-la.

— O que você quer? — perguntou, por cima do ombro. — Tem cerveja, uísque escocês, uísque comum, bourbon...

— Você. — Com uma risada suave, Brody diminuiu a distância entre eles.

Meu Deus, ele era enorme. Hayden teve que inclinar a cabeça para conseguir encará-lo. Com um metro e setenta, ela se sentiu minúscula perto dele.

O coração saltou na garganta quando Brody se aproximou ainda mais. Ela sentiu o calor de seu corpo, o hálito quente fazendo cócegas em sua orelha quando o homem se inclinou para a frente e sussurrou:

— Não era só uma bebida que você estava propondo, né?

A voz baixa e grave aqueceu as veias dela. Quando Hayden voltou a fitar o rosto dele, viu o desejo inconfundível brilhando naqueles olhos azuis.

— Então? — insistiu ele.

— Sim. — A palavra escapou-lhe da boca.

Brody apoiou as mãos na cintura de Hayden, mas não pressionou o próprio corpo contra o dela. Apesar de o coração da mulher estar disparado, o desejo começou a crescer no estômago, subindo aos poucos até os seios, como uma videira, deixando-os pesados e doloridos. Ela o queria mais perto, queria sentir o peito firme junto a seus seios, a ereção entre as coxas.

Brody ergueu a mão e roçou o lábio inferior dela com o polegar.

— Se quiser mudar de ideia, agora é a hora.

Ele esperou a resposta, observando-a com um olhar atento. Hayden sentiu a boca ficar seca, enquanto outra parte ficava molhada.

Será que queria mudar de ideia? Talvez devesse desistir agora, antes que as coisas saíssem do controle.

No entanto, ao analisar o rosto bonito de Brody, percebeu que não queria que ele fosse embora. E daí se a noite não terminasse em "eu te amo" e no financiamento da hipoteca de uma casa? Não precisava acabar assim. Naquela noite, ela estava estressada, cansada e sexualmente frustrada. E, só uma vez, queria estar com um homem sem pensar no futuro.

— Eu não mudei de ideia — murmurou.

— Que bom.

Brody passou a mão pelo quadril dela, indo até as costas, roçando o cóccix. Então, encarou os lábios, como se ponderando, debatendo.

Aquele exame lento durou tempo demais para o corpo latejante de Hayden. Queria que ele a beijasse. E logo. Ela soltou um gemido de insatisfação.

Uma expressão divertida dançou no rosto dele.

— O que foi? O que você quer, Hayden?

— Sua boca. — As palavras saíram antes que pudesse detê-las.

— Tudo bem — disse ele e baixou a cabeça, dando um beijo suave em seu pescoço e mordiscando de leve a pele macia.

Ela choramingou, e ele soltou uma risadinha, o hálito quente e úmido contra a pele. O homem arrastou a língua até o lóbulo da orelha dela, depois, passou para a parte de cima, lambendo e soprando, fazendo-a estremecer.

Seu sangue começou a ferver, aquecendo todas as partes dela que já latejavam de desejo por ele. Hayden estendeu a mão e tocou o cabelo escuro de Brody, apreciando os fios sedosos. Ela não sabia que um simples beijo poderia ter um desenvolvimento tão lento. A maioria dos homens no seu passado enfiava a língua na boca e logo tentava enfiar outra parte do corpo no dela.

Mas Brody... ele ia devagar.

Ele a torturava.

— Sua pele tem gosto de... — ele beijou o queixo dela, depois, o mordeu — ... morango. E mel.

Um arrepio a percorreu inteira em resposta.

— Tire a roupa — ordenou ele, a voz rouca.

Hayden engoliu em seco.

— Agora?

— Agora seria uma boa hora.

Ela estendeu a mão em direção à bainha do suéter, tentando lutar contra a insegurança que a invadiu. Nunca havia se despido para um homem antes. Deveria fazer um espetáculo? Dançar? Ah, de jeito nenhum. Não importava o quanto desejasse aquele homem, não fingiria ser a sedutora que não era.

Tirou o suéter, depois puxou a blusa por cima da cabeça, satisfeita ao ouvir Brody respirar fundo assim que viu seu sutiã rendado. Hayden levou a mão até o fecho frontal, mas ele balançou a cabeça.

— Não. Ainda não. Primeiro, a calça jeans.

Então tá. Mandão, hein?

Obedientemente, ela tirou a calça e a deixou cair no chão. A calcinha preta combinava com o sutiã, ambos deixando pouco para a imaginação.

Os olhos de Brody se estreitaram em aprovação. Ela estava começando a pegar o jeito daquela coisa de striptease. Passando os polegares pelas alças finas do cós, Hayden puxou a calcinha pelas coxas, bem devagar, curvando-se um pouco, para que ele pudesse admirar o decote.

Nua da cintura para baixo, encontrou o olhar dele.

— E aí, está gostando?

A expressão séria do homem não vacilou.

— Muito. Agora, o sutiã.

Com um movimento lento e fluido, ela desabotoou o sutiã e o jogou de lado. Estranhamente, não se sentia mais insegura.

— Gostei... — ele se aproximou e acariciou com o polegar a lateral de um dos seios — ... disso aqui. Muito.

Hayden se perguntou se ele havia percebido que ainda não beijara seus lábios. Embora, pela maneira como os olhos ardentes percorriam cada centímetro da pele que tinha acabado de expor, ela tenha se sentido beijada da cabeça aos pés.

— Por que sou a única nua aqui? — reclamou. — Sua vez. Tire essas roupas.

Ele sorriu.

— Que tal você fazer isso por mim?

A ideia de despi-lo lhe era tão sedutora que seus mamilos enrijeceram. A reação não passou despercebida, e o sorriso de Brody se alargou.

— Você gosta de pensar em tirar a minha roupa?

— Gosto — confessou ela.

— Então pode começar.

Com a respiração trêmula, ela agarrou o suéter e puxou o tecido tronco acima, tirando-o pela cabeça. A primeira visão do peito nu a deixou sem fôlego. Cada centímetro dele era definido. Peitorais, abdômen e quadris esculpidos. Ele tinha uma cicatriz de cinco centímetros abaixo da clavícula e outra sob o queixo, a qual não havia notado antes. Mas as cicatrizes apenas o deixavam mais atraente, conferindo-lhe certo ar de perigo.

Uma tatuagem tribal intrincada cobria um dos bíceps firmes, enquanto o outro exibia um dragão de aparência letal voando. Ela se lembrou da própria tatuagem, que tinha feito aos 17 anos com o único propósito de irritar o pai depois que ele a deixara de castigo por chegar em casa após o horário combinado. Mesmo depois de anos, a espontaneidade da atitude ainda a deixava surpresa. Darcy sempre brincava que ela tinha um lado selvagem oculto, e talvez tivesse mesmo, mas raramente aparecia.

Naquela noite, porém, o lado selvagem de Hayden, com certeza, dera as caras.

— E aí, está gostando? — perguntou Brody, o calor em seus olhos revelando que estava adorando a atenção.

Ela umedeceu os lábios.

— Estou.

Logo, estendeu a mão até a calça dele, desabotoou-a e puxou o zíper para baixo. Ela se inclinou para tirar a calça jeans, admirando as pernas longas, as coxas musculosas e a ereção contra a cueca boxer preta, um volume grosso que a deixou com água na boca.

Meu Deus, era loucura.

Endireitando-se, Hayden puxou a cueca. E então ele estava tão nu quanto ela.

Brody tinha o corpo musculoso, esculpido e incrivelmente masculino. Ela admirou a ereção impressionante e arrepiou-se ao pensar no pênis duro enterrado nela.

De repente, não conseguiu mais se controlar.

— Dá para você me beijar logo? — deixou escapar.

Ele riu.

— Está rindo de mim?

— Estou. Você é tão impaciente.

— Talvez, se não estivéssemos aqui, nus, eu teria paciência de sobra, mas… — Ela apontou para o corpo impressionante do homem. — Olhe só para você. Você é…

— Eu sou o quê? — Ele parecia achar graça.

— Gostoso — resmungou. — Você é gostoso e ainda não me beijou. É, tipo, uma nova forma de tortura.

— Você é ótima para o meu ego.

— E você é terrível para o meu! Me beije logo.

Com os olhos brilhando, Brody pressionou o corpo contra o dela e, finalmente, se inclinou para beijá-la.

— Tão exigente...

Ai, meu Deus.

No momento em que os lábios tocaram os dela, foi como se uma corrente elétrica subisse pelas costas dela. O beijo foi suave no início. Provocante. E, então, a língua de Brody roçou o lábio inferior, buscando acesso. Ela gemeu, ansiosa, e ele tirou vantagem dos lábios entreabertos, sua língua deslizando para encontrar a dela.

Ele tinha gosto de paraíso. Com uma naturalidade habilidosa, o homem explorou sua boca, todo quente e ávido. Quando sugou o lábio inferior, Hayden soltou outro gemido, dessa vez, mais alto. Ao ouvir o som desesperado, ele interrompeu o beijo, avaliando a expressão da mulher. Ela tinha certeza de que olhava para ele com admiração.

— Deu pro gasto, professora? — perguntou ele, num tom alegre.

— Foi na média.

Ele abriu um sorriso, e a pulsação dela se acelerou ainda mais.

Aquele homem era bonito demais para seu próprio bem.

Ele segurou o rosto dela, passando devagar o polegar ao longo da mandíbula. Então, abaixou a cabeça e a beijou de novo. Tão voraz quanto antes, só que, dessa vez, sempre que ela tentava aprofundar o beijo, ele afastava levemente a boca, rindo baixinho.

Levou a mão do ombro dela até a clavícula, depois, desceu mais, os nós dos dedos roçando um dos seios. A outra mão também passou a explorar, e ele gemeu ao apertar seus seios.

— Adorei esses dois — murmurou.

Olhos azuis magnéticos se voltaram para os mamilos rígidos, que ele agora beliscava com a ponta dos dedos.

Brody parecia saber exatamente o que fazer, excitando-a de uma maneira que ela nunca teria imaginado. Acariciou os seios por um tempo antes de, enfim, abaixar a cabeça e tocar a língua em um deles.

Chupou o mamilo, passou a língua por ele, mordiscou-o, até que Hayden gemeu com um prazer que beirava a dor, e, justo quando ela achava que não poderia ficar melhor, ele voltou a atenção para o outro seio.

Ela mal conseguiu continuar de pé, os joelhos fraquejando quando buscou novamente a boca dele. A excitação pulsou pelo seu corpo, até as coxas ficarem escorregadias por causa da própria umidade, e ela se pegou dizendo, sem fôlego:

— Precisamos de uma cama. Agora.

4

Porra, Brody não esperava que ela fosse assim. Deliciosamente exigente e linda. Algo em Hayden fazia a luxúria e a curiosidade formarem um redemoinho dentro dele. Sentiu a necessidade de tomá-la para si e desvendar seus mistérios.

E havia muito o que aprender sobre a professora de rosto salpicado por sardas que tomara a iniciativa de dormir com um desconhecido, considerando que isso, claramente, não era da natureza dela.

Provocando-a, sugou seu mamilo antes de afastar a cabeça e endireitar as costas. Sentiu a boca secar quando viu os sinais do que fizera naqueles seios cheios e empinados. A barba por fazer havia irritado a pele dela, deixando algumas marcas vermelhas, e a ponta dos mamilos rosados brilhava, úmida, deixando-o com vontade de se banquetear nela de novo.

Os olhos desceram até os esparsos pelos escuros entre as coxas de Hayden, aparados a ponto de oferecer uma visão deliciosa do clitóris inchado.

O próprio corpo se tornava cada vez mais incandescente e excitado.

— Onde é o quarto? — grunhiu ele.

Hayden esboçou um sorriso. Sem responder, ela se virou para o corredor escuro.

Brody avançou dois passos, então parou ao notar a tatuagem na parte inferior das costas dela. Nossa. No corredor pouco iluminado, conseguiu vislumbrar a forma de um pássaro. Um falcão ou uma águia. Sombrio, perigoso, incrivelmente sexy e uma completa surpresa. Ele sabia que a mulher era diferente de todas que já conhecera. A tatuagem era tão tentadora, que ele marchou até perto dela e a agarrou pela cintura fina.

O topo da cabeça de Hayden mal alcançava o queixo dele. Como aquela criatura pequena e atrevida o reduzia a um estado de ânsia insensata?

Enquanto deslizava as mãos pelos quadris de Hayden, ela virou ligeiramente a cabeça, lançando a ele um olhar curioso em saber qual seria seu próximo passo.

Então ele caiu de joelhos e contornou a tatuagem com a língua.

Hayden estremeceu, mas Brody continuou com uma das mãos em sua cintura, mantendo-a no lugar.

— Por que uma águia? — perguntou ele, beijando a parte inferior de suas costas.

— Eu gosto de águias.

Uma resposta muito simples de uma mulher muito complicada. Ele acariciou a sua bunda, depois aproximou a cabeça e mordeu a carne macia.

— Quarto — disse ela, sem fôlego.

— Dane-se o quarto — murmurou ele.

Ainda mantendo-a onde estava com uma das mãos, deslizou a outra até passar um dedo por cima do clitóris. Ela soltou um suspiro, então lançou-se para a frente, apoiando a palma das mãos na parede e empinando a bunda firme, permitindo-o ter uma visão tentadora da boceta molhada.

Brody se aproximou como se atraído por um ímã. Enquanto sua pulsação latejava nos ouvidos, ele lambeu a entrada úmida por trás e usou o dedo para acariciar o clitóris.

Hayden estremeceu de novo.

— Isso é... — gemeu ela. — ... incrível.

— Ah, é? E isso?

Ele enfiou a língua em sua abertura.

A respiração dela sibilou.

Ele riu da reação, depois enfiou a língua de novo antes que ela pudesse recuperar o fôlego.

Os gemidos baixinhos de Hayden encheram o corredor. A respiração dela se tornou irregular, o clitóris inchado sob o polegar de Brody, a boceta molhada de excitação. Ele a beijou de novo, depois afastou a boca e passou a usar dois dedos.

— Você está tentando me fazer gozar? — perguntou ela, a voz estrangulada.

— Era esse o plano, sim.

Ele explorou aquele calor macio, tocando-a habilmente, apreciando os sons suaves de prazer enquanto tentava ignorar o pau, que ameaçava explodir.

A qualquer segundo, estaria tudo perdido, ele sabia bem, mas agarrou-se ao ínfimo traço de autocontrole, sentindo-o enfraquecer e esmaecer lentamente dentro dele. O grito de Hayden o fez se mover mais rápido, aumentar a pressão sobre o clitóris e adicionar outro dedo. E, então, ela gozou. Bem alto. Sem inibição. Ela pressionou a bunda contra a mão dele enquanto seus músculos internos se contraíam em volta dos dedos.

— Ai, meu Deus... Brody... — A voz dela se dissolveu em um suspiro de satisfação.

Um momento depois, Hayden deslizou para o chão acarpetado, as costas nuas contra o peito dele enquanto Brody continuava a traçar círculos preguiçosos sobre seu clitóris.

Ela se virou para ficar de frente para ele, olhos verdes reluzindo de desejo, rosto corado depois do clímax. Ela estava tão linda que ele se inclinou para a frente e passou a língua entre aqueles lábios relaxados, decidido a explorar sua boca quente e úmida, desesperado para provar cada parte daquela mulher.

Sem interromper o beijo, ele a deitou delicadamente no chão e ficou por cima dela.

— Preciso estar dentro de você — murmurou.

Era um desejo primitivo, um apetite avassalador de possuir, que ele nem sabia que tinha, mas que, então, descobriu estar ali, tensionando todo o seu corpo com o anseio que precisava ser liberto.

Afastando a boca da dela, Brody se levantou e a deixou no corredor. Ele voltou pouco depois com as camisinhas que guardava na carteira.

Apenas três, percebeu ao olhar de relance. Podia estar sendo otimista demais, mas, ao fitar Hayden, suspeitou que talvez precisasse ir à farmácia. Ela não se dera o trabalho de se levantar e estava incrivelmente sensual deitada no carpete. Tão sexy e sedutora que o pênis latejou de impaciência.

O ar estava carregado de tensão, o corredor silencioso, exceto pela respiração pesada de ambos. Antes que ele tivesse tempo de abrir o preservativo, ela se sentou e murmurou:

— Ainda não.

Então, ela o envolveu com seus lábios.

— Nossa — sibilou ele, quase caindo para trás.

A boca ávida de Hayden ao redor de seu pau provocou um calafrio inesperado. Ela logo o levou mais fundo, segurando as bolas, acariciando sua bunda e lambendo cada centímetro da ereção.

Brody só aguentou um pouco daquela tortura maravilhosa. Por mais difícil que fosse se afastar do melhor boquete de sua vida, ele moveu delicadamente a cabeça dela, tão perto de explodir que nem soube como conseguiu se conter. Cobriu Hayden com seu corpo de novo, e ela suspirou quando a mão dele se fechou sobre o seio.

— Faz tanto tempo...

— Quanto tempo? — perguntou ele.

— Uma eternidade.

Ele beliscou o mamilo de leve antes de se abaixar para beijá-lo.

— Vou devagar, então.

Ela puxou a cabeça dele para cima e o beijou.

— Não. — Então, Hayden pegou a mão dele e a colocou entre as pernas. — Eu quero velocidade.

Ele engoliu em seco ao tocá-la, ainda molhada depois do clímax. Brody ficou ainda mais duro, querendo muito colocar logo a camisinha e penetrar naquele calor úmido. Mas seu lado cavalheiro argumentou para que fosse devagar, para provar cada centímetro do corpo dela e levá-la ao êxtase mais uma vez antes de buscar o próprio. Então tentou de novo diminuir o ritmo, acariciando-a com o polegar.

As intenções cavalheirescas não o levaram a lugar nenhum.

— Estou pronta — disse ela, com os dentes cerrados. — Não preciso que vá devagar. Preciso que me foda.

Seu pau latejou com o pedido sórdido.

Porra. Nunca teria imaginado que ela teria aquela boca suja. Mas gostou.

Sem dizer mais nada, desenrolou a camisinha no pau, posicionou-se entre as coxas dela e a penetrou profundamente. Os dois soltaram gemidos ao mesmo tempo.

Enfiando o rosto na curva do pescoço dela, Brody inalou o doce perfume feminino e, em uma tortura lenta, recuou, apenas para voltar a preenchê-la por completo, antes que Hayden pudesse piscar.

— Você é tão apertada — murmurou ele, em seu ouvido. — Está tão molhada.

— Eu disse que estava pronta — falou ela, entre suspiros de prazer.

Ele estocou, de novo e de novo, gemendo a cada vez que ela erguia os quadris para que fosse mais fundo. Estava rápido demais para ele, mas, ao mesmo tempo, tudo parecia se mover em câmera lenta. A maneira como Hayden cravava os dedos na bunda dele, puxando-o em sua direção, comprimindo seu pau com a boceta apertada. A necessidade crescente em seu corpo, o pulsar impaciente na virilha, tudo levou Brody a se mover ainda mais rápido.

Ela gozou outra vez, ondulando, estremecendo, soltando pequenos gemidos que fizeram o corpo dele arder de excitação.

Brody continuou até finalmente não conseguir mais se conter. Gozou um segundo depois, beijando-a enquanto o clímax o atingia com a força de um furacão. Ondas de prazer o percorreram, quentes, intensas, insistentes. Incontroláveis. Ele tentava desesperadamente recuperar o fôlego, perguntando-se como era possível que aquela mulher tivesse conseguido levá-lo ao orgasmo mais incrível de sua vida.

Ficaram deitados por um momento, a respiração irregular, transpirando, seu pau ainda enterrado dentro dela.

Hayden passou as mãos pelas costas dele, encharcadas de suor.

— Nada mal.

Mesmo em seu estado de torpor depois do ápice, Brody conseguiu franzir a testa em irritação fingida.

— "Nada mal"? É só isso que você tem a dizer? — provocou ele.

— Tudo bem, foi bom demais.

— Assim é melhor.

Com um pequeno sorriso, ela se desvencilhou dos braços dele e ficou de pé. Voltou um olhar pesaroso na direção do quarto ao qual não conseguiram chegar.

— Mais cinco passos e poderíamos ter feito isso na minha cama grande e confortável.

Ele se apoiou nos cotovelos, o carpete macio irritando suas costas.

— Não se preocupe — replicou ele, um brilho malicioso nos olhos. — A noite é uma criança.

5

Havia um homem nu em sua cama.

Bem, ele tinha chegado ali na noite anterior, quando pegaram no sono após a zilionésima rodada de sexo delicioso e alucinante. Mas foi estranho acordar ao lado de um desconhecido nu.

Desconhecido sendo a palavra importante, já que, apesar de ela conhecer bem o corpo dele, Brody ainda era um estranho para ela. Mal trocaram uma única frase relevante na noite anterior, tirando "por favor, não pare" e "estou quase lá". Entre as rodadas, ele a abraçava com seu corpo quente e musculoso, e os dois ficavam ali, deitados em silêncio ou trocando beijos preguiçosos até que o desejo despertasse mais uma vez.

Pela manhã, os sussurros acalorados e os gemidos suaves da noite anterior quase pareceram um produto da sua imaginação. Até que o homem nu ao lado começou a se mexer, lembrando a Hayden de que tinha mesmo acontecido.

— Bom dia — murmurou ele, os lábios se curvando em um sorriso quando o olhar encontrou o dela.

— Bom dia.

Ela rolou para tentar escapulir, mas Brody passou um braço forte em volta de Hayden e a puxou para si. A bunda dela ficou, então, pressionada contra uma ereção muito proeminente.

— Não se levante ainda — pediu ele, seu corpo grande envolvendo o dela, fazendo-a se sentir delicada e segura.

— São quase nove horas — disse Hayden. — A gente devia se levantar.

Na verdade, ela deveria ter acordado duas horas antes. Não conseguia se lembrar da última vez em que dormira até tão tarde.

A mão dele encontrou seu seio, acariciando-o suavemente.

— Ainda não.

Sem pensar, ela pressionou o próprio corpo contra aqueles dedos. Depois da maratona sexual da noite anterior, estava chocada por ainda sentir desejo. Mas sentia. A necessidade estava crescendo de novo, pulsando entre as pernas.

Os lábios de Brody fizeram cócegas em seu ombro enquanto ele a beijava ali. Então, a voz dele ficou mais rouca.

— Quero começar meu dia com aquele barulhinho que você faz quando goza.

Ai, meu Deus.

Hayden respirou fundo, tentando ignorar o coração martelando no peito.

— Que barulhinho?

— É algo entre um suspiro e um gemido. — A mão se moveu pelo corpo dela, provocando-a. — Quero ouvi-lo de novo. Você deixa?

Quem era aquele homem? Como ele conseguia levá-la à loucura desse jeito?

Ela sabia que deveria dizer não. Era para ser só uma noite de sexo. Estava na hora de ele ir embora, droga.

Mas...

— Sim — sussurrou ela.

Que mal faria gozar só mais uma vez?

Ele deslizou a mão entre suas coxas, mostrando mais uma vez como estava em perfeita sintonia com o corpo dela. Em poucos minutos, as carícias a levaram a um orgasmo que arrancou um gemido desesperado de Hayden. Quando seu corpo estremeceu contra o dele, Brody riu em seu ouvido e murmurou:

— Sim. Era isso que eu queria ouvir.

Por um momento, Hayden esqueceu o próprio nome, onde estava e o motivo pelo qual havia levado aquele homem para seu quarto.

Mas, conforme os últimos traços de prazer se dissipavam, a realidade aos poucos retornava.

Estava esperando Brody pedir para que ela retribuísse, mas ele apenas se acomodou de costas na cama, sorrindo.

— Você está bem? — perguntou ele, num tom leve.

Ela conseguiu assentir e, depois, saiu da cama, toda desajeitada, atrás de algumas roupas. Pegou a primeira coisa que encontrou: o vestido leve e florido que havia usado para almoçar com o pai em seu primeiro dia de volta à cidade.

O tecido branco era um pouco fino demais e precisava ser usado com sutiã. Enquanto Brody se sentava na cama, espreguiçando os braços musculosos, seu olhar divertido se fixou no peito dela.

— Dá para ver seus mamilos.

— Eu sei — replicou ela, com um suspiro.

O olhar do homem a seguiu enquanto ela caminhava até a cômoda onde havia deixado o celular. Ao ver a tela, o desconforto de Hayden só aumentou. Tinha recebido várias mensagens de Doug e havia duas chamadas perdidas do pai.

Ela ouviu um farfalhar na cama e se virou a tempo de ver Brody, em sua nudez gloriosa, aproximando-se.

— Hayden, tem certeza de que está bem?

Meu Deus, até os músculos do abdômen dele tinham músculos.

— Sim — garantiu ela. — Mas acho melhor você ir. Tenho um monte de coisas para fazer hoje.

Ele assentiu devagar.

— Tudo bem. Faz alguma ideia de onde minhas roupas estão?

Os lábios dela se curvaram.

— Em algum lugar lá fora — respondeu Hayden, gesticulando em direção à porta do quarto. — Perto do bar, eu acho.

Rindo, Brody caminhou até a porta, e ela apreciou a visão daquela bunda. Por que era tão musculosa? Ele trabalhava fazendo o quê? Não havia lhe ocorrido perguntar na noite anterior, estivera muito mais interessada em outros aspectos dele. Como o pau.

E não poderia perguntar agora, porque ele ficaria achando que estava tentando conhecê-lo e... ela não queria seguir por esse caminho. Deveria ser só uma noite de sexo. Sexo sem compromisso com o desconhecido gostoso do bar. Era um pouco tarde para tentar construir uma relação mais profunda.

Hayden o encontrou na sala de estar da cobertura, fechando o zíper da calça. Os olhos azul-acinzentados a avaliaram enquanto ela se aproximava a passos lentos.

— Quero ver você de novo — disse ele, sem rodeios.

Hayden se assustou.

— Ah.

— Me deixe salvar seu número no meu celular antes de ir embora.

Ela hesitou.

Brody ergueu uma sobrancelha.

— Isso seria um problema?

Depois de um segundo, ela soltou um suspiro.

— Talvez.

Ela riu, um pouco nervosa.

— Olha… Brody…

Ambas as sobrancelhas dele se ergueram.

— Ah. Nossa — murmurou ele.

— O que foi?

— Já sei aonde você quer chegar com isso, e, bem… — Ele deu de ombros. — Sinceramente, nunca aconteceu comigo antes.

Ela não conseguiu conter um sorriso.

— Você já fez esse discurso antes, então?

— Mais vezes do que eu gostaria — admitiu ele.

A sinceridade foi reconfortante. E ele estava uma delícia ali parado, o cabelo escuro bagunçado de quem tinha acabado de acordar, a barba por fazer cobrindo o maxilar esculpido.

Mas o fato de ele ser gostoso não mudava as circunstâncias. Hayden não tinha voltado para casa para começar um caso com um completo estranho. Estava ali só por causa do pai.

Para apoiá-lo enquanto a madrasta tentava tirar o que ele tinha de mais importante.

A futura ex de Presley estava determinada a ficar com cada centavo. E eram muitos centavos. Embora tivesse passado a maior parte da vida como treinador, o pai de Hayden sempre sonhara em ter um time, uma meta que finalmente alcançara sete anos antes. Graças à indenização substancial que acabou recebendo da seguradora após o acidente que a mãe dela sofrera e ao, então, sábio investimento em uma empresa farmacêutica que rendera a ele centenas de milhões, o pai conseguira comprar a franquia dos Chicago Warriors. Ao longo dos anos, continuou investindo e fazendo a fortuna crescer, mas sua prioridade era o time. Era a maior preocupação dele e a razão pela qual voltar para casa era tão difícil.

A infância dela havia sido caótica. As viagens com o pai pelo país para jogos nos outros estados, os dois anos morando na Flórida — quando ele treinou os Aces, até vencerem o campeonato —, depois os cinco anos no Texas e os outros três em Oregon. Fora difícil, mas o relacionamento próximo entre pai e filha tornava as constantes mudanças suportáveis. O pai sempre se interessara pela vida dela. Escutava enquanto a filha tagarelava sobre seus artistas favoritos. Levara-a a inúmeros museus ao longo dos anos.

Naquele momento, em que Hayden já era adulta e ele andava ocupado com o time, o pai não parecia mais fazer esforço para passarem tempo juntos e cultivarem um relacionamento fora do rinque. Ela sabia que outros donos de times não se envolviam tanto quanto o pai, mas a experiência dele como treinador parecia influenciar sua nova posição. Ele participava de todos os aspectos dos Warriors, desde a seleção de jogadores até o marketing, e se saía muito bem na empreitada, ainda que isso o levasse a trabalhar muitas horas.

Foi por isso que, três anos antes, Hayden decidira aceitar o emprego em Berkeley, mesmo significando uma mudança para a Costa Oeste. Ela tinha esperanças de que o velho clichê de *longe dos olhos, perto do coração* fosse dar certo e fazer o pai perceber que a vida era mais do que hóquei. Não foi o caso.

Mas talvez, agora fosse diferente. Dessa vez, quem sabe, com a vida pessoal desmoronando, o pai quisesse o apoio da filha. Ela havia voltado não apenas para lhe dar suporte durante o divórcio, mas com a esperança de que pudessem, enfim, se reconectar.

— Eu me diverti muito ontem — disse a Brody, lançando a ele um olhar tímido. — Foi a melhor noite de sexo da minha vida. — Os lábios dele se curvaram, e ela continuou: — Mas não estou procurando nada além de um lance casual — terminou, sem jeito. — Vou estar muito ocupada nos próximos meses.

Brody continuou a observá-la, a expressão ilegível.

Ela se mexeu, desconfortável.

— O que foi?

— Não acredito que você vai nos privar... daquilo. — Ele apontou para o corredor, onde o caso ridiculamente sórdido da noite anterior havia começado.

Hayden tentou reprimir um sorriso.

— Tenho certeza de que vai conseguir encontrar outra pessoa para transar com você no corredor e deixar sua bunda assada por causa do carpete.

Os olhos dele pegaram fogo.

— Eu não quero outra pessoa. Quero você.

Ela não se permitiu mais encarar aqueles olhos. Poderiam destruir sua convicção.

— Sinto muito — disse ela, evitando o olhar do homem. — Foi realmente muito bom, mas não vai acontecer de novo. Espero que entenda.

— Você não vai mesmo me dar seu número?

Havia certo espanto em sua voz, e Hayden teve a impressão de que ele não estava acostumado a esse tipo de rejeição.

— Sinto muito. — Ela deu de ombros de novo.

Depois de um instante, Brody começou a rir.

— Merda. Que humilhação...

Ainda rindo, caminhou em direção ao aparador encostado na parede oposta da sala de estar. Hayden o observou com cautela enquanto ele pegava uma caneta e rabiscava algo no bloquinho que havia ali em cima.

— O que está fazendo?

— Anotando meu número. — Ele olhou por cima do ombro. — Para o caso de você mudar de ideia.

Em seguida, voltou até ela, passando a mão pelo cabelo e chamando a atenção de Hayden para os bíceps flexionados. Nossa. Por que ele tinha que ser tão gostoso?

— Obrigado por uma ótima noite — disse ele, a voz um pouco rouca.

Então, se inclinou e deu um beijo leve em sua bochecha, cercando-a com seu aroma picante e viciante.

Hayden se obrigou a não inspirar até que ele recuasse.

— Eu te acompanho até a saída.

6

— Quantos? — A curiosidade de Darcy ecoou pelo alto-falante do carro alugado.

Hayden enfrentava o trânsito de fim de tarde. O centro de Chicago estava supermovimentado. O jogo dos Warriors daquela noite devia ter obrigado várias pessoas a saírem mais cedo do trabalho. Hayden, por outro lado, não teve escolha. Quisesse ou não, estava prestes a passar a noite sentada ao lado do pai no camarote do dono, assistindo a um esporte que ela não apenas achava um porre, mas do qual se ressentia havia anos.

Meu Deus, ela nem conseguia contar a quantos jogos tinha sido arrastada ao longo dos anos. Centenas? Milhares? Independentemente do número, não estava mais inclinada a gostar de hóquei aos 26 anos do que aos 6, quando o pai a levara ao seu primeiro jogo. Para ela, hóquei significava mudanças constantes. Viajar, trocar de casa, ficar sentada atrás do banco com um livrinho de colorir porque o pai não queria contratar uma babá.

Um psiquiatra provavelmente diria a ela que estava projetando, descontando a frustração com o pai em um esporte inocente, mas era impossível evitar. Por mais que tivesse tentado com o passar do tempo, Hayden não conseguia apreciar ou aproveitar os malditos jogos.

— Eu não saio por aí espalhando as coisas que faço — brincou ela, parando no sinal vermelho.

Um trem passou zunindo na ponte ferroviária acima, abafando qualquer som além do trovão da locomotiva enquanto percorria os trilhos.

— Ah, mas vai falar, sim, senhora! — dizia Darcy quando o barulho diminuiu. — Quantos, Hayden?

Contendo um sorrisinho, ela finalmente cedeu.

— Cinco.

— Cinco! — Darcy ficou em silêncio por um momento. Então, soltou um palavrão admirado. — Está me dizendo que aquele sujeito te deu cinco orgasmos ontem à noite?

— Ontem à noite? Quatro. Mais um hoje de manhã.

A mera lembrança trouxe uma faísca de calor ao corpo ainda exausto. Músculos que ela nem sabia ter ainda estavam doloridos, graças ao homem que, sem dúvida, poderia vencer o Coelhinho da Duracell.

— Estou chocada. Está me entendendo? Estou totalmente chocada.

O semáforo à frente ficou verde, e Hayden passou pelo cruzamento. Um grupo de adolescentes de regatas azul e prata dos Warriors chamou sua atenção. Ela grunhiu ao vê-los. Não estava com a menor vontade de assistir a uma partida de hóquei barulhenta com o pai.

— Então, como foi o "adeus, obrigada pelos cinco"? — perguntou Darcy.

— Estranho. — Ela virou à esquerda e pegou a Lakeshore Drive, em direção ao Lincoln Center, o estádio construído recentemente para os Warriors. — Antes de ir embora, ele pediu meu telefone.

— Você deu?

— Não. — Hayden suspirou. — Mas, então, ele deixou o número *dele*.

— Era para ser só uma transa sem compromisso!

— Sim… mas… ele pareceu tão arrasado. Deixei claro que era uma coisa casual. Seria de se esperar que ele achasse ótimo. Sem compromissos, sem expectativas. Mas ficou decepcionado.

— Você não pode vê-lo de novo. E se as coisas ficarem sérias? Você tem que voltar para a Costa Oeste daqui a alguns meses.

Para sua surpresa, ela parecia chateada. Bem, talvez não fosse tão inesperado assim, uma vez que Darcy achava a ideia de se apaixonar mais assustadora do que um vírus necrosante.

— Não vão ficar sérias — garantiu Hayden, rindo. — Primeiro, porque não o verei de novo. Segundo, porque não vou me permitir um relacionamento com nenhum homem até resolver as coisas com Doug.

Darcy gemeu.

— Por que insiste em manter esse cara na sua vida? Transforme esse tempo em um término, antes que ele mencione a ponte da intimidade e…

— Tchau, Darcy.

Ela desligou, sem a menor paciência para ouvir a amiga zombar de Doug de novo. Certo, ele era conservador, e talvez sua comparação de sexo à ponte fosse bizarra, mas Doug era um homem decente. Ela não estava disposta a descartá--lo assim.

Hã, você passou a noite com outro, sua consciência a lembrou.

As bochechas coraram com a lembrança de ter dormido com Brody. E, de alguma maneira, as palavras *dormido com Brody* pareceram inadequadas, como se descrevessem um evento insípido e mundano, igual a tomar chá com os avós. O que ela e Brody fizeram não tinha sido insípido nem mundano. Mas, sim, uma loucura. Intensa. Selvagem e suja. Sem dúvida, o melhor sexo de sua vida.

Será que tinha sido uma completa idiota por ter se livrado dele de manhã?

Provavelmente.

Tudo bem, sem dúvida.

Brody deixara claro que queria vê-la de novo, e, sim, seria legal...

Tudo bem, seria incrível. Mas sexo não resolveria os problemas dela. A situação com Doug ainda existiria, à espreita nos bastidores, como um substituto ciumento. Isso sem mencionar o estresse das dificuldades que o pai enfrentava. E, se Brody quisesse mais que sexo, se quisesse um relacionamento — por mais improvável que fosse —, então o que ela faria? Adicionaria uma terceira complicação à vida pessoal já atribulada?

Não, terminar antes de começar era a solução lógica. Era melhor continuar sendo só uma noite de sexo casual.

Hayden chegou ao estádio dez minutos depois e estacionou na área VIP reservada, bem ao lado do conversível vermelho e brilhante do pai. Ela sabia que era dele por causa da placa que dizia: DONO DO TIME.

Bem sutil, pai.

Por que tinha se dado o trabalho de voltar para a cidade? Quando o pai perguntara se a filha poderia passar um tempo com ele durante toda a confusão do divórcio, Hayden enxergara um sinal de que ele valorizava o apoio dela, de que a queria por perto. Mas, desde que havia chegado em casa, só o vira uma vez para um almoço rápido no escritório. O telefone dele não parava de tocar, então mal se falaram, e era improvável que tivessem tempo de conversar naquela noite. Ela sabia como o pai ficava focado quando assistia a um jogo de hóquei.

Com um suspiro, saiu do carro e se preparou para uma noite assistindo a homens suando e patinando atrás de um disco preto, enquanto escutava o pai delirar sobre como "não tem nada melhor que isso".

Ah, ela mal podia esperar.

— Cuidado com Valdek esta noite — alertou Sam Becker, quando Brody se aproximou do banco de madeira comprido na lateral do vestiário dos Warriors.

Ele parou em frente ao seu armário.

— Valdek voltou? — Brody soltou um resmungo. — E a suspensão de três jogos dele?

Becker ajustou as caneleiras, vestiu a calça azul-marinho e começou a amarrar a roupa. Aos 36 anos, ainda estava em ótima forma. Quando Brody conheceu o atacante lendário, tinha ficado impressionado, ainda mais depois de ver Becker driblar três jogadores para marcar um gol, mostrando a todos na liga por que seu lugar ainda era ali.

Mas o que mais o impressionara na ocasião tinha sido a imensa humildade de Becker. Apesar de ter conquistado dois campeonatos e de a carreira rivalizar com a de alguns dos grandes, Sam Becker não tinha uma veia de arrogância sequer. Era o sujeito a quem todos recorriam ao enfrentar um problema, pessoal ou profissional, e, ao longo dos anos, tornou-se o amigo mais próximo de Brody.

— A suspensão acabou — respondeu Becker. — E ele está querendo sangue. Ainda não se esqueceu de quem o levou a ser suspenso, Jovem.

Brody ignorou o apelido, o qual Becker se recusava a deixar de usar, e soltou uma risada curta de desdém.

— Certo, porque é culpa minha ele ter cortado meu queixo com os patins.

Alguns jogadores entraram no vestiário. O goleiro, Alexi Nicklaus, fez continência, em vez de cumprimentá-los. Ao lado dele, Derek Jones, o novato da temporada, mas já um dos melhores defensores da liga, aproximou-se e disse:

— Valdek voltou.

— Fiquei sabendo.

Brody tirou a camisa preta e a jogou no banco. De repente, Jones urrou, fazendo-o olhar para o próprio peito.

O que ele viu foi um lembrete da experiência sexual mais incrível de sua vida. Acima do mamilo esquerdo, estava o chupão roxo que os lábios cheios de Hayden haviam deixado depois que ele a carregara do corredor para o quarto — onde foderam a noite toda.

Naquela manhã, havia acordado com a visão do cabelo escuro de Hayden espalhado pelo travesseiro branco, um seio pressionando contra o peito dele, e uma perna esbelta enroscada em seu corpo. Várias vezes antes, já tinha ficado abraçado após fazer sexo, mas não conseguia se lembrar de ter acordado e se ver na exata posição pós-sexo. Em geral, ele rolava delicadamente a companheira para o lado, precisando de espaço e distância para conseguir dormir. Não foi o caso na noite anterior. Na verdade, até se lembrava de ter acordado no meio da noite e puxado o corpo quente e nu de Hayden para mais perto.

Vai entender...

— Me lembre de te manter longe da minha filha — disse Becker, com um suspiro.

Ao lado, Jones gargalhou.

— Então quem foi a sortuda? Ou você nem perguntou o nome dela?

Brody ficou tenso, na defensiva, mas então se perguntou por que ainda se incomodava com o fato de os colegas de time o verem como pegador. Claro, ele tinha sido um, havia muito tempo. Quando começara como jogador profissional, tudo lhe subia à cabeça. Para um garoto pobre do Michigan, a súbita chuva de dinheiro e atenção tinha sido como uma droga. Excitante. Viciante. De repente, todo mundo queria ser amigo dele, confidente, amante. Aos 21, ele recebera de braços abertos todos os benefícios que vieram com o trabalho, em especial a fila interminável de mulheres querendo sentar em seu pau.

Mas acabou enjoando quando percebeu que noventa por cento das garotas só se importavam com o uniforme. Para piorar, de repente seu rosto começara a aparecer em todas as redes sociais e sites de fofocas esportivas. Fotos suas saindo da boate com uma mulher diferente a cada noite. Uma foto comprometedora dele com a língua enfiada na garganta da garçonete em um evento do time.

A equipe de RP dos Warriors até o convocou ao escritório principal, solicitando que fosse mais devagar, senão seria cortado do time, mesmo sendo o melhor jogador. Isso o assustou o suficiente para ser mais discreto a partir de então. Mesmo que não tenha parado de se divertir.

Àquela altura, não se importava de estar sob os holofotes, porém não tinha mais interesse em ir para a cama com mulheres que só o viam como o atacante estrela dos Warriors.

Infelizmente, os companheiros de time pareciam não aceitar que ele havia deixado seus dias de cafajeste para trás.

Bem, paciência. Que pensassem o que quisessem. Ele podia não ser mais mulherengo, mas ainda se saía muito melhor do que todos ali naquele quesito.

— Sim, eu perguntei o nome dela — retrucou, revirando os olhos.

Assim como o telefone, mas não o conseguira.

Ele manteve esse detalhe irritante para si. Ainda não sabia bem por que se incomodava com a recusa de Hayden em ter lhe dado o número. E, por mais que tentasse, também não conseguia entender aquela bomba que ela soltara mais cedo.

Foi realmente muito bom, mas não vai acontecer de novo. Espero que entenda.

As palavras que todo homem sonhava em ouvir. Brody não conseguia se lembrar de quantas vezes tentara encontrar uma maneira de ser delicado ao rejeitar uma mulher quando ela pedia algo mais na manhã seguinte. Hayden praticamente resumira a atitude dele sobre sexo durante a vida inteira: uma noite, sem expectativas, nada mais. No passado, teria mandado a ela uma cesta de frutas com um cartão de agradecimento pela dispensa casual.

Mas, atualmente, queria mais. Por isso tinha ido para o quarto de hotel de Hayden depois de ter evitado encontros casuais por meses. Porque algo nela o fez pensar que era a única que poderia lhe dar o *mais* que desejava. Uma professora sexy que odiava esportes e fazia o corpo dele pegar fogo? Era a garota dos sonhos de Brody.

— Espero que não esteja muito cansado — disse Becker. — Não podemos nos dar o luxo de fazer merda hoje, não nos play-offs.

— Ei, viram a página de esportes do *Tribute* hoje de manhã? — perguntou Jones, de repente. — Tinha outro artigo sobre as acusações de suborno que a esposa do Houston fez. — Ele franziu a testa, uma expressão que não combinava com aquele rosto jovem. Aos 20 anos, o garoto ainda não tinha dominado o olhar durão de jogador de hóquei. — Como se algum de nós fosse aceitar dinheiro para perder de propósito. Pelo amor de Deus, eu quero jogar papel higiênico molhado na casa daquela mulher pela confusão toda que está causando.

Brody riu.

— Adultos não jogam papel higiênico molhado na casa dos outros.

— Ah, fala sério, você gosta das minhas pegadinhas — protestou Derek. — Você se acabou de rir quando troquei as tornozeleiras de Alexi pelas cor-de-rosa da Hello Kitty.

Do outro lado do vestiário, Alexi mostrou o dedo do meio para Jones.

— Sosseguem, crianças — apaziguou Becker, com um sorriso. Ele se virou para Brody, a expressão se tornando mais séria de repente. — O que achou das matérias?

Brody apenas deu de ombros.

— Até eu ver essas tais provas que a sra. Houston diz ter, me recuso a acreditar que alguém do nosso time tenha perdido de propósito.

Jones assentiu em concordância.

— Pres é um sujeito legal, ele nunca armaria o resultado de um jogo. — O garoto riu. — Estou mais intrigado com a outra alegação. Sabe, aquela de uma fonte não identificada afirmando que a sra. H está transando com um jogador do Warriors?

O quê?

Brody ainda não tinha acessado a internet, então aquilo era novidade para ele. A ideia de que a esposa do proprietário estava dormindo com um de seus companheiros de time era ao mesmo tempo surpreendente e absurda. E preocupante. Com certeza, preocupante. Não gostou de como aquele escândalo parecia estar crescendo como uma bola de neve. Suborno, adultério, apostas ilegais.

Merda.

Jones se virou para Brody.

— Vamos lá, pode admitir. Foi você.

Até parece. A ideia de ir para cama com Sheila Houston era tão tentadora quanto trocar os patins de hóquei por patins artísticos. Só precisou ver a mulher algumas poucas vezes para descobrir que não tinha nada na cabeça.

— Não. Aposto que foi Topas. — Brody sorriu para o ala-direito de cabelo castanho-escuro, parado do outro lado do vestiário.

Zelig Topas, que ganhara a prata jogando pela equipe do Canadá na última Olimpíada, também era um dos poucos jogadores abertamente gays na liga.

— Muito engraçado — respondeu Topas, revirando os olhos.

A conversa morreu quando Craig Wyatt, o capitão do time, entrou no vestiário, as feições nórdicas solenes como sempre. Wyatt tinha dois metros, sem patins. Com o equipamento, ficava monstruoso. Com o torso largo e cabelo loiro curto, não era de se admirar que fosse um dos jogadores mais temidos da liga, além de uma presença formidável.

Sem perguntar o motivo de todas as risadas, o capitão começou o discurso habitual para motivar o time antes do jogo, tão animado quanto um discurso fúnebre. Havia motivo para Wyatt ter sido apelidado de sr. Sisudo. Brody só o viu sorrir uma vez, e, mesmo assim, foi um daqueles meio-sorrisos estranhos que se força quando alguém está contando uma piada bem sem graça.

Não era preciso dizer que ele nunca fora muito chegado ao capitão sombrio. Brody tendia a se aproximar de sujeitos descontraídos, como Becker e Jones.

Ignorando a voz do capitão, começou a repassar a conversa daquela manhã com Hayden, refletindo sobre a insistência dela de que tivessem apenas aquela noite. Ele entendia querer terminar no auge, mas…

Não, sem chance.

Hayden até podia não ter lhe dado o contato dela, mas deixara algo melhor ao chamá-lo para sua suíte de hotel. Depois do jogo, Brody pretendia ligar para o quarto dela no Ritz e convencê-la a continuar o que haviam começado na noite anterior.

Só uma noite?

Não. Ele era um jogador de hóquei. Não desistia *tão* fácil.

7

— Não tem nada melhor que isso — declarou Presley Houston bem alto, entregando à filha uma garrafa de Evian e se aproximando dela diante da janela com vista para o rinque abaixo.

Eles teriam o camarote do dono todo para eles naquela noite, o que era um grande alívio. Quando cercada pelos colegas do pai, Hayden sempre se sentia igual a uma daquelas baleias ou golfinhos do SeaWorld. Brincando, nadando, fazendo truques — e o tempo todo tentando descobrir uma maneira de quebrar o vidro para escapar do tanque sufocante e voltar à natureza que era o seu lar.

— Você vai a algum jogo na Califórnia? — perguntou Presley, tirando um fiapo imaginário da frente da jaqueta Armani cinza.

— Não, pai.

— Ora, e por que não?

Porque eu odeio e sempre odiei hóquei?

— Não tenho tempo. Estava dando três aulas no semestre passado.

O pai estendeu a mão e bagunçou o cabelo dela, algo que fazia desde que Hayden era uma garotinha. A filha achou o gesto reconfortante. Lembrou-a dos anos em que eram próximos. Antes dos Warriors. Antes de Sheila. Da época em que eram apenas os dois.

O coração de Hayden doeu quando o pai prendeu uma mecha do cabelo atrás da orelha dela, abrindo um daqueles sorrisos encantadores. Seu charme era inegável. Apesar da voz alta e estrondosa, da energia inquieta que parecia irradiar e do brilho focado e muitas vezes astuto nos olhos, seu pai tinha um jeito de fazer todos ao redor sentirem que ele era seu melhor amigo. Devia ser por isso que os jogadores pareciam idolatrá-lo, e, com certeza, tinha sido por isso que ela mesma o venerava quando criança. Nunca pensara que o pai fosse perfeito. Ele a arrastava pelo país por conta da carreira. Mas também esteve ao lado dela ajudando-a com o dever de casa, deixando-a ter aulas de arte nas temporadas de jogo, tocando naquele assunto constrangedor sobre de onde vinham os bebês.

Ela sentia o estômago revirar só de pensar que o pai não parecia notar a distância entre eles. Não que esperasse que fossem melhores amigos — ela já era adulta e tinha sua própria vida. Mesmo assim, seria bom pelo menos manter algum tipo de proximidade com ele. Mas o pai vivia para os Warriors atualmente, alheio ao fato de que estivera negligenciando a única filha nos últimos sete anos.

Ela reparou nos fios grisalhos que começavam a aparecer nas têmporas. Hayden o vira no Natal, mas, de alguma forma, ele parecia mais velho. Havia rugas ao redor da boca que não existiam antes. O divórcio claramente o estava afetando.

— Querida, sei que este pode não ser o melhor momento para tocar no assunto — começou o pai, de repente, desviando o olhar. Ele se concentrou no jogo que acontecia no rinque, como se pudesse absorver a energia dos jogadores e encontrar coragem para continuar. Por fim, conseguiu: — Uma das razões pelas quais pedi que você voltasse para casa… bem… é que Diana quer que você deponha.

Ela ergueu a cabeça bruscamente, surpresa.

— O quê? Por quê?

— Você foi uma das testemunhas no dia em que Sheila assinou o acordo pré-nupcial — a voz do pai soou mais delicada do que ela escutava havia anos. — Você lembra?

Ele estava falando sério? Tinha mesmo achado que ela se esqueceria? O dia em que assinaram o acordo pré-nupcial tinha sido o primeiro encontro entre Hayden e a madrasta, apenas dois anos mais velha. O choque de o pai, de 57 anos, estar para se casar de novo, depois de anos sozinho, não foi tão grande quanto descobrir que ele ia se casar com uma mulher muito mais jovem.

Hayden tinha orgulho de ter a cabeça aberta, mas sempre parecia se fechar nas questões que envolviam o pai. Embora Sheila afirmasse o contrário, Hayden não estava muito convencida de que a madrasta não tivesse se casado com Presley por dinheiro, com ou sem acordo pré-nupcial.

As suspeitas foram confirmadas quando, três meses após o casamento, Sheila convenceu o pai de Hayden a comprar uma mansão multimilionária — pois morar em uma cobertura era muito ultrapassado —, um pequeno iate — pois a brisa do mar lhes faria bem — e um novo guarda-roupa — pois a esposa do dono de um time precisava andar elegante. Hayden nem queria saber quanto dinheiro o pai tinha gastado com Sheila naquele primeiro ano. Mesmo que ela trabalhasse até os 90 anos, provavelmente jamais ganharia tanto dinheiro. Sheila, claro, largara o emprego de garçonete no dia seguinte ao casamento e, pelo que Hayden sabia, a madrasta, agora, passava os dias gastando o dinheiro de Presley em compras.

— Eu preciso mesmo me envolver nisso? — perguntou ela, suspirando.

— É só um depoimento, querida. Tudo o que precisa fazer é declarar que Sheila estava em seu juízo perfeito quando assinou os documentos. — Presley soltou um muxoxo rude. — Ela está alegando que foi coagida.

— Ah, pai. Por que você se casou com essa mulher?

O pai não respondeu, e ela não o culpou. Ele sempre foi um homem orgulhoso, e admitir seus fracassos não lhe era natural.

— Isso não vai chegar a ir a julgamento, vai? — Seu estômago embrulhou com a ideia.

— Duvido. — Ele bagunçou o cabelo dela de novo. — Diana está confiante de que vamos conseguir um acordo. Sheila não pode continuar assim para sempre. Mais cedo ou mais tarde, ela vai desistir.

Era improvável.

Mas Hayden manteve as suspeitas para si, não querendo chatear o pai ainda mais. Percebeu, pela frustração nos olhos dele, que a situação o fazia se sentir impotente. E ela sabia o quanto aquele homem odiava se sentir assim.

A filha deu um aperto tranquilizador no braço dele.

— Ela vai, com certeza. — Então, apontou para a janela. — Aliás, o time parece estar se saindo muito bem.

Ela não fazia ideia se o time estava se saindo bem ou não, mas as palavras trouxeram um sorriso aos lábios do pai, e era isso que importava.

— Eles estão, né? Wyatt e Becker estão trabalhando muito bem juntos nesta temporada. Stan disse que foi difícil fazê-los se darem bem.

— Eles não gostam um do outro? — perguntou, sem se dar o trabalho de perguntar quem eram Wyatt e Becker.

O pai deu de ombros e tomou um gole do bourbon que tinha em mãos.

— Você sabe como essas coisas funcionam, querida. Machos-alfa que adoram medir forças. A liga nada mais é do que uma associação de egos.

— Pai… — Ela procurou as palavras certas. — Aquela matéria que saiu ontem, no jornal, sobre apostas ilegais… não é verdade, é?

— É claro que não. — Ele fez uma careta. — É tudo um monte de mentiras.

— Tem certeza de que não preciso me preocupar?

Ele a puxou para perto, apertando seu ombro.

— Não há absolutamente nada com que precise se preocupar. Eu prometo.

— Certo.

Um zumbido ensurdecedor, seguido por uma música cafona, interrompeu a conversa. Em um segundo, Presley estava de pé, batendo palmas e erguendo o polegar para a câmera que parecia flutuar pela janela.

— A gente venceu? — perguntou ela, sentindo-se burra por perguntar e ainda mais burra por não saber.

O pai deu uma risadinha.

— Ainda não. Faltam cinco minutos para o terceiro. — Ele voltou a se sentar. — Quando o jogo terminar, que tal eu te levar para um passeio rápido pelo rinque? Fizemos muitas reformas desde a última vez que você esteve aqui. O que você acha?

— Parece ótimo — mentiu ela.

Brody saiu do chuveiro e voltou para o vestiário principal. Levou a mão à lateral do corpo e estremeceu com a pontada de dor que se seguiu. Uma olhada para baixo confirmou o que já sabia: o bloqueio corporal de Valdek, no início do segundo tempo, tinha resultado em um grande hematoma que, aos poucos, ficava roxo. Babaca.

— Você recebeu a merda de uma falta — resmungava Wyatt para Jones enquanto Brody se aproximava do banco.

A voz normalmente calma do capitão continha certo antagonismo, e os olhos azul-gelo brilharam com desaprovação, algo também incomum. Brody se perguntou qual era o problema de Wyatt, mas preferiu ficar fora das brigas entre os companheiros de time. Os jogadores de hóquei estavam sempre nervosos, então pequenas discussões, muitas vezes, terminavam mal.

Derek revirou os olhos.

— Do que está reclamando? A gente ganhou a porra do jogo.

— Poderia ter ficado no zero a zero — retrucou Wyatt. — Você deu um gol para o Franks com aquela falta. Podemos até ter ganhado dois jogos a mais, mas precisamos vencer outros dois para passar para a próxima fase. Não podemos dar mole.

Ainda de cara feia, o sr. Sisudo saiu do vestiário, batendo a porta atrás de si.

Jones se virou para Brody com uma cara de "o que houve com ele?", mas o companheiro apenas deu de ombros, ainda determinado a ficar de fora da discussão.

Vestindo-se às pressas, enfiou o uniforme suado no armário, doido para sair dali.

— Até mais, rapazes — despediu-se ele, por cima do ombro.

Então, saiu para o corredor iluminado e deu de cara com uma parede quente cheia de curvas.

— Des… — O pedido de desculpa ficou entalado na garganta quando Brody colocou os olhos na mulher em quem havia esbarrado.

Não era qualquer mulher, mas aquela na qual estivera pensando — de pau duro — o dia todo.

Um ruído assustado escapou de sua boca.

— Brody?

A surpresa dele logo se transformou em uma onda de satisfação e prazer.

— Hayden.

Olhando-a de cima a baixo, Brody ficou surpreso com a blusa de seda branca que ela usava com a saia solta de estampa floral na altura dos joelhos. Muito diferente do top amarelo e da calça jeans desbotada da noite anterior. Agora, ela parecia uma professora certinha, não a mulher sensual que gritara o nome dele tantas vezes quase vinte e quatro horas antes. A diferença era desconcertante.

— O que você...? — Os olhos de Hayden se voltaram para a placa na porta ao lado. — Você é jogador dos Warriors?

— Isso aí. — Ele ergueu a sobrancelha. — Achei que tivesse dito que não era fã de hóquei.

— Eu não sou. Eu... — A voz dela foi morrendo.

O que Hayden estava fazendo naquela parte do estádio? Foi o que ele se perguntou de repente. Somente pessoas com crachás de identificação podiam circular por ali.

— Desculpe por fazê-la esperar, querida — disse uma voz masculina. — Vamos continuar... — Presley Houston se interrompeu e abriu um largo sorriso ao notar Brody. — Você jogou bem esta noite, Croft.

— Valeu, Pres. — Brody olhou de Hayden para Presley, perguntando-se o que tinha deixado passar.

Então, uma onda de ciúme explodiu em seu estômago quando se deu conta de que Presley havia chamado Hayden de *querida*.

Ah, merda. Ele transou com a amante de Houston?

Uma boa dose de raiva juntou-se ao ciúme que o dominava. Olhou para a mulher com quem tinha passado a noite, querendo estrangulá-la por ter ido para cama com ele sendo que estava comprometida, mas as palavras seguintes de Presley logo o fizeram perder o ímpeto e provocaram outro choque:

— Vejo que já conheceu a minha filha, Hayden.

8

O que ele estava fazendo *ali*? E por que não tinha contado a ela que era jogador dos Warriors?

Hayden piscou algumas vezes, surpresa. Talvez estivesse só imaginando aquele corpo alto e elegante, o rosto absurdamente bonito e o cabelo enrolado abaixo das orelhas, como se tivesse acabado de sair de um banho quente...

Ele não é uma alucinação. Aceite logo.

Certo, então era inegável que o homem com quem passara a noite estava parado bem ali na sua frente, em carne e osso, mais sexy do que nunca.

E também era um dos jogadores do pai dela.

Será que havia algum parágrafo no livro de regulamentos da liga sobre um jogador dormir com a filha do dono do time? Hayden achava que não, mas, com todos aqueles rumores sobre o pai e a franquia, ela não estava disposta a causar mais problemas.

Ao que parecia, Brody também não.

— Prazer em conhecê-la, Hayden. — A voz dele não revelou nada, muito menos o fato de que já se conheciam... intimamente.

Ela apertou a mão do homem, quase estremecendo ao sentir aqueles dedos quentes e calejados.

— Encantada — cumprimentou ela, devagar.

Encantada? Ela falou mesmo aquilo?

Os olhos de Brody brilharam, confirmando que a resposta idiota, de fato, tinha saído de sua boca.

— Hayden veio de São Francisco para nos visitar — explicou Presley. — Ela é professora de arte em Berkeley.

— De História da Arte, pai — corrigiu ela.

Presley acenou com a mão, displicente.

— É a mesma coisa.

— Em que posição você joga? — perguntou Hayden, a voz casual, neutra, como se se dirigisse a um completo estranho.

— Brody é ala-esquerdo — respondeu Presley por ele. — É um dos nossos melhores jogadores. Um astro.

— Ah. Parece empolgante — disse ela, num tom tranquilo.

O pai dela interrompeu mais uma vez:

— É mesmo. Não é, Brody?

Antes que o homem pudesse responder, alguém chamou a atenção de Presley.

— Ali está o Stan. Com licença, um momento — pediu e se afastou a passos rápidos.

A boca de Hayden se curvou com malícia.

— Não o leve a mal. Muitas vezes, ele monopoliza as conversas só para, então, sair do nada. — O sorriso dela desapareceu. — Mas você deve saber disso, já que joga no time dele.

— Isso te incomoda? — perguntou Brody, num tom cuidadoso.

— É claro que não — mentiu ela. — Por que incomodaria?

— Não sei, me diga você.

Ela o encarou por um momento, então suspirou.

— Olha, eu agradeceria se não contasse ao meu pai o que aconteceu entre nós ontem à noite.

— Ah, então você se lembra. — Os olhos do rapaz exibiam um brilho divertido. — Eu estava começando a achar que tinha se esquecido completamente.

Aham. Como se fosse possível. Ela não pensou em nada além daquele homem e sua língua talentosa o dia todo.

— Não me esqueci — falou, baixando o tom da voz. — Mas não quer dizer que eu queira repetir.

— Eu acho que você quer.

A arrogância no tom dele a irritou e a excitou. Como não tinha deduzido que ele era jogador de hóquei na noite anterior? O homem praticamente tinha *atleta profissional* escrito na testa. Era arrogante, confiante, carismático. Algo lhe dizia que era o tipo de homem que sabia exatamente o que queria e que fazia tudo que estivesse ao seu alcance para conseguir.

E o que ele queria, naquele momento, por mais desconcertante que fosse, parecia ser *ela*.

— Brody…

— Não tente negar. Te deixei de pernas bambas ontem à noite, e você mal pode esperar para que eu deixe de novo.

Ela bufou com desdém.

— Nada como um homem e seu ego saudável.

— Eu gosto quando você bufa. É uma gracinha.

— Não diga que sou uma gracinha.

— Por que não?

— Porque eu odeio. Bebês e coelhinhos são uma gracinha. Sou uma mulher adulta. E pare de me olhar assim.

— Assim como? — perguntou ele, piscando de maneira inocente.

— Como se estivesse me imaginando nua.

— É impossível evitar. *Estou* te imaginando nua.

Os olhos dele escureceram com um brilho sensual, e um calor líquido se acumulou entre as coxas de Hayden, que tentou não apertar as pernas. Não queria que Brody visse o quanto a estava afetando.

— Vamos tomar uma bebida hoje à noite — disse ele, de repente.

A palavra "não" lhe escapou dos lábios mais rápido do que pretendia.

O homem franziu a testa no que pareceu um gesto de frustração. Ele deu um passo à frente, fazendo com que Hayden olhasse de relance na direção do pai. Presley estava parado no fim do corredor, entretido em uma conversa com Stan Gray, o treinador-chefe dos Warriors. Embora parecesse alheio à atração entre a filha e Brody, ela ainda se sentia desconfortável em ter aquela conversa praticamente na presença do pai.

E não ajudava em nada o fato de Brody estar uma delícia naquela calça de lã cinza que se moldava às pernas musculosas e naquela camisa de botão preta que se esticava sobre o peito. E o cabelo molhado… Ela se forçou a parar de encarar os fios úmidos, sabendo que, caso se permitisse imaginá-lo no chuveiro, nu, poderia acabar gozando bem ali.

— Só uma bebida — insistiu ele, com um sorriso encantador. — Sabe, pelos velhos tempos?

Ela riu.

— A gente se conhece há vinte e quatro horas.

— Sim, mas foram umas vinte e quatro horas bem selvagens, não acha? — Ele se aproximou e abaixou a cabeça, os lábios a centímetros da orelha dela, e o hálito quente tocando seu pescoço. — Quantas vezes você gozou, Hayden? Três? Quatro?

— Cinco — respondeu ela com dificuldade, então logo olhou em volta para ter certeza de que ninguém tinha ouvido.

O corpo inteiro começou a latejar com a lembrança. O fato de ela poder se sentir excitada em um corredor cheio de gente — uma delas o próprio pai — a fez corar de vergonha.

— Cinco. — Ele assentiu rapidamente. — Não perdi a mão.

Ela resistiu à vontade de grunhir. Ele era seguro de si demais, o que dava ao homem uma vantagem, pois, no momento, ela não estava segura de nada.

Sua única certeza era de que queria arrancar a roupa e ir para a cama com Brody Croft de novo.

Mas não, Hayden não faria isso. Dormir com aquele rapaz de novo era uma péssima ideia. Tudo havia sido bem mais simples na noite anterior, quando ele era só um desconhecido excitante.

Mas naquele momento... ele era real. Pior ainda, era jogador de hóquei. Ela crescera perto de jogadores de hóquei e sabia como viviam: viagens constantes, mídia, mulheres fazendo fila para dormir com eles.

Sem contar que Brody era tão... arrogante, sedutor, ousado. Um dia antes, isso havia deixado o sexo com um desconhecido mais tentador. Naquele instante, era um lembrete do motivo pelo qual ela tinha decidido que *bad boys* não faziam mais parte de sua vida.

Tentara esse caminho antes, e nunca mais. O último namorado era tão convencido, sedutor e atrevido quanto Brody, e o relacionamento teve um fim trágico, quando Adam a abandonou no aniversário dela, porque a "história de ser fiel" restringia seu estilo de vida. Palavras dele, não dela.

Não sabia por que tinha tanto mau gosto quando se tratava de homens. Não deveria ser tão difícil encontrar alguém com quem construir a vida. Um lar, um casamento sólido, sexo incrível, empolgação *e* estabilidade, um homem que faria do relacionamento deles uma prioridade... Isso era pedir demais?

— Por que está tão decidido a me ver de novo? — deixou escapar, então baixou a voz quando o pai olhou na direção deles. — Eu te falei, hoje de manhã, que queria apenas uma noite. Voltei para casa para apoiar meu pai, não para me envolver com alguém.

— Você se envolveu *muito* comigo ontem à noite — instigou ele, piscando, então descruzou os braços e os deixou cair ao lado do corpo. — E não pode negar que gostou, Hayden.

— É claro que gostei.

— Então qual é o problema?

— O problema é que eu queria apenas uma noite juntos. Te ver de novo não fazia parte do plano.

— Do plano ou da fantasia? — perguntou ele, num tom arrastado e com um brilho astuto nos olhos. — É isso, não é? Você fantasiou uma noite com um desconhecido, certo? Não estou te julgando, só dizendo que a fantasia não precisa acabar.

A maneira como ele pronunciou a palavra *fantasia* a fez soar tentadora. Antes que Hayden pudesse se conter, se perguntou que outras fantasias poderiam realizar juntos. Encenação? Algemas? As bochechas queimaram com aquele pensamento. Era excitante, a ideia de algemar Brody... de montar no homem enquanto ele permanecia imóvel na cama...

Não. Não, ela *não* pensaria nisso. Precisava parar de deixar esse cara incendiar sua libido.

— A meu ver, você tem duas opções — afirmou ele. — O jeito mais fácil ou o jeito mais difícil.

— Mal posso esperar para descobrir que jeitos são esses.

— Sarcasmo não combina com você. — As bochechas de Brody formaram covinhas bem-humoradas, apesar das palavras. — Bem, o jeito mais fácil seria irmos ao Lakeshore Lounge para tomar uma bebida.

— Não.

Ele ergueu a mão.

— Você não ouviu o resto.

— Tudo bem. E qual é o jeito mais difícil?

Um olhar diabólico surgiu no rosto dele.

— Por que olhou para o meu pau quando perguntou?

— Ai, meu Deus. Eu não fiz isso.

— Você fez, sim. Ainda está olhando.

Bem, sim, *naquele instante* ela estava. Hayden corou ao perceber que Brody começava a ficar duro. No segundo em que notou, os mamilos dela enrijeceram ainda mais.

— Não tem problema, vamos fingir que não está me comendo com os olhos. — Ele deu uma piscadinha. — Enfim, acabei de perceber que não existe um jeito difícil. Porque vai ser bem fácil. Você quer aceitar tomar uma bebida comigo.

Hayden mordeu o lábio inferior. Ele tinha razão, droga. Apesar de cada objeção lógica na própria cabeça, ela *queria* dizer sim.

— Mas é melhor dizer que sim logo — brincou Brody. — Seu pai parece estar terminando a conversa. É, ele está apertando a mão de Stan agora. Ou seja, ele vai voltar bem a tempo de ouvir você dizer sim, então, vai perguntar para o que você acabou de dizer sim, e tenho certeza de que nenhum de nós quer abrir essa caixa de Pandora.

Ela virou a cabeça e, realmente, Presley estava vindo na direção deles. Ótimo. Embora soubesse que o pai era capaz de lidar com o fato de que a filha de 26 anos não era virgem, não queria que ele soubesse detalhes de sua vida sexual. Ainda mais de uma vida sexual que envolvia um de seus jogadores.

O pai podia ser completamente obcecado pelo time, mas sempre a alertava sobre a índole dos jogadores de hóquei. O último aviso tinha sido em sua visita mais recente, quando um jogador adversário dera em cima dela após um jogo dos Warriors. Ela recusara o convite para jantar, mas isso não impediu Presley de dar um sermão sobre como ele não queria que a filha namorasse com um brutamontes.

Se ele descobrisse que Hayden havia passado a noite com Brody Croft, isso serviria apenas para aumentar seu estresse.

— Então, o que me diz, Hayden?

O batimento acelerou quando ela percebeu que, se aceitasse o convite de Brody, provavelmente não beberiam nada. No segundo em que estivessem a sós, ele colocaria as mãos por baixo da blusa dela, apalpando os seios, chupando seu pescoço como fizera na noite anterior, enquanto deslizava para dentro dela e...

— Uma bebida — consentiu, então, se repreendeu por mais uma vez ter deixado os hormônios falarem mais alto do que o bom senso.

Qual era o *problema* dela?

Com uma risada baixinha, Brody apoiou as mãos nos quadris esbeltos, a personificação de um sujeito descolado. Sorriu.

— Eu sabia que você concordaria com o meu ponto de vista.

9

O Lakeshore Lounge era um daqueles raros bares na cidade que oferecia uma atmosfera intimista, em vez de barulhenta e intrusiva. Cadeiras macias e confortáveis, além de mesas elegantes com tampo de madeira, estavam posicionadas longe o suficiente umas das outras para que os clientes pudessem desfrutar de suas bebidas com privacidade. Lâmpadas pálidas e quentes eram usadas, em vez de uma iluminação forte. Era também um dos únicos estabelecimentos que ainda tinha um código de vestimenta rígido — o uso de blazer era obrigatório.

Ainda bem que ele era Brody Croft, no entanto. E que Ward Dalton, o dono do bar, acreditava ser seu fã número um e, então, fez vista grossa ao traje casual de Brody quando ele e Hayden chegaram.

Dalton os conduziu pelo chão de mármore preto até uma mesa isolada no canto do salão, quase fora de vista, escondida por dois enormes vasos de pedra com palmeiras frondosas. Um garçom de calça preta e camisa de botão branca apareceu logo depois, anotando as bebidas antes de se afastar discretamente.

O olhar perplexo no lindo rosto de Hayden não passou despercebido a Brody.

— Algum problema? — perguntou ele.

— Não. Estou só... surpresa. Quando você falou que íamos tomar uma bebida, pensei... — As bochechas adquiriram um tom rosado cativante. — Deixa pra lá.

— Pensou que eu te levaria para o hotel e continuaria de onde paramos?

— Mais ou menos isso.

— Desculpe por te decepcionar.

Ela se irritou com o tom provocante da voz.

— Não estou decepcionada. Na verdade, estou feliz. Como falei, não tenho interesse em me envolver.

Ele não gostou do tom decidido dela. Por mais que tentasse, não conseguia entender por que Hayden não queria repetir a noite anterior. Eles se deram tão bem...

Também não conseguia decidir se ela sabia quem ele era desde o início. Seu pai era Presley Houston, pelo amor de Deus. Ela não precisava *gostar* de hóquei para conhecer os jogadores, ainda mais os do time do pai. No entanto, o choque no rosto dela quando se esbarraram em frente ao vestiário não parecera fingido. Ele teve um vislumbre de uma surpresa sincera. Sem falar na pitada de consternação.

Não, ela não sabia. Não a teria incomodado tanto se já soubesse.

Ficou satisfeito ao constatar que ela havia gostado do homem, não do jogador de hóquei. Mas isso provocava outra dúvida: o que a deixava relutante em se envolver com ele? Seria o fato de ele ser jogador de hóquei profissional, ou alguma outra coisa? *Outro alguém?*

Contraiu a mandíbula com a ideia.

— O que te impede de ir adiante comigo, exatamente? — perguntou ele, a voz baixa. — Tem algo além dos problemas atuais de Presley?

A maneira como ela olhou para o guardanapo de seda em cima da mesa, como se fosse o item mais fascinante do planeta, deixou as suspeitas de Brody ainda mais fortes. Ele estreitou os olhos.

— Você tem um marido esperando por você na Califórnia?

O olhar dela encontrou o dele na mesma hora.

— É claro que não.

As suspeitas diminuíram, mas não desapareceram.

— Um noivo?

Ela balançou a cabeça.

— Um namorado?

O rubor nas bochechas dela ficou mais evidente.

— Não. Quer dizer, sim. Bem, mais ou menos. Eu *estava* saindo com alguém em São Francisco, mas, por ora, estamos dando um tempo.

— O tipo de tempo no qual você pode dormir com outras pessoas?

— Como já te falei antes, minha vida é complicada — retorquiu ela, o tom enfático. — Estou no processo de tomar algumas decisões sérias, tentando entender como será meu futuro.

Ele abriu a boca para responder, mas foi interrompido pelo garçom, que tinha voltado com as bebidas. Ele serviu o gim-tônica de Brody e a taça de vinho branco de Hayden, então saiu sem delongas, como se sentisse um clima entre o casal.

— E esse namorado... — disse Brody, pensativo. — Você vê um futuro com ele?

— Não sei.

A resposta hesitante de Hayden e a testa franzida em confusão eram tudo de que ele precisava. Ele não era um babaca. Se ela tivesse expressado um amor profundo pelo sujeito, Brody teria recuado. Mas o fato de ela não ter dado um sim definitivo como resposta lhe dizia que estava jogando limpo.

E nada o empolgava mais do que uma competição saudável.

Logo, levou o gim-tônica aos lábios e tomou um gole, encarando-a por cima do copo. Porra, apesar da roupa modesta, Hayden estava incrivelmente gostosa. Ele podia ver o contorno do sutiã por baixo da blusa de seda branca, e a lembrança do que havia por baixo enviou uma descarga elétrica até sua virilha.

— Não vai acontecer mais nada entre a gente — afirmou ela, dentes cerrados, obviamente percebendo a linha de pensamento pela qual Brody seguia.

Ele riu.

— Parece que está tentando se convencer disso.

Hayden franziu a testa em frustração.

— Nós fizemos sexo, Brody. Só isso. — Ela tomou um gole de vinho. — Foi incrível, é claro, mas foi só sexo. Não é como se tivesse mudado minha vida.

— Tem certeza?

Ele levou a cadeira para mais perto, de modo a não estarem mais frente a frente, mas lado a lado. Ele percebeu como as mãos dela tremeram diante da aproximação. As bochechas coraram de novo, os lábios se entreabriram. Não era preciso ser um gênio para ver que estava excitada. E, porra, ele gostava de saber que sua mera proximidade mexia com ela.

— Foi mais do que sexo. — Ele abaixou a cabeça e roçou os lábios na orelha dela, fazendo Hayden estremecer. — Foi um furacão sexual. Intenso. Arrasador — declarou e passou a língua pelo lóbulo da orelha dela. — Nunca fiquei tão duro na vida. E você nunca ficou tão molhada.

— Brody... — Deu para ver ela engolindo em seco.

Então, ele traçou a concha da sua orelha com a língua, depois moveu a cabeça para trás e baixou a mão até a coxa dela. Ele sentiu a perna estremecer sob o toque.

— Estou certo?

— Tudo bem — resmungou Hayden. — Você está certo. Feliz?

— Ainda não. — Com um leve sorriso, deslizou a mão por baixo do tecido macio da saia, roçando os dedos na mancha úmida da calcinha, então assentiu rapidamente e murmurou: — Agora, sim.

A atenção de Hayden ricocheteou pelo ambiente feito uma bola de pingue-pongue, como se esperando que o garçom fosse surgir na frente deles a qualquer segundo. Mas a mesa era bem reservada, ninguém podia se aproximar sem aparecer na linha de visão de Brody. Ele tirou proveito da privacidade, segurando a bunda de Hayden e ajeitando-a de leve para que o corpo dela ficasse mais acessível. Moveu a mão entre as pernas dela de novo, puxando para o lado o tecido da calcinha, para acariciar a carne úmida.

O burburinho dos demais clientes conversando nas mesas vizinhas o excitava demais. Sexo em lugares públicos não era uma novidade para ele, mas não podia dizer que já dera prazer a uma mulher em um bar sofisticado, onde poderia ser pego a qualquer momento.

Um arfar agudo escapou da boca de Hayden enquanto ele esfregava o clitóris em um movimento circular.

— O que está fazendo? — sussurrou ela.

— Acho que você sabe muito bem o que estou fazendo.

Ousado, continuou a esfregar o clitóris, depois deslizou os dedos para baixo, até a abertura, provocando-a com a ponta do indicador. A umidade já acumulada ali fez o pênis se contorcer. O que Brody mais queria era abaixar a calça social e meter naquele paraíso encharcado. Bem ali. Naquele instante. Mas não era audacioso a tal ponto.

— A gente devia parar — murmurou Hayden, mas seu corpo dizia o contrário.

As coxas se apertavam, os músculos internos contraindo-se ao redor do dedo dele, um gemido suave escapando-lhe da garganta.

— Você vai gozar se eu continuar, Hayden?

Ele olhou do rosto corado dela para a mesa vizinha, a vários metros de distância e quase imperceptível por entre as folhas de palmeira que a separava da deles. Torceu para que o casal sentado ao lado não tivesse ouvido o gemido de Hayden. Não queria que o momento acabasse.

— Brody, qualquer um pode passar por aqui.

— Então é melhor ser rápida.

Ele deslizou o dedo para dentro de Hayden, sorrindo quando ela mordeu o lábio. A expressão em seu rosto o deixava louco. Corada, torturada, excitada. Ele também estava, mas podia controlar o desejo crescente. Insistira para que ela passasse a noite com ele, porque tinha algo a provar: não era só ele que estava doido por uma segunda vez, mas *ela* também.

Pressionando o clitóris com o polegar, Brody deslizou outro dedo para dentro, entrando e saindo em um ritmo deliberado e lento. A boca quase doía de vontade de chupar um de seus pequenos mamilos rosados, mas apertou os lábios para não ceder ao desejo e abrir a camisa dela. Em vez disso, concentrou-se no calor entre as coxas, na pequena protuberância, que inchava à medida que ele a roçava com o polegar, e nas paredes internas, que se contraíam em torno de seus dedos a cada movimento suave.

Mantendo parte da atenção na expressão de prazer de Hayden e o restante nos arredores, Brody continuou a deslizar os dedos para dentro e para fora, até que, por fim, ela soltou um gemido quase inaudível e apertou as pernas. Ele a sentiu pulsar em volta dos dedos e conteve o gemido assim que um orgasmo mudo tomou conta dos olhos e do corpo dela.

Ela gozou em silêncio, tremendo, mordendo o lábio. Então, soltou um suspiro. As mãos, que em algum momento tinham sido cerradas em punhos, estremeceram no tampo da mesa, fazendo o copo de vinho virar e cair dela.

Ele retirou a mão quando Hayden se sobressaltou ao ouvir o barulho do vidro rolando e se espatifando no chão de mármore. O movimento repentino fez com que o joelho dela batesse em uma das pernas da mesa, fazendo-a balançar, e os cubos de gelo da bebida de Brody tilintaram contra o copo.

Pelo canto do olho, ele viu o garçom se aproximando às pressas. Ainda assim, não conseguiu conter sua pequena risada. Virando-se para encontrar o olhar atordoado de Hayden, riu de novo, ajeitou a saia dela e disse:

— Ainda vai me dizer que não mudou sua vida?

10

Cerca de doze horas depois de seu primeiro orgasmo público, Hayden havia entrado na Dreams, a boutique de lingerie no centro da cidade, que pertencia a Darcy.

Ela precisava desesperadamente da melhor amiga. Darcy e sua mentalidade de encontros casuais que duravam apenas uma noite com certeza a ajudaria a guiar seus pensamentos de volta para o caminho certo, não para o que a levaria para os braços de Brody Croft.

O engraçado era que ele não tinha insistido depois do encontro no bar na noite anterior. Apenas pagou pelas bebidas e, finalmente, conseguira fazê-la salvar o número dele. Hayden ainda não havia oferecido o dela, mas BRODY CROFT agora fazia parte de sua lista de contatos, o que, para ele, era um progresso. Depois, acompanhou-a até o carro alugado e se despediu com palavras nas quais ela não conseguia parar de pensar.

Agora está nas suas mãos, Hayden. Se me quiser, venha me procurar.

Então, ele foi embora. Apenas entrou no SUV brilhante e a deixou sentada no próprio carro, mais excitada do que em toda sua vida. Ela estava disposta a ir para casa com ele, até havia insinuado isso, mas ele deixara claro que nada mais aconteceria naquela noite, não depois de ter que insistir tanto para chegarem até ali.

Não, Brody queria que o próximo encontro partisse dela. Algo que Hayden estava seriamente tentada a fazer.

Por isso precisava que Darcy a convencesse do contrário.

O sininho da porta soou quando Hayden entrou na boutique. Contornou o manequim que vestia um *body* de renda preta e a mesa cheia de calcinhas fio-dental para se aproximar do balcão.

— Algo terrível aconteceu — resmungou Darcy, no segundo em que a viu.

— Nem me fale — murmurou a amiga.

Mas a expressão chocada no rosto de Darcy fez Hayden deixar de lado a lembrança da noite anterior por um momento. Ela sentiu um doce perfume floral, olhou em volta e, enfim, avistou um buquê de rosas vermelhas e amarelas na cesta de lixo de metal ao lado do balcão.

— Presente de Jason. — Darcy suspirou, seguindo o olhar da amiga.

— Quem é Jason?

— Eu não te falei dele? Dormi com ele na semana passada, depois da aula de ioga. Ele é personal trainer.

Como se Hayden fosse se lembrar de todos os homens com quem a amiga transava. Ela não sabia como Darcy conseguia pular de um para outro.

— E ele mandou flores? Que amor.

Darcy a olhou como se lhe tivessem crescido chifres.

— Você está louca? Não se lembra de como me sinto em relação a flores?

Sem esperar por uma resposta, Darcy levantou-se com um pulo e foi se certificar de que a loja não tinha clientes. Então, rumou até a porta da frente, trancou-a e virou a placa de *Aberto* para *Fechado*.

Com os saltos finos e baixos batendo no chão de ladrilhos, gesticulou para que a amiga a seguisse, indo até os provadores. Além de quatro cabines, o espaço amplo tinha duas cadeiras macias de veludo vermelho.

Hayden afundou em uma das cadeiras e pegou a tigela de balas de hortelã em formato de coração que a dona oferecia às clientes. Colocando uma na boca, estudou a outra mulher, que ainda parecia chateada.

— Nossa, esse buquê de flores te incomodou mesmo.

Darcy desabou na cadeira e cruzou os braços, o rosto ficando quase tão vermelho quanto o cabelo.

— É claro que me incomodou. Não é normal.

— Não, *você* não é normal. Homens dão flores para mulheres o tempo todo. Não é culpa do pobre Jason ter te escolhido como destinatária.

— Saímos para tomar vitaminas depois da ioga e nos agarramos no carro dele quando ele foi me deixar em casa. — Darcy soltou um som frustrado. — Como isso justifica mandar flores?

— O que o cartão dizia? — perguntou Hayden, curiosa.

— "Espero te ver de novo em breve."

Ela estava prestes a comentar que Jason era bem gentil, mas se conteve. Sabia como Darcy se sentia em se tratando de relacionamentos. O primeiro sinal de compromisso já a fazia sair correndo atrás do lance casual seguinte. Uma pena. Aquele Jason parecia ser tão legal quanto Doug.

Merda. Ela tinha prometido a si mesma que não pensaria em Doug naquele dia.

Ainda não havia ligado de volta e, quando acordou naquela manhã, tinha recebido outra mensagem de Doug. Mas como poderia ligar para ele? Ela estava fora havia apenas uma semana e já tinha ido para a cama com outro homem. Hayden se perguntou se Doug continuaria sendo tão legal quando ela lhe contasse isso.

— Vou ter que encontrar uma nova academia — resmungou Darcy, os olhos azuis escurecendo de irritação.

Começou a ficar inquieta. Cruzou as pernas, depois descruzou, juntou as mãos, e em seguida bateu-as nos braços da cadeira.

Hayden percebeu que a amiga estava prestes a explodir. A qualquer minuto...

Não, a qualquer segundo...

— Qual é o problema dos portadores de pênis? — explodiu Darcy. — Eles falam que *nós* somos carentes, chamam a gente de pegajosa e exigente, nos acusam de sermos obcecados pelo amor, por casamento e por ter filhos. Quando, na verdade, são *eles* quem querem. São *eles* os piegas, que mandam flores como se uma vitamina e um boquete no banco de trás de um carro fosse uma ocasião que precisa ser comemorada... — A voz de Darcy foi morrendo. Depois, ela soltou um suspiro. — É claro que vou ter que esclarecer as coisas.

— Pelo menos agradeça pelas flores.

— Eu já liguei e agradeci. Mas acho que vou ter que ligar de novo e garantir que Jason saiba que o que aconteceu entre nós não tem futuro. Igual a quando você abriu o jogo com o seu gostosão.

— Ah. Sobre isso... Você não vai acreditar...

Ela resumiu para a amiga a visita ao estádio e como tinha esbarrado em Brody fora do vestiário.

— Ele é jogador de hóquei? Aposto que você adorou descobrir isso. — Darcy sorriu. — Você o mandou sumir, certo?

— Hum...

O queixo de Darcy caiu.

— Hayden! Você dormiu com ele de novo?

— Não exatamente... mas saí para beber alguma coisa com ele.

— E?

Hayden contou a ela do orgasmo em público. Quando a amiga balançou a cabeça, ela acrescentou:

— Não consegui me conter! Ele começou... você sabe... e foi muito bom... — A voz dela sumiu.

— Você não tem autocontrole. — Darcy lançou-lhe um olhar cansado, depois perguntou: — Vai ligar para ele?

— Não sei. Mas Deus sabe que eu *quero*. É só que... ligar para ele acaba com o propósito de ter uma noite casual — resmungou. — Eu queria um pouco de sexo para aliviar o estresse. Agora, estou ainda mais estressada.

— Então mande ele catar coquinho. Você tem coisas demais com as quais se preocupar sem um jogador de hóquei arrogante querendo uma prorrogação no sexo.

Hayden riu.

— Ele é bem determinado. — Lembrou-se da paixão brilhando nos olhos dele quando a levou ao clímax no dia anterior. — Ele está me deixando maluca, amiga.

— No sentido bom ou ruim?

— Nos dois. — Ela inspirou e soltou o ar pela boca. — Quando estou com ele, só consigo pensar em arrancar suas roupas, e, quando não estou com ele, só consigo pensar em arrancar suas roupas.

— Não vejo problema.

Hayden mordeu o lábio inferior.

— Ele é jogador de hóquei. Você sabe como me sinto quanto a isso. — Ela soltou um suspiro frustrado. — Não quero namorar ninguém envolvido com esportes. Porra, eu odiava quando meu pai era treinador. Nunca tive um lar de verdade, amigos… Minha amizade com você foi a única que durou, e metade dela foi por mensagem de texto.

Pegando outra bala, a enfiou na boca e a mordeu no meio, descontando a frustração no doce.

— Não quero namorar um homem que passa metade do ano viajando para outros estados para poder patinar em uma pista de gelo. E mais, tenho muitas preocupações no momento. A franquia está sofrendo com os boatos, meu pai está colocando todos os seus problemas com Sheila nos meus ombros e Doug já ligou duas vezes para falar sobre *nós*. Não posso pular para outro relacionamento agora. — Ela cerrou a mandíbula, praticamente desafiando Darcy a discutir.

O que, claro, foi o que a amiga fez.

— Sabe o que eu acho? — indagou Darcy. — Você está dando muita importância para isso.

— Ah, é?

Darcy se recostou na cadeira, colocando uma mecha de cabelo ruivo atrás da orelha.

— Você vai passar só alguns meses na cidade, querida. Qual é o problema de se divertir enquanto isso?

— E aquele seu discurso de só uma noite de sexo?

— Pelo visto, não está funcionando para você. — Darcy deu de ombros. — Mas, Hayden, você parece acreditar que é tudo preto ou branco, uma noite casual ou um relacionamento sério. Está se esquecendo dos tons de cinza entre os dois extremos.

— Dos tons de cinza?

— Sim, se chama um "caso".

— Um "caso".

Ela nunca tinha sido uma garota de casos, mas, por outro lado, nunca pensara que seria uma garota que procuraria só uma noite de sexo casual. Talvez um caso com Brody não fosse o fim do mundo. Não era como se ele quisesse se casar com ela ou algo assim. Queria apenas colocar fogo nos lençóis de novo, continuar com a fantasia...

Mas... se ela deixasse "uma noite só" virar um caso, o caso não poderia acabar virando algo mais?

— Não sei. Brody é uma distração que não posso ter no momento. — Ela fez uma pausa, torcendo a boca com tristeza. — Mas meu corpo parece criar vida própria sempre que ele está por perto.

— Então assuma o controle do seu corpo — sugeriu Darcy.

— Certo, e como faço isso?

— Não sei, da próxima vez que sentir vontade de transar com Brody Croft, tente algo diferente. Assista a algum filme pornô ou algo do tipo.

Uma risada subiu pela garganta de Hayden.

— Essa é a sua solução? Assistir a um filme pornô?

Darcy sorriu.

— É claro. Pelo menos, não vai ficar pensando no sr. Hóquei quando estiver ocupada secando outros homens.

— Ah, sei. Porque os homens do pornô são muito atraentes — retrucou Hayden, com uma bufada de desdém.

— É só não olhar para o rosto deles. Concentre-se nos paus enormes.

Hayden revirou os olhos.

— Se eu assistir a alguma coisa esta noite, vai ser o novo documentário sobre Van Gogh na Netflix.

Darcy soltou um suspiro exagerado.

— Um homem que cortou a própria orelha não é sexy, Hayden.

— Filme pornô também não é. — Ela olhou para o relógio, arregalando os olhos. — Merda. Tenho que ir. Preciso dar meu depoimento hoje sobre o estado mental de Sheila quando ela assinou o acordo pré-nupcial.

— Parece divertido. Infelizmente, deixei meus sapatos de festa em casa, então não posso ir com você.

Elas foram até a saída. Darcy destrancou a porta e a abriu, voltando sua atenção para as flores na cesta de lixo.

— Pelo menos, seu cara só quer sexo — afirmou Darcy, falando como se sentisse inveja.

— Brody não é "meu cara" — respondeu, torcendo para que, se dissesse as palavras em voz alta, pudesse convencer seu corpo rebelde. — Ainda vamos jantar amanhã?

— Desde que seja comida mexicana. Estou com vontade de algo picante. Divirta-se no depoimento — disse Darcy, enquanto Hayden saía pela porta.

— Divirta-se com as flores — devolveu a amiga.

Ela se virou a tempo de ver Darcy mostrando a ela o dedo do meio.

— Obrigada, Hayden — agradeceu Diana Krueger, a advogada de divórcio de Presley. — Terminamos por aqui.

A filha alisou a frente da saia preta e se levantou. Ao lado, o pai também se pôs de pé. Na outra ponta da grande mesa oval da sala de depoimentos do escritório Krueger e Bates, Sheila Houston e o advogado dela estavam próximos, conversando aos sussurros.

Hayden olhou para a madrasta, ainda tão surpresa diante da aparência de Sheila quanto quando a mulher entrara no escritório de advocacia mais cedo. Na última vez em que Hayden estivera na cidade, Sheila parecia ter saído das páginas de uma revista de moda. Longo cabelo loiro escovado e brilhoso, feições impecáveis com uma maquiagem perfeita, roupas caras que marcavam o corpo alto e esguio.

Dessa vez, Sheila parecia… abatida. Muito mais velha do que seus 28 anos e muito mais infeliz do que Hayden esperava. O cabelo caía sem forma pelos ombros, os olhos azuis, normalmente deslumbrantes, agora pareciam angustiados, e ela havia perdido pelo menos sete quilos, o que deixava sua forma esbelta muito frágil.

Embora odiasse sentir um pingo de pena da mulher que fazia da vida do pai um inferno, Hayden se perguntou se Sheila estaria achando o processo de divórcio mais difícil do que Presley dera a entender. Ou isso, ou estava arrasada com a perspectiva de perder o iate que obrigara Presley a comprar.

— Obrigado por ter feito isso, querida — disse o pai, baixinho, enquanto saíam da sala de reuniões. — Significa muito para mim você ter vindo defender o seu velho.

Pela terceira vez na última hora, Hayden notou os olhos vidrados e vermelhos do pai e se perguntou se ele havia bebido antes de encontrá-la. O hálito cheirava a pasta de dente e charuto, mas ela teve uma sensação estranha ao observá-lo.

Não, estava sendo boba. Ele devia estar cansado.

— Fico feliz em ajudar — respondeu ela, com um sorriso tranquilizador.

Ele tocou o braço da filha.

— Você precisa de carona até o hotel?

— Não, aluguei um carro.

— Certo. — Ele assentiu. — Esqueci de mencionar, na última vez que nos vimos, mas o baile anual de arrecadação de fundos do Gallagher Club vai ser no próximo domingo. Às oito.

E você vai, isso estava implícito na frase.

Que maravilha. Ela odiava aquele tipo de evento, ainda mais os realizados no prestigiado clube de cavalheiros do qual o pai era membro. Era sempre um bando de homens mais velhos e inconvenientes dando em cima dela enquanto as esposas fingiam não notar.

O pai devia ter reparado sua relutância, pois franziu a testa de leve.

— Eu gostaria de tê-la presente, Hayden. Muitos dos meus amigos querem te ver. Quando você esteve aqui, durante as festas de fim de ano, recusou todos os convites.

Porque eu queria te ver, ela quase deixou escapar. Mas segurou a língua. Sabia que o pai gostava de exibi-la para os amigos ricos e de se gabar de seu currículo acadêmico — algo com o que ele parecia não se importar quando estavam sozinhos.

Ela engoliu a pontada de amargura. Considerando que tinham acabado de passar uma hora com a mulher determinada a tirar cada centavo dele, Hayden imaginou que deveria dar um desconto ao pai.

— Estarei lá — prometeu.

— Ótimo.

Depois de se despedirem, ela viu o pai sair às pressas do saguão elegante e ir para a rua, como se estivesse sendo perseguido por um assassino. Ele não estava totalmente errado, visto que o escritório de advocacia se chamava Krueger e Bates. Hayden se perguntou se era a única ali que percebera a coincidência.

— Hayden, espere.

Ela parou diante das enormes portas de vidro da entrada, contendo um resmungo ao ouvir a voz da madrasta.

Virou-se devagar.

— Eu só... — Sheila parecia, de maneira surpreendente, nervosa ao se aproximar. — Eu queria dizer que não guardo ressentimento. Sei que está tentando proteger seu pai.

As sobrancelhas de Hayden quase foram parar no cabelo. *Não guardo ressentimento?* Sheila estava esvaziando as contas bancárias de Presley como uma sanguessuga gananciosa e queria dizer que não guardava ressentimentos?

Tudo que conseguiu fazer foi olhar para a mulher, chocada.

Sheila logo continuou:

— Sei que nunca gostou de mim, e não a culpo. É sempre difícil ver um pai se casar de novo. Tenho certeza de que não ajudou em nada eu ser apenas dois anos mais velha do que você. — Ela ofereceu um sorriso tímido.

— Não deveríamos estar conversando. — A voz de Hayden soou fria. — É um conflito de interesses.

— Eu sei. — Sheila passou a mão pelo cabelo, parecendo triste. — Só queria que soubesse que ainda me importo com seu pai. Me importo muito com ele.

Para o choque absoluto de Hayden, algumas lágrimas caíram dos olhos de Sheila. E, de maneira ainda mais chocante, não pareceram ser lágrimas de crocodilo.

— Se você ainda se importa com ele, então por que está tentando tirar tudo o que ele tem? — alfinetou.

Um lampejo de raiva petulante surgiu no rosto de Sheila. Sim. Ali estava a Sheila que ela conhecia. Hayden tinha visto aquele olhar muitas vezes antes, em geral enquanto a madrasta tentava, sem sucesso, convencer Presley a comprar algo ridículo.

— Tenho direito a alguma coisa — retorquiu ela, o tom defensivo —, depois de tudo o que aquele homem me fez passar.

Certo, porque a vida de Sheila era muito difícil. Morar em uma mansão, usar roupas de alta costura, não pagar um centavo por nada…

— Sei que acha que eu sou a vilã, mas você precisa saber que tudo o que fiz foi porque… Não, não vou culpar Pres. — As lágrimas voltaram a escorrer, e Sheila enxugou os olhos com a mão trêmula. — Vi que ele estava cada vez pior e não tentei ajudar. Fui eu que o mandei para os braços de outra mulher.

— Como assim? — Um nó de raiva e descrença torceu as entranhas de Hayden, transformando-as em um pretzel.

Sheila estava mesmo insinuando que tinha sido Presley quem havia pulado a cerca? Isso era absurdo, e sua antipatia pela mulher logo aumentou.

Sheila a encarou com um olhar significativo.

— Pelo visto, ele deixou essa parte de fora.

— Eu preciso ir — disse Hayden, tensa, a mandíbula tão contraída que os dentes começavam a doer.

— Eu não ligo para o que pensa de mim. Só quero que cuide do seu pai, Hayden. Acho que ele está bebendo de novo, e quero ter certeza de que alguém está cuidando dele.

Sem se despedir, Sheila saiu do prédio.

Hayden observou a madrasta desaparecer pela calçada movimentada, engolida pela multidão do horário de almoço de Chicago.

Ela não conseguiu se obrigar a se mover.

Era tudo mentira. Precisava ser mentira. O pai nunca quebraria os votos de casamento indo para a cama com outra mulher. Sheila estava errada. Tinha que estar.

Acho que ele está bebendo de novo.

O comentário ecoou na mente de Hayden, fazendo-a mexer, tensa, na bainha do suéter azul e fino. Ela tinha achado os olhos do pai vidrados… e, certo, talvez ele tivesse tomado alguma coisa antes de vir, mas o comentário de Sheila insinuava que Presley vinha bebendo além da conta. Que em algum momento teve problemas com álcool.

Era verdade?

E, se fosse, como ela não ficou sabendo? Podia até não visitar o pai com frequência, por conta da agenda lotada na universidade, mas falava com ele pelo menos uma vez por semana, e ele sempre parecia normal. Sóbrio. Ela não teria suspeitado se o pai tivesse problemas com bebida?

Era tudo mentira.

Hayden se agarrou a essa frase, empurrando a alça da bolsa mais para cima no ombro enquanto saía pelas portas. Inspirando uma lufada de ar fresco, se dirigiu para o carro alugado, afastando de seus pensamentos cada palavra que Sheila dissera.

11

Ao sair do vestiário após um treino cansativo na tarde de quinta-feira, Brody ficou imaginando se havia cometido um grande erro ao dizer a Hayden que estava tudo nas mãos dela. Na hora, tinha parecido a jogada certa, mas, naquele instante, depois de duas horas de exercícios tediosos seguidos por um sermão do treinador Gray, ele estava questionando a decisão.

Ou, mais especificamente, lamentando a decisão que não tomou.

Sentia o corpo dolorido, estava com os nervos à flor da pele e sabia que algumas horas na cama de Hayden eram o remédio de que precisava.

Também sabia que ela não ligaria.

Você foi arrogante demais, cara.

Seria esse o problema? Estava tão confiante em sua habilidade de excitar Hayden que partira do princípio de que ela iria querer que ele repetisse a dose?

Porra, por que não a havia levado para casa? Ele tinha visto a luxúria nos olhos dela, sabia que tudo o que precisaria ter feito era sugerir, e ela estaria em seus braços de novo, mas se conteve.

Não, o orgulho o fizera se conter. Não queria ir para a cama com ela sabendo que precisara insistir tanto, para começo de conversa. Queria que fosse escolha dela. Suas regras, seu desejo.

Era quase cômico como aquela professora de História da Arte teimosa o afetava. Ela era muito diferente das mulheres com quem tinha saído no passado. Mais inteligente, mais bonita, mais séria e, com certeza, mais teimosa. Ele sabia que deveria tirá-la do sério, já que claramente não queria um relacionamento. Mas os instintos continuavam gritando para que não a perdesse de vista, que, se pensasse duas vezes, Hayden desapareceria, e ele acabaria deixando alguém importante escapar. Isso não fazia sentido, mas Brody sempre confiava em seus instintos. Nunca tinham falhado.

No caminho até o carro, chutou uma pedra, mas a vontade era de chutar algo mais duro. A própria cabeça dura, talvez.

Ao destrancar a porta do motorista, praguejou quando olhou para o pulso. Merda. Havia deixado o relógio no rinque. Sempre se esquecia daquele troço. Primeiro de tudo, odiava usar relógio, mas tinha sido presente dos pais, em comemoração ao seu primeiro jogo profissional, oito anos antes. Os pais estavam extremamente orgulhosos, o que ele reafirmava toda vez que ia para casa visitá-los, no Michigan, e os pegava olhando o relógio.

Suspirando, virou-se e voltou para a entrada do enorme prédio cinza. Os Warriors treinavam em uma pista particular a poucos quilômetros do Lincoln Center. Não era muito tradicional, mas, para Brody, era um alívio. Com isso, a imprensa nunca cobria os treinos, o que diminuía a pressão sobre ele e os outros jogadores de terem sempre o melhor desempenho.

As portas duplas da entrada levavam a um grande saguão frio. À esquerda, havia os corredores que levavam aos vestiários, e, ao entrar, Brody imediatamente notou duas pessoas conversando aos sussurros no corredor do vestiário. Estavam de costas, o que o permitiu desviar rapidamente para a direita, entrando em outro corredor com uma fileira de máquinas automáticas de lanche.

— Você não deveria ter vindo até aqui — soou a voz abafada de Craig Wyatt.

Brody inspirou o ar pela boca, torcendo para que o capitão dos Warriors e a outra pessoa não o tivessem visto.

No entanto, Brody com certeza os viu.

Isso levantava a questão: o que Craig Wyatt estava fazendo aos sussurros com Sheila Houston?

— Eu sei. Mas eu precisava te ver — replicou Sheila, tão baixo que Brody teve que apurar os ouvidos para escutá-la. — A reunião com os advogados hoje foi terrível… — disse ela, e soltou um leve soluço.

— Shhh, está tudo bem, meu amor.

Meu amor?

Decidindo que tinha ouvido o suficiente — e que voltaria para pegar o relógio em outro momento —, Brody foi em direção à saída de emergência no fim do corredor. Girou a maçaneta da porta, rezando para que o alarme não disparasse.

Não disparou. Aliviado, saiu pela lateral do rinque e quase correu de volta para o BMW.

Enquanto dirigia até sua casa no Hyde Park, um tornado de pensamentos confusos rodopiou em sua mente. Craig Wyatt e Sheila Houston? O jogador que supostamente estava tendo um caso com a esposa do proprietário era... o capitão dos Warriors? Brody jamais esperaria isso do sr. Sisudo, tão certinho.

Puta merda. E se *aquele* boato era verdade, isso significava que os subornos com relação à franquia também podiam não ser mentira. Craig Wyatt até podia ter a personalidade de uma parede de tijolos, mas era o capitão do time, assim como os olhos e os ouvidos. Ele acompanhava o progresso de todos, garantindo que estivessem em boa forma e com a cabeça no jogo. Se suspeitasse de que alguém havia aceitado um suborno, teria investigado, sem dúvida.

Será que Wyatt era a fonte que Sheila tinha mencionado naquela entrevista? Teria sido ele quem contou a ela sobre os subornos?

Ou...

Merda, será que o próprio Wyatt aceitara um suborno?

Não. Não fazia sentido. Sheila não falaria em subornos e apostas ilegais se o amante fosse um dos culpados.

Brody entrou na garagem e desligou o motor. Então, apertou a parte de cima do nariz, na esperança de evitar uma dor de cabeça que se aproximava.

Porra. Aquilo não era nada bom.

Não ligava muito para o que Craig Wyatt fazia em seu tempo livre, nem com quem estava, mas, se Wyatt soubesse de alguma coisa sobre os rumores...

Talvez Brody devesse confrontar o outro homem de uma vez, perguntar o que ele sabia. Ou talvez devesse pedir a Becker para fazer isso por ele. Becker era bom nessas coisas, sabia lidar com situações difíceis e manter a clareza.

Ele esfregou as têmporas e encostou a testa no volante por um momento. Droga, não queria ter que lidar com nada disso. Por ele, todo o escândalo simplesmente desapareceria. Terminaria a temporada e, depois, renovaria o contrato com os Warriors ou entraria em um novo time. A carreira estaria segura, e a vida seria ótima.

Ah, e Hayden Houston estaria na cama dele.

Mas aquele nome ainda não constava no seu telefone, revelando que não a tinha conquistado com o orgasmo no Lakeshore Lounge.

Enquanto subia os degraus até a porta da frente, mandou uma mensagem para Becker.

BRODY: Pode vir tomar uma cerveja hoje à noite? Preciso falar com você.

A resposta de Becker chegou mais rápido do que esperava. Em geral, o homem não olhava muito o celular quando estava em casa com a família. Sam sempre dizia que o tempo com as filhas era muito mais importante do que olhar para uma "maldita tela".

BECKER: A gente não acabou de se ver no treino?
BRODY: Eu sei. Mas é importante.

Brody viu que o amigo estava digitando, aqueles três pontos ondulando na janela da conversa por um bom tempo antes de outra mensagem, enfim, aparecer.

BECKER: Claro. Vou depois que Tamara dormir. Por volta das oito.

BRODY: Certo. Até mais.

Ele recebeu o companheiro de time algumas horas depois, sorrindo quando Sam tirou a jaqueta e acabou jogando algumas gotas de água no rosto de Brody.

— Muito obrigado — disse ele, irônico.

— Está caindo o mundo lá fora — resmungou Becker. — É bom ter uma boa desculpa para me fazer vir até aqui.

— Confie em mim, eu tenho.

Ele largou o casaco de Becker em um dos ganchos do saguão de entrada. Os dois foram para a cozinha, onde Brody pegou duas garrafas de cerveja e entregou uma ao amigo.

— O que é isso? — perguntou Sam, olhando para o laptop aberto na bancada de granito branca. — É aniversário da sua mãe ou algo assim?

Brody desligou o computador. Porra. Tinha deixado a aba do site da floricultura aberta quando foi atender a porta.

— Ah. Sim. É para o Dia das Mães.

— O Dia das Mães foi no fim de semana passado. — Sam apoiou o quadril contra a bancada, rindo.

— Pois é. E me esqueci de mandar flores para minha mãe, por isso o presente atrasado.

— Você não sabe mentir.

Brody estreitou os olhos.

— Quem disse que menti?

— Jovem, foi minha assistente que organizou as entregas de flores para nossas mães.

Ah, verdade. Que merda.

Sam riu ainda mais ao ver a expressão de derrota no rosto de Brody.

— Então, para quem são as flores?

Suspirando, ele levou a cerveja aos lábios e tomou um longo gole.

— Sente-se. Pode demorar um pouco.

O amigo soltou um suspiro em resposta.

— É sério? Você me trouxe até aqui para falar sobre sua vida amorosa?

Tecnicamente, não. Mas, agora que Becker estava ali, ele podia muito bem pedir alguns conselhos ao homem. Sam era casado e feliz havia quinze anos, então estava claro que entendia um pouco sobre relacionamentos.

— Não só por isso, mas podemos falar sobre o restante depois — falou Brody, desabando no sofá de couro na sala de estar. — Eu fiz uma idiotice.

— E isso é novidade?

— Vá se foder.

Sam afundou na poltrona em frente ao sofá, equilibrando a garrafa no joelho.

— Tudo bem, vou perguntar. O que foi que você fez?

— Dormi com a filha de Presley Houston.

Um segundo de silêncio, e, então, Becker soltou uma risada.

— Pelo amor de Deus.

— Viu só? Eu disse que foi idiotice. — Ele tomou outro gole de cerveja. — Em minha defesa, eu não sabia que era a filha dele quando dormi com ela.

— Então, agora, está com medo de ele descobrir e de te colocar no banco indefinidamente? — Sam revirou os olhos. —

Porque isso não vai acontecer, Jovem. Nosso próximo jogo é daqui a duas noites. Ele não vai bancar o risco de não ter o grande astro bonitão no gelo por causa disso.

— Em primeiro lugar, não sou o grande astro. Wyatt é.

Porra, era sobre *aquilo* que deveriam estar falando. Ele pedira a Becker para ir até lá para poder contar sobre Craig Wyatt e Sheila Houston, não se queixar de sua vida sexual.

— Percebi que não negou a parte de ser bonitão.

Brody sorriu.

— Por que eu deveria? É verdade. Mas, enfim, é claro que estou preocupado de Pres descobrir. Não acho que me colocaria no banco, mas, com certeza, não ficaria feliz. O cara era treinador. Não conheço um único treinador que aceitaria bem se a filha ficasse com um jogador de hóquei. A menos que o jogador fosse você, que é tão pateticamente perfeito, que qualquer pai ficaria feliz em casar a filhinha.

— Você queria que eu viesse aqui para me pedir conselhos ou para me insultar?

— Falei que você é perfeito, seu idiota. Como isso seria um insulto?

Becker riu.

— Você em algum momento vai chegar ao X da questão?

Colocando a cerveja na mesa de centro, Brody contou ao companheiro de time sobre os dois encontros com Hayden e sobre como ambos terminaram com ela não ligando para ele. O sorriso satisfeito de Becker ao ouvir a história não o fez se sentir melhor.

— Você poderia pelo menos fingir que está com pena — resmungou Brody.

— É sério? Passei os últimos oito anos vendo mulheres se jogando aos seus pés. Lembra da garota que invadiu seu quarto de hotel quando fomos jogar em Denver e se algemou na sua cama? Ou das irmãs gêmeas, em San Jose, que tatuaram seu nome na bunda e depois tentaram te convidar para um ménage na piscina da cobertura?

Porra. Aqueles dias tinham sido uma loucura. O amigo continuou:

— Então, pois é, estava na hora de seu ego levar uma rasteira. — Becker sorriu. — Além disso, acha mesmo que um buquê de rosas vai convencê-la a sair com você de novo? Porque, hoje em dia, isso é considerado pouco. Você precisa de um gesto mais grandioso do que algumas flores.

Ele deu de ombros.

— Isso me daria pelo menos uma ligação de agradecimento. Então, eu poderia fazer minha mágica e… — Ele não terminou a frase, o tom malicioso.

— Ser rejeitado de novo? — sugeriu Becker.

— Vá se foder. — Ele pegou a garrafa e tomou outro gole de cerveja, então, pensativo, encontrou o olhar divertido de Becker. — O que considera um gesto mais grandioso? Tipo, o que vai me ajudar a conquistar essa garota?

— Na última vez que deixei Mary brava, tive que reformar nosso banheiro do andar de baixo.

— Isso não me ajudou em nada.

Mas lhe rendeu outra risada.

— Sou péssimo nessas coisas de romance, Jovem. Pergunte à minha esposa. Ela mesma pode te dizer como sou péssimo em me rebaixar.

— Não estou tentando me rebaixar. Só quero vê-la de novo. — Deu para ouvir a frustração em sua voz, o que também não passou despercebido para Becker.

Ele ergueu a sobrancelha.

— Ela realmente mexeu com você, hein?

— Sim — confirmou ele, mal-humorado. — Não estou gostando nada disso. Desde quando me importo em impressionar uma mulher? — Brody gemeu. — Vamos, me ajude. Como faço para que ela me veja de novo?

Sam apenas voltou a sorrir.

— Não sei. Seja criativo.

12

— Devíamos assistir ao jogo — sugeriu Darcy.

Ela se deixou cair em um dos sofás de couro da cobertura e abriu um sorriso maligno.

— Com certeza, não — respondeu Hayden.

Era noite de sexta-feira, e as duas tinham decidido ficar no hotel e pedir comida do restaurante em vez de sair para jantar. Bem, a princípio, Hayden sugerira que elas mesmas preparassem alguma coisa, mas Darcy negara enfaticamente com um *Eu me recuso a cozinhar.*

Então optaram pelo serviço de quarto.

— Mas são os play-offs — lembrou Darcy.

— E?

— E você vai morrer se apoiar o time? — Levantando a sobrancelha, Darcy pegou o controle remoto da mesa de centro e começou a mudar de canal.

Hayden revirou os olhos.

— Você não está nem aí para os Warriors. Você só quer ver Brody.

— Óbvio.

Darcy encontrou um canal de esportes que estava transmitindo o jogo, mas apertou o mudo, para que o som dos locutores tagarelas e dos gritos da torcida não soasse mais da televisão. Embora tentasse se forçar a não olhar, Hayden não parava de espiar a tela. Mas, cada vez que olhava, tudo o que via era um borrão de manchas prata e azuis disparando pelo gelo, enquanto um borrão de manchas pretas e vermelhas tentava roubar o disco do outro time.

O jogo continuou em segundo plano ao comerem o jantar, que foi entregue em bandejas ornamentadas com toalhas de mesa impecáveis e tampas prateadas.

— Nossa, sua vida é surreal — comentou Darcy com um suspiro depois que o funcionário do Ritz saiu.

— Não é a minha vida — lembrou Hayden. — Você viu minha casa em São Francisco. É uma casa de gente normal.

— Verdade.

Hayden gesticulou para a sala de estar luxuosa.

— Esta é a vida do meu pai. Tudo isso é dele.

— Por enquanto — disse Darcy, rindo. — Sheila, daqui a pouco, vai estar aqui redecorando.

— Espero que não. Meu pai ama demais a cobertura.

— Ah, você não me contou como foi ontem, com a madrasta má. O depoimento.

— Tão ruim quanto esperado.

Bem... tirando a parte inesperada, quando Sheila correu atrás dela para acusar Presley de ter tido um caso e de ter problemas com bebida. Hayden mordeu o lábio, pensando se deveria contar para Darcy. Por alguma razão, parecia que trairia a confiança do pai se o fizesse, embora não fosse ele quem tivesse tocado no assunto. Isso *se* fosse verdade.

Depois de um longo momento de hesitação, decidiu não mencionar nada. Pelo menos, não por enquanto. Mas as acusações de Sheila continuavam a atormentar sua mente.

Na tentativa de se distrair, olhou de novo para a tela. Mas foi um erro, porque, pela primeira vez em duas horas, a câmera ofereceu uma imagem nítida do lindo rosto de Brody Croft. Ele sorria de orelha a orelha, com um entusiasmo quase selvagem ao voltar para o banco do time, onde os companheiros começaram a bater em seus ombros e capacete.

— Eles marcaram um gol? — perguntou Hayden, no momento em que uma imagem do placar surgiu na tela.

Warriors 3-2 Los Angeles.

E faltavam apenas dez segundos, o que não era tempo suficiente para os adversários empatarem. Quando o alarme final soou, a câmera girou sobre a multidão, mostrando uma mistura de torcedores da casa devastados e torcedores dos Warriors exultantes. Nas imagens de outra câmera, Hayden viu um dos camarotes privados, onde o pai estava de pé, apertando mãos e aplaudindo loucamente.

— Eu deveria mandar uma mensagem para ele.

Ela pegou o celular e enviou uma mensagem, parabenizando-o pela vitória. Não ficou surpresa quando não teve resposta. Ele já devia estar saindo para comemorar com a comitiva.

— Ah, vamos assistir às entrevistas pós-jogo. Talvez a gente o veja sem camisa. — Os olhos azuis de Darcy brilharam quando se inclinou para aumentar o volume da televisão.

A câmera mostrava uma repórter esportiva da rede caminhando pelo corredor, em direção aos vestiários do time visitante. Poucos minutos depois, a imagem cortou para a mesma repórter, que se apresentava como Jess Thompson, enquanto passava por entre jogadores de hóquei imersos em diversos estágios de nudez.

— Nossa, imagina só ter esse emprego — comentou Darcy, suspirando de inveja.

— Deve ser bom, mesmo — Hayden teve que concordar.

— Minha chama estaria sempre acesa.

Hayden riu.

— Esse já é seu estado natural. Não acho que entrevistar um bando de jogadores de hóquei seminus faria diferença.

— Tem razão.

O coração de Hayden acelerou quando Jess Thompson parou na frente de um peito nu muito familiar.

— Caramba — gemeu a amiga. — Que delícia de abdômen.

Não, *tudo* nele era uma delícia, do abdômen ao queixo esculpido e os olhos azuis penetrantes, quentes o suficiente para derreterem gelo. Ver aquele rosto em uma tela de TV enorme apenas destacou a extrema beleza. O homem era deslumbrante.

Argh. Por que ele tinha que ser jogador de hóquei?

— Brody, que jogo fenomenal esta noite! — elogiou Thompson, empurrando um microfone para perto do rosto dele. — Você arrasou. Estava confiante de que os Warriors trariam a vitória para casa hoje à noite?

Brody sorriu, uma gota de suor escorrendo pela têmpora.

— É claro. Toda vez que entramos no rinque, temos a intenção de vencer.

Thompson começou a fazer mais algumas perguntas sobre o jogo, mas Hayden mal conseguia prestar atenção. Só reparava naquela gota de suor, que, agora, deslizava pela clavícula, serpenteando de forma tentadora pela pele lisa e bronzeada.

— Você está caidinha por ele — acusou Darcy, bufando do outro lado do sofá.

— Eu sei. É nojento. O que eu posso...?

— Silêncio — interrompeu-a a amiga, sorrindo, de repente. — Quero ouvir a resposta dele.

— Resposta para o quê?

— Jess Thompson está curiosa sobre sua vida amorosa.

O batimento de Hayden mais uma vez acelerou. Apesar de tudo, sua atenção estava toda voltada para a tela.

Os olhos de Thompson exibiam um brilho travesso quando ela se inclinou para mais perto.

— Ah, Brody, nos dê algo, pelo menos. Você sabe que os fãs estão morrendo para saber. Existe alguém especial na sua vida ou continua patinando sozinho?

— Você está tentando me arrumar problemas? — Brody deu à câmera um sorriso malicioso, que, sem dúvida, fez corações baterem mais forte por todo o país.

— Meu Deus — gemeu Darcy. — Esse homem é *tudo*.

— Ele é um metido — resmungou Hayden.

Por que ele tinha que ser tão gostoso?

— Que tal uma dica? — insistiu a repórter, ainda empurrando o microfone para ele. — Uma espiadinha na vida amorosa de Brody Croft?

Os olhos do jogador adquiriram um brilho pensativo. Então, seus lábios se curvaram de leve, e ele deu de ombros.

— Bem, já que você comentou... *Talvez* eu tenha alguém em mente no momento.

O queixo de Hayden caiu.

— Ai, meu Deus.

— Ai, meu Deus — repetiu Darcy, embora parecesse mais encantada do que horrorizada. — Ele está falando de você.

Na tela, Jess Thompson parecia quase salivar, igual a um cachorro que tinha farejado um bife cru.

— Por favor, conte mais.

Brody riu, o olhar jamais se desviando da câmera.

— Eu provavelmente não deveria. Quer dizer, é meio vergonhoso. Tem uma garota se esquivando dos meus convites, fazendo com que pareçam os jogadores adversários no gelo. Mas... — Brody deu de ombros de novo. — Eu não desisto. Então, vamos tentar de novo.

Hayden encarava a tela, olhos arregalados e um calafrio subindo pelas costas.

— Juro por Deus, se ele disser meu nome ao vivo, na televisão...

Mas as palavras seguintes mostraram que ele sabia que seria vítima de assassinato se revelasse a identidade dela.

— Para a mulher que continua me rejeitando, embora eu saiba que está a fim de mim... — Ele deu outro sorriso para a câmera. — Se estiver assistindo a isso agora, o que preciso fazer para te ver de novo? Jantar à luz de velas? Patinação ao pôr do sol? É só escolher.

Ao lado dele, Thompson pareceu completamente chocada.

Hayden gemeu, afundando nas almofadas do sofá e sentindo uma necessidade repentina de desaparecer.

— Esse cara está falando sério?

— Eu amei ele — declarou Darcy, boquiaberta.

O jogador piscou para a repórter.

— Alguma outra pergunta?

Demorou alguns segundos para Thompson se recuperar do choque. A mulher devia estar contando os milhões de visualizações que as cenas da entrevista receberiam.

A conversa continuou por mais alguns minutos, com Brody explicando o gol de vitória e a estratégia do time. Hayden se perguntou se ele tinha alguma estratégia quando o assunto era mulheres. Ao que parecia, a perseguição incansável era sua jogada preferida.

— Você sabe que precisa vê-lo de novo — alegou Darcy.

Hayden balançou a cabeça, teimosa.

— Não vou ter um caso com ele. Brody dá muito trabalho.

Tinha a sensação de que, se cedesse o dedo mindinho, o sujeito ia querer o braço inteiro. Que, se sugerisse um caso, ele apareceria com um anel de noivado.

Antes que a amiga pudesse discutir, Hayden começou a limpar a mesa, levando as bandejas para o carrinho de serviço de quarto. Felizmente, Darcy desistiu do assunto. Ficou por mais uma hora, antes de se levantar para ir embora e Hayden dar um abraço de despedida na amiga, indo tomar um banho antes de dormir.

Descalça, ela saiu do banheiro e foi para o quarto, tirando o cabelo molhado dos olhos. Finalmente conseguira desfazer as malas naquela manhã, mas o enorme closet da suíte ainda parecia vazio. Vestiu uma calça de moletom cinza e uma regata de algodão, penteou o cabelo e prendeu-o em um rabo de cavalo, então foi para a cozinha preparar uma xícara de chá descafeinado.

Em geral, odiava hotéis, mas a cobertura do pai superava qualquer suíte de hotel comum. Ele morava ali antes de se casar com Sheila, e o lugar tinha tudo de que Hayden poderia precisar, inclusive uma cozinha espaçosa totalmente equipada e confortável. Lembrava a cozinha de casa, o que a deixava com saudades da Costa Oeste. Em São Francisco, não precisava se preocupar com nada, só em tentar levar o namorado para a cama dela.

Ali, ela tinha os problemas do pai, as mentiras da madrasta e as tentativas incessantes de Brody Croft de levá-la para a cama *dele*.

Ainda não se sentia cansada, então levou o chá para a sala e ligou a TV de novo. Estava na hora de assistir àquela biografia de Van Gogh. Como daria aula de uma matéria sobre ele no semestre seguinte, seria bom refrescar a memória.

Abriu a Netflix em busca do documentário.

Se me quiser, venha me procurar.

O som da voz rouca de Brody, de repente, tomou conta dos pensamentos dela. Hayden soltou um longo suspiro, exasperada. Por que não conseguia parar de pensar nele? E por que não conseguia parar de desejá-lo? Ela o queria tanto que quase podia sentir aqueles grandes braços musculosos a envolvendo pela cintura.

Mas, às vezes, as coisas que queremos não são necessariamente as de que precisamos.

No momento, ela precisava era se concentrar em apoiar o pai no divórcio e, talvez, finalmente ligar de volta para Doug, dizer que havia dormido com outra pessoa e que, então, estava na hora de transformar a pausa em um ponto-final.

Mas o que ela *queria* era mais uma noite com Brody Croft.

Não precisa ser tudo preto ou branco.

Ela ficou ali sentada por um momento, mordendo o lábio inferior enquanto as palavras de Darcy zumbiam em sua mente.

Será que a amiga estava certa? Será que ela estava vendo coisa onde não havia nada? Sempre teve a tendência de ruminar cada situação até eliminar a última gota de diversão ou prazer. Não era uma palestra de História da Arte que ela precisava planejar — era só sexo. Será que havia *mesmo* algo de errado em mergulhar de cabeça naqueles tons de cinza e curtir uma aventura física com um homem que ela achava muito atraente?

Assim que a ideia lhe veio à cabeça, o celular apitou com uma mensagem recebida.

Seu coração parou quando viu o nome na tela.

BRODY CROFT.

Como ele estava mandando mensagens para ela? *Hayden* tinha o número *dele*, mas não tinha passado o dela.

A mensagem era igualmente intrigante.

BRODY: É mesmo?

É mesmo o quê?

Com os olhos semicerrados, Hayden abriu a conversa, apenas para xingar em voz alta quando resolveu o mistério.

Em algum momento, talvez quando estava no banheiro ou ligando para a recepção para encomendar o jantar, alguém decidira enviar uma mensagem para Brody de seu celular. Três palavras e um emoji — provas da traição de Darcy White.

Gostei da entrevista ;)

Puta merda. Hayden ia matar a amiga.

Resmungando, irritada, digitou uma resposta:

HAYDEN: Não fui eu quem mandou a mensagem. Foi minha amiga. Ex-amiga agora. Delete o meu número.

Ele foi rápido em responder:

BRODY: Você não vai querer que eu faça isso. E não estamos velhos demais para usar a desculpa "foi minha amiga"?

HAYDEN: Não é desculpa! Ela é uma traidora.

BRODY: Então você não gostou da entrevista?

HAYDEN: Não. Foi presunçosa.

BRODY: O que foi presunçoso naquilo? Eu só fui sincero. Quero ver você de novo, e quero saber o que vai ser preciso para isso acontecer. Vou me esforçar...

HAYDEN: Não precisa se esforçar.

BRODY: Ótimo! Volto de Los Angeles no domingo à noite. Posso passar aí direto do aeroporto ou na segunda-feira. A escolha é sua.

Ela soltou um suspiro exasperado. Aquele homem realmente não desistia.

Você não quer que ele desista, provocou uma vozinha interior.

Ah, maravilha. Agora o próprio subconsciente estava contra ela!

HAYDEN: Escolho nenhuma das opções.

BRODY: Você é sempre tão teimosa?

HAYDEN: Sou. Tenha uma boa noite, Brody.

Contraindo o queixo, ela bloqueou o número e pegou o controle remoto outra vez. Talvez, se assistisse ao documentário de Van Gogh por tempo suficiente, acabasse se esquecendo de Brody Croft e do quanto queria vê-lo de novo.

13

Os aplausos estrondosos da multidão e os ecos dos patins raspando no gelo tomaram conta do ar enquanto Brody e os companheiros comemoravam a difícil vitória. Apesar do suor escorrendo pelo rosto e das costelas doloridas, depois de um bloqueio que fizera no segundo tempo, Brody estava nas nuvens, graças à adrenalina e à alegria contagiante no rinque.

Porra, agora sim. Tinham vencido a primeira rodada dos play-offs. Quatro jogos, quatro vitórias. Os Vipers nem tiveram chance.

Os torcedores do time da casa pareciam abatidos, ombros caídos e rostos desconsolados enquanto começavam a deixar os assentos em direção às saídas. Brody conhecia a sensação. Michigan, o time para o qual torcia na infância, não passava da primeira rodada dos play-offs havia mais de uma década.

— E aí? Nenhuma entrevista sobre sua vida amorosa hoje? — zombou Erik Levy.

Os olhos do defensor brilharam enquanto ria da própria piada.

— Não, hoje não — respondeu Brody, seu sorriso irônico.

Embora a tentativa de fazer um gesto grandioso não tivesse falhado por completo. Afinal, tinha rendido a ele o número de telefone de Hayden.

Por outro lado, não recebia notícias dela desde que trocaram mensagens na noite de sexta-feira. Era domingo, e nada. Então… talvez implorar ao vivo na TV por um jantar à luz de velas ou um encontro de patins ao pôr do sol tivesse sido um fracasso retumbante.

— Foi uma jogada incrível — garantiu Derek Jones, dando um tapinha no ombro de Brody enquanto entravam no vestiário. — A mulherada adora esses gestos românticos.

Não *aquela* mulher. Hayden era osso duro de roer.

Tirando a camisa suada, Brody se despiu e foi para o chuveiro. Quando voltou ao armário, descobriu que todos os companheiros já haviam partido para o ônibus que os levaria ao aeródromo particular, onde o avião do time aguardava. Vestiu as roupas com pressa e olhou o celular. Nenhuma mensagem de Hayden, mas havia uma de sua agente pedindo que ligasse para ela.

Ele ficou preocupado. Maria nunca o incomodava nas noites de jogos, a menos que fosse algo importante.

— Oi — disse ele, assim que ela atendeu a ligação. — Você mandou uma mensagem?

— Ótimo jogo hoje — elogiou Maria, seu tom objetivo e direto. — Você me pareceu bem.

— Obrigado. O ônibus está me esperando, então não posso demorar muito. O que foi?

Ela fez uma pausa, como se escolhendo bem as próximas palavras.

— Acabei de falar com a chefe do jurídico dos Warriors. Ela quer interromper as renegociações do contrato até o fim da temporada. Alegou que o alto escalão está querendo ir mais devagar, mas...

— Mas o quê? — perguntou ele, preocupado.

— Tem algo estranho nessa história, e não estou gostando. Como sempre, Maria não media palavras.

— Estranho como?

— Acho que a franquia está esperando para ver se consegue resistir à tempestade de escândalos antes de oferecer um contrato multimilionário a um jogador que pode ou não estar envolvido em tais situações tumultuadas.

Cada gota de sangue no corpo dele gelou. A euforia da vitória da noite desapareceu, substituída por uma mistura de raiva e pavor que lhe revirava o estômago.

— Mas que droga, como assim? — rosnou ele. — Eles acham que *eu* combinei o resultado de algum jogo? Ou que comi a esposa do dono?

— Não, não. Você não está sendo acusado de nada. Mas acho que estão com receio de assinarem um contrato tão grande enquanto toda essa merda ainda está rolando — comentou Maria, em um tom calmo. — Eu só queria manter você ciente, explicar por que tudo está indo a passos de tartaruga. E me deixe perguntar: em uma escala de um a dez, o quanto quer continuar com os Warriors?

Brody engoliu em seco. Porra. Não era uma ideia na qual pensasse com frequência. Claro, ele sabia que, quando o contrato terminasse, havia uma chance de outro time querer contratá-lo, mas, na verdade, não planejava deixar o time em que jogava desde os 21 anos.

— Por quê? — perguntou, devagar. — Acha que eu deveria considerar mudar de time?

— Sinceramente? Acho. A organização dos Warriors está um caos no momento, por conta das alegações. E essa história das negociações terem estagnado me preocupa. Eu gostaria de começar a sondar, ver quais outros times da liga poderiam estar interessados em oferecer um contrato. Vou ser discreta, é claro. O que acha?

Ele hesitou.

— Tudo bem — respondeu Brody, por fim. — Mas precisa ser tudo *muito* discreto. Não quero que Presley pense que estou tentando dar o fora pelas costas dele.

Ele já estava transando com a filha do homem. Não precisava ferrar ainda mais a situação.

— Entendido — replicou Maria. — Certo. Vá pegar seu ônibus. Entrarei em contato. Ah, por enquanto, fique na sua, evite a mídia tanto quanto possível e me deixe cuidar de quaisquer convites para aparecer na imprensa. — Ela fez uma pausa significativa. — Em outras palavras, não tagarele sobre sua vida amorosa para repórteres enquanto estiver seminu.

Seus lábios se curvaram antes de ele responder:

— Entendido.

HAYDEN: Venha.

Brody olhou para a mensagem na tela por um longo tempo, tentando se certificar de que não estava tendo alucinações.

Era segunda-feira à noite, e tinha acabado de sair do chuveiro, onde passara uma boa meia hora sob o jato de água quente para relaxar os músculos. Ainda estava dolorido depois do jogo do dia anterior, as costelas reclamando toda vez que ele se curvava.

Agora, toda aquela dor pareceu sumir enquanto encarava a mensagem.

Venha.

Parecia que ela, enfim, tinha decidido mudar de ideia e aceitar a oferta dele para darem continuidade à fantasia, mas será que ainda era apenas sexo que ela queria? Ou estaria procurando algo mais desta vez?

Merda, estava colocando a carroça na frente dos bois. Hayden apenas tinha feito um convite, não proposto que assumissem um compromisso.

Ele rapidamente vestiu uma calça jeans e enfiou a camisa velha dos Warriors pela cabeça. Então, pegou a chave do carro no aparador do corredor, colocou a carteira no bolso de trás e saiu de casa, inspirando o ar úmido da noite.

Era meados de maio, as noites ainda estavam frias e as chances de uma tempestade ou mesmo de uma nevasca ainda existiam, mas Brody adorava essa época do ano, quando a primavera e o verão lutavam pelo domínio sobre Chicago. Ele morava na cidade havia quase oito anos e aprendera a gostar e a desfrutar de tudo nela, até das estações indecisas.

Quando estacionou em frente ao hotel de Hayden, uma leve garoa escorria pelo para-brisa. Saltou do SUV e entrou no saguão assim que um relâmpago atravessava o céu. O trovão ameaçador rugiu à distância, ficando mais alto, até que a chuva se tornou um aguaceiro.

Brody se aproximou da recepção e pediu à funcionária que ligasse para a suíte de Hayden. Um momento depois, a recepcionista o acompanhou até o elevador e inseriu um cartão no painel, dando a ele acesso à cobertura, depois o deixou sozinho.

O elevador subiu, as portas se abrindo direto para a suíte, onde Hayden o esperava.

— Tenho algumas regras básicas — disse ela, em vez de cumprimentá-lo.

Ele sorriu.

— Oi para você também.

— Oi. Tenho algumas regras básicas.

Ele jogou a chave em uma mesa de vidro ao lado de um dos sofás antes de se aproximar dela.

Mesmo de moletom, Hayden estava incrível. Gostou de como ela havia prendido o cabelo em um rabo de cavalo bagunçado, com algumas mechas emoldurando o rosto sem maquiagem. Gostou ainda mais de como a blusa fina não escondia o fato de que não estava de sutiã.

Sua boca secou ao examinar aqueles seios lindos, o contorno dos mamilos escuros visíveis através da camisa branca.

As bochechas de Hayden coraram com o olhar.

— Não fique me secando assim. É inapropriado.

— Ah, eu estava me perguntando onde estava a srta. Certinha. Oi, professora, prazer em te ver de novo.

— Eu não sou certinha — protestou ela.

— Não na cama, pelo menos...

— Regras básicas — repetiu com firmeza.

Ele soltou um suspiro.

— Tudo bem. Acabe logo com isso.

Ela se encostou no braço do sofá, apoiando as mãos nas coxas.

— Vamos ter apenas um caso — começou ela, a voz rouca oscilando de forma que trouxe um sorriso aos lábios dele. — Continuaremos a fantasia, ou o que quer que você tenha dito. Combinado?

— Ainda não estou concordando com nada. Tem mais?

— Meu pai não pode ficar sabendo. — Ela fez uma pausa, parecendo desconfortável. — E eu preferiria que não fôssemos vistos juntos em público.

Ele ergueu a sobrancelha.

— Você tem vergonha de sair com um jogador de hóquei?

— Vergonha? Não. Mas você sabe que a franquia está com dificuldades. Não quero piorar as coisas para o meu pai, dar à mídia mais lenha para a fogueira que estão determinados a acender.

Ele tinha que admitir que as palavras dela faziam sentido. Depois de ter visto Wyatt aos sussurros com Sheila Houston no estádio, Brody não queria atiçar o fogo.

Na melhor das hipóteses, se fosse flagrado com Hayden, a imprensa publicaria matérias sensacionalistas sobre o relacionamento dos dois, como andava fazendo com tudo ligado aos Warriors.

Na pior das hipóteses, um repórter idiota insinuaria que a filha do dono do time sabia que o pai era culpado e estava, então, tentando calar Brody, porque o jogador estava envolvido no esquema, ou talvez dormindo com ele para descobrir o que ele sabia.

Brody não gostou de nenhum desses cenários.

Ainda assim, não deixaria Hayden fazer o que bem entendesse. Ele também tinha algumas exigências.

— Se eu concordar com as suas regras, você tem que concordar com as minhas — impôs ele, o tom áspero, cruzando os braços.

Ela engoliu em seco.

— Quais?

— Se for para a minha cama, ela vai ser a única cama em que você estará. — Ele contraiu a mandíbula. — Não vou te dividir, ainda mais com o cara que está te esperando na Califórnia.

— Tudo bem.

— E você tem que me prometer que vai manter a mente aberta.

Um brilho de interesse surgiu no olhar dela.

— Sexualmente?

— É claro. Mas emocionalmente também. O que estou dizendo é que... se as coisas ficarem mais sérias entre nós, se acabarem se transformando em algo além de um caso, você não pode fugir.

Depois de um momento de silêncio, ela assentiu.

— Por mim, pode ser. E você concorda em manter tudo o que fizermos entre nós?

— Por mim, pode ser — imitou ele, sorrindo.

— Então o que está esperando? — perguntou ela. — Tire logo a roupa.

14

Hayden mal conseguiu conter o divertimento quando Brody puxou a camisa pela cabeça e a jogou de lado. Ele a lembrava de uma criança na manhã de Natal. O anseio quase irradiando daquele corpo alto e musculoso, mas, quando ele tirou a calça jeans, não havia nada de cômico na situação.

Estava com o pau ereto por baixo da cueca boxer, exigindo atenção e deixando-a com a boca seca.

Por mais que achasse os termos de Brody perturbadores, era tarde demais para desistir. O homem queria que ela mantivesse a mente aberta, tudo bem. Mas duvidava muito de que as coisas entre os dois ficassem sérias, como ele dissera. A noite de sexo podia até ter se transformado em um caso, mas Hayden estava confiante de que não passaria disso.

E mais: no momento, ela não queria nem precisava pensar no futuro, não quando havia coisas mais importantes nas quais se concentrar. Como o corpo espetacular de Brody e todas as coisas que queria fazer com ele.

Com um sorriso travesso no canto da boca, Hayden se lembrou do que ele tinha feito com o corpo *dela* no Lakeshore Lounge. O próximo passo, de repente, ficou muito claro.

— Aquela história de manter a mente aberta... — disse ela, o tom malicioso. — Também vale para você, certo?

Ele chutou a cueca para o lado e encarou a mulher, seu olhar intrigado.

— No que está pensando?

Ela não respondeu. Chamando-o com um movimento do dedo, gesticulou para que ele a seguisse pelo corredor. Entraram no quarto, onde Hayden apontou para a cama e disse:

— Fique à vontade.

Brody ergueu a sobrancelha.

— Você pretende se juntar a mim?

— Depois.

Ele se deitou no colchão e se recostou na montanha de travesseiros perto da cabeceira da cama.

Tentando evitar um sorriso, Hayden olhou o corpo nu esparramado diante dela.

— Estou me sentindo sozinho — murmurou ele, olhos brilhando. — Vai ficar aí a noite toda, me olhando?

— Talvez.

— O que preciso fazer para você vir até aqui?

Ela mordeu o interior da bochecha, pensativa.

— Não sei, não. Tem que me dar um bom motivo para ir para a cama com você.

Ele riu e agarrou a base do pau.

— Isto aqui não é motivo suficiente?

Ela riu.

— Meu Deus, que arrogante.

Hayden olhou para a ereção, para a maneira como os dedos se enrolavam em torno da base, e sua calcinha ficou úmida. Havia algo muito atraente em ver aquele homem se tocar.

— Venha aqui — chamou Brody. — Você não quer me obrigar a fazer isso sozinho, quer?

A voz rouca causou arrepios por todo o corpo dela, deixando os mamilos duros sob a blusa.

— Não sei, não — repetiu ela. — Estou gostando muito de ficar te olhando...

Ainda observando a mão dele, ela caminhou até a mesa que ficava sob a janela com cortinas, puxou a cadeira e se sentou.

— Me diga o que você gostaria que eu fizesse, se estivesse aí deitada com você.

Algo intenso e poderoso brilhou naqueles olhos azul--acinzentados.

— Acho que você já sabe.

— Me diga.

O esboço de um sorriso apareceu no canto da boca dele. Sem quebrar contato visual, Brody moveu a mão ao longo do pau. De onde estava sentada, ela via uma gota de umidade na ponta. Sentiu o próprio corpo latejar em resposta.

— Bem, eu com certeza te encorajaria a usar a língua — disse ele, a voz ganhando um tom rouco.

Ele apertou a ereção.

Um desejo incontrolável percorreu o corpo de Hayden e se instalou entre as pernas.

— Você teria que me dar algumas lambidas — continuou ele, apoiando uma das mãos atrás da cabeça enquanto a outra ainda acariciava o próprio pau. — E me chupar, é claro.

— É claro — concordou ela.

Brody lançou a Hayden um olhar malicioso.

Ela arfou quando o notou acelerando o ritmo. Nenhum homem jamais havia feito aquilo na frente dela, e o calor sexual pulsando pelo corpo era tão forte que ela mal conseguia respirar. Havia algo tão pervertido no jeito dele, ali deitado e acariciando o pau enquanto ela assistia. E o fato de Hayden ainda estar vestida apenas tornou a situação ainda mais picante. Isso a deixava na vantagem e a fez se lembrar de uma fantasia na qual não ousava pensar havia anos.

Ela umedeceu os lábios, debatendo se devia ou não tocar no assunto.

— No que está pensando?

Hayden teve certeza de que o constrangimento estava estampado no rosto. No entanto, a pontada de vergonha foi acompanhada por uma onda de excitação, porque, pela primeira vez na vida, estava pensando em realizar aquela fantasia específica.

— Hayden?

Ele parou de acariciar o pau, e ela quase gritou de decepção.

— Não, continue — pediu, encontrando os olhos dele de novo.

— Só se me disser no que está pensando.

— Eu... Você provavelmente vai achar que é bobagem.

— Veremos.

Ela não conseguia acreditar que estava considerando confessar suas fantasias a um homem que conhecera fazia menos de uma semana, sendo que jamais havia tocado no assunto com namorados antigos de meses. Isso, por si só, já dizia muito.

Veremos.

Ela engoliu em seco e ficou de pé. Olhando para ela com expectativa, Brody soltou o pênis e posicionou ambas as mãos atrás da cabeça.

— E aí? — insistiu.

— Você promete não rir?

— Não vou rir. Juro. Palavra de escoteiro. — Ele ergueu os dedos em um sinal de que ela tinha quase certeza não ser o dos escoteiros, mas, caramba, pelo menos havia prometido.

Hayden respirou fundo, prendeu a respiração e depois soltou o ar junto com as palavras:

— Sempre quis amarrar um homem na minha cama.

Ele riu baixinho.

— Ei! — O calor queimou as bochechas dela. — Você prometeu.

— Não estou rindo do pedido — explicou ele, apressado. — Você me pegou de surpresa.

O alívio tomou conta dela, diminuindo a vergonha.

— Você gosta da ideia?

— Porra, e como gosto…

A atenção se voltou para a virilha dele, que confirmava a declaração que Brody tinha acabado de fazer. O pau grosso estava duro, e isso fez a última gota de hesitação e vergonha se esvair do corpo dela. Aquele ponto entre suas pernas começou a latejar, levando-a a agir.

— Deixe os braços como estão — ordenou, indo em direção ao closet.

Pegou o que precisava na gaveta superior da cômoda embutida e foi na direção da cama.

Brody olhou a meia-calça transparente que ela carregava em mãos e sorriu.

— Nada de algemas de pelúcia rosa?

— Desculpa, esqueci na Califórnia.

— Droga.

Rindo, ela enrolou a meia-calça ao redor dos pulsos do homem, roçando os calos da palma da mão dele com seus dedos. Brody tinha mãos tão fortes, dedos tão compridos.

— Cuidado — avisou ele, assim que Hayden levantou seus braços. Indicou o lado esquerdo do corpo com um movimento de cabeça. — Minhas costelas ainda estão doloridas por causa de ontem à noite.

Ela olhou para baixo. Não viu hematoma algum, mas notou o estremecimento quando pressionou a palma da mão de leve contra aquelas costelas.

— É melhor pararmos? — perguntou ela, preocupada.

— Nem se atreva.

Um sorriso formigou nos lábios de Hayden.

— Tem certeza?

— Absoluta. Pode continuar, amor.

Uma onda de excitação a percorreu enquanto amarrava aquelas mãos fortes na cabeceira da cama. O fato de ele permitir que ela fizesse aquilo, sem se mover, sem protestar, apenas intensificou a empolgação.

Gostou da sensação de controle, algo que ela nunca tinha sentido na cama. Sempre estava no controle quando se tratava da vida, do trabalho, dos objetivos. Mas no sexo? Raríssimo.

Com Brody, estava descobrindo um lado seu que havia negado por muito tempo. Naquela primeira noite, quando sugeriu que dormissem juntos, depois, quando permitiu que ele a tocasse em público, agora, amarrando-o na cama...

Como ele conseguia libertar esse lado dela?

— E agora? — perguntou Brody, a voz rouca. — Como rola essa sua fantasia de amarrar um homem na cama?

— Bem, a fantasia inclui uma certa vingança, na verdade. — Ela verificou se as mãos estavam bem presas, então, montou nele, ainda totalmente vestida. — Você me torturou na semana passada, Brody.

— Você pareceu gostar.

— Mas você também gostou. Adorou ter controle sobre mim, me deixar louca com seus dedos, saber que eu não resistiria. — Ela arqueou a sobrancelha. — Agora, é a minha vez.

Ele puxou a meia-calça. A cabeceira tremeu.

— Eu poderia facilmente me soltar, sabia?

— Mas não vai.

— Você parece ter certeza disso.

Ela se curvou e beijou a mandíbula dele, então lambeu até o lóbulo, dando uma mordiscada na orelha. Brody estremeceu, o pênis encostando na pélvis dela.

— Você mal pode esperar — zombou ela.

Um sorriso travesso surgiu nos lábios do homem.

— O pessoal da Costa Oeste sabe como você é má?

— Eles não fazem a menor ideia — disse, com um suspiro autodepreciativo.

Ele riu. O desejo e a admiração nos olhos dele provocaram em Hayden uma onda de confiança. Brody a fazia sentir que poderia fazer o que quisesse, ser quem quisesse, confessar qualquer desejo pervertido, que ele não a julgaria.

— Bem, é a sua vez — lembrou Brody. — Vamos ver do que você é capaz. Mas vou logo avisando que não perco o controle tão fácil.

— Veremos.

Ela pressionou a palma das mãos em seu peito, apreciando a musculatura rígida, passando os dedos pelos poucos fios de cabelo que cobriam aquela pele bronzeada. Baixando a cabeça, passou a língua pela clavícula dele.

Brody riu.

— Você sabe fazer melhor do que isso.

Ela estreitou os olhos. Aquele homem estava mesmo achando que conseguiria manter o controle? Que arrogante. Ela teria que dar uma lição nele.

Sem aceitar a provocação, baixou a cabeça e cobriu um dos mamilos dele com a boca.

Ele arfou.

Hayden passou a língua por todo o peito, arrastando as unhas ao longo da pele. Brody tinha um sabor divino — picante e masculino —, e os pelos que levavam até a virilha fizeram cócegas nos lábios dela enquanto continuava a sequência de beijos. Sua boca, enfim, alcançou a ereção dele, mas Hayden não fez menção de envolvê-lo com os lábios. Em vez disso, passou delicadamente a língua na ponta do pau e soprou ar quente sobre a saliva que havia deixado ali.

Brody estremeceu e praguejou baixinho.

— Tudo certo aí? — perguntou ela, seu tom educado, levantando a cabeça a tempo de ver a excitação naquele rosto franzido.

— Esse é o melhor que pode fazer? — gemeu ele.

— Não. — Ela umedeceu os lábios e o olhou com as pálpebras pesadas. — Estou só começando.

Ah, não havia nada mais empoderador do que levar um homem como Brody Croft ao mais puro e total êxtase orgástico. Chamas de satisfação arderam pelo corpo de Hayden enquanto circulava a ponta do pênis dele com a língua, saboreando-o.

Envolvendo a base com os dedos, ela o lambeu de novo, então, o chupou, tentando não sorrir quando o homem soltou um gemido de prazer. Por que ela não tinha feito aquilo antes? Teve vontade de se amaldiçoar pelo tempo perdido.

No fundo da mente, uma vozinha insinuou que, talvez, ela nunca tivesse dividido essa fantasia com ninguém porque não havia encontrado o homem certo, mas forçou a voz e suas insinuações perturbadoras para fora da mente. Nada de pensar. Não queria ficar analisando a situação.

Hayden moveu a boca para cima e para baixo no pau, e, quando estendeu a mão para acariciar as bolas, Brody estremeceu e ficou ainda mais duro. A mente dela foi tomada pela sensação incrível de tê-lo contra os lábios.

Acariciando de leve aquela coxa torneada, ela beijou a parte interna, mais sensível, então moveu a mão pelo pau dele enquanto o levava para mais fundo na boca.

— Você é má — disse ele, ofegante.

Ela levantou a cabeça.

— O que aconteceu com o Mestre do Controle?

— Ele não teve a menor chance.

Hayden riu. Com um último beijo bem na ponta, ela subiu para montá-lo. Podia sentir o calor do corpo nu dele através de suas roupas, fazendo a calça parecer um incômodo, quente e apertada. Mas não se despiu. Ainda não.

Inclinando-se para a frente, pressionou os lábios nos dele em um beijo provocador. O homem soltou um som de frustração e, mais uma vez, puxou as amarras que prendiam as mãos. Ele estava certo: um puxão forte, e os nós se desfariam. Mas continuou ali deitado, à mercê dela. Os bíceps se flexionaram enquanto testava os nós outra vez. Ele soltou um xingamento estrangulado.

— Porra, Hayden, preciso te tocar.

— Me tocar? Sinto muito, mas não vai rolar.

Ela puxou a blusa pela cabeça e a jogou de lado, expondo os seios.

— Mas posso te dar um gostinho.

Inclinando-se para mais perto, ofereceu o seio a ele. Então, respirou fundo quando Brody abocanhou o bico do seio e começou a devorá-lo. Ele chupou o mamilo rígido, com força, mordendo-o de leve até ela exclamar com um prazer que beirava a dor.

— Mais — murmurou ele, afastando a cabeça e olhando para ela, suplicante.

Hayden riu.

— Defina "mais".

O olhar percorreu as coxas dela, uma mensagem clara do que ele desejava, e a boceta instantaneamente se apertou em resposta. Se desse a Brody o que ele queria, o que ela queria, então aquele jogo de dominação teria fim... Mas será que ela realmente se importava? Será que conseguiria aguentar mais um segundo sem ter as mãos daquele homem nela?

A umidade entre as pernas respondia à pergunta — um retumbante não.

Quando ele desceu um pouco, de modo a apoiar a cabeça no travesseiro, ela tirou a calça rapidamente, arrancou a calcinha e se ajoelhou por cima dele.

Ele passou a língua pelo clitóris.

— Ah — gemeu Hayden, quase caindo para trás com a excitação que a percorreu.

Estava mais perto do que tinha imaginado. A onda de prazer que crescia dentro dela confirmou estar quase lá, o orgasmo prestes a explodir.

As coxas tremiam enquanto ela tentava se afastar da língua, mas Brody não deixou.

— Quero que goze na minha boca — murmurou ele, o som rouco reverberando contra a carne.

Ela estendeu a mão até a cabeceira da cama, agarrou as mãos amarradas ali e entrelaçou os dedos com os dele. Seu coração batia forte, os joelhos estremeciam, e, no momento em que ela se inclinou para mais perto daqueles lábios quentes outra vez, no segundo em que ele chupou seu clitóris, ela explodiu.

O clímax a percorreu, feroz e desenfreado. Ela arquejou, inspirando o oxigênio enquanto fragmentos de luz dançavam diante de seus olhos, a pele corada formigando. Ainda trêmula, ela se apoiou na cabeceira da cama, lutando para recuperar o equilíbrio enquanto se atrapalhava com os nós que prendiam as mãos dele.

— Preciso de você dentro de mim. Agora — implorou ela, finalmente desamarrando-o.

Com um sorriso, ele girou os pulsos para que o sangue voltasse a fluir, mas não fez nenhum movimento para virar a mulher e preenchê-la como ela havia pedido.

— É você quem manda, lembra?

Então, ele envolveu a cintura dela e a empurrou para baixo, para que montasse nele de novo. Da mesinha de cabeceira, tirou uma camisinha que Hayden nem o tinha visto levar para o quarto. Em seguida, entregou-a a ela.

— Faça o que quiser comigo.

Engolindo em seco, ela desenrolou a camisinha pela ereção e ajeitou as pernas. Estava molhada e pronta para ele, mais do que pronta, mas não o guiou para dentro de si. Em vez disso, roçou os próprios mamilos no peito dele, gostando da maneira como os olhos de Brody se estreitaram de prazer.

Pressionou a pélvis contra aquele corpo, provocando-o ao empurrar o pau e, depois, se afastando. Sentindo-se ousada e desinibida, ela se inclinou para a frente, deixando os seios roçarem contra sua boca, e sussurrou:

— Me fale o que você quer, Brody.

Com a voz rouca, ele respondeu:

— Você.

— Eu o quê? — Um brilho perverso surgiu nos olhos dela.

— O que foi que você disse mesmo naquela primeira noite? Ah, sim. Quero que me foda.

Sem mais nenhuma palavra, ela se posicionou por cima dele, encaixando-se até o fim, e começou a cavalgá-lo. O prazer que percorria seu corpo era quase demais para suportar. Era tão bom senti-lo ali dentro, tão certo e... perfeito.

Ela acelerou o ritmo, movendo-se mais rápido, com mais força, os gemidos roucos dele a incitando. Brody começou a mexer os quadris em sintonia com os movimentos dela. Então, ele agarrou sua bunda e a virou na cama, o corpo musculoso cobrindo o dela, metendo outra vez.

Isso. Tudo em seu interior se contraiu, implorando por um orgasmo.

— Você vai gozar para mim? — perguntou ele, diminuindo o ritmo.

Hayden soltou um som ininteligível.

Brody riu.

— O que foi que você disse?

— Sim — respondeu ela, engasgada.

Com um aceno de cabeça satisfeito, ele deslizou para dentro bruscamente, fazendo-a perder o fôlego. Então, estendeu a mão e acariciou o ponto onde os dois se uniam, mantendo as estocadas firmes até Hayden finalmente gozar outra vez.

Ela se entregou ao orgasmo que percorreu o corpo. Em meio ao torpor, ouviu o gemido grave de Brody, sentiu os dedos se cravarem em seus quadris enquanto ele pulsava dentro dela.

Lutando para controlar a respiração, ela deslizou as mãos para cima e para baixo nas costas encharcadas de suor dele, gostando de sentir os músculos definidos na ponta dos dedos.

— Meu Deus, isso foi... — Ela se interrompeu.

Ele tocou o queixo dela, passando o polegar de leve pela mandíbula.

— Isso foi o quê?

— Incrível. — Um suspiro satisfeito lhe escapou. — Vamos fazer de novo.

15

Doug estava ligando.

De novo.

Hayden olhou para o nome dele na tela, sabendo que precisava atender o maldito celular. Claro, havia retornado a ligação dele na semana anterior, mas telefonara à tarde, sabendo que ele estaria em um seminário do curso de verão que ministrava. Talvez isso fizesse dela uma covarde, mas não estava pronta para falar com ele, e optara por deixar uma breve mensagem na secretária eletrônica.

Também não havia mencionado Brody na mensagem, principalmente porque a ideia de contar a Doug sobre o jogador de hóquei — ainda mais por mensagem — a deixava com as palmas úmidas de suor. Teria sido diferente se o envolvimento com Brody não tivesse passado daquela primeira noite, mas não foi o que aconteceu. O sexo, que deveria ter sido um lance de uma única noite, tinha se transformado em um caso.

Como faria para contar a Doug que já estava dormindo com outra pessoa poucas semanas depois de terem concordado em dar um tempo no relacionamento?

Atenda o celular, sua covarde.

Argh. Certo.

Sufocando um grunhido, Hayden arrastou o dedo pela tela antes que a ligação fosse parar no correio de voz.

— Oi, Doug — disse ela, rapidamente.

— Hayden! — O tom do outro lado da linha soou aliviado. — Tocou por tanto tempo que achei que fosse cair na caixa postal.

— Desculpe, não estava conseguindo encontrar o celular.

Ela levantou os joelhos, apoiando o cotovelo no braço do sofá. Os melhores momentos do jogo dos Warriors da noite anterior passavam pela TV.

Sim. Deus que a perdoasse, mas estava assistindo a hóquei.

Bem, não ao *jogo* em si. Estava mais era procurando vislumbres rápidos do rosto sexy de Brody em meio ao borrão de jogadores. Desde segunda-feira à noite, quando concordaram em continuar se vendo — ou melhor, transando loucamente —, ela andava obcecada por ele. No momento, Brody estava no Colorado para a segunda rodada dos play-offs, então vê-lo na TV era a única maneira de acessar um pouco daquele homem até que ele voltasse para casa na noite seguinte.

— Sinto muito pelos desencontros — acrescentou ela, embora se sentisse mais culpada do que qualquer outra coisa, já que tinham sido intencionais de sua parte. — Lidar com meu pai tem sido uma dor de cabeça.

— Imagino. — A voz grave e gentil dele era tão familiar, como um abraço caloroso. — Você comentou algo sobre um depoimento na mensagem?

— É. Foi uma droga.

Ela contou por alto, e ele falou sobre o curso de verão. Apesar do tom natural da conversa, Hayden quase ouvia a linha crepitando com uma tensão estranha enquanto navegavam pela conversa pós-pedido de tempo.

— Hayden — disse ele, de repente, cortando-a no meio da frase. — Estou com saudade. — As três palavras carregavam uma mistura de vulnerabilidade e desespero.

— Ah. — Ela engoliu em seco. Por algum motivo, não conseguia dizer o mesmo. — Doug…

— Eu sei, eu sei. Não devia ter dito isso. Você queria um tempo, e respeito totalmente a decisão. Eu só… tenho pensado muito sobre a gente, e acho que preciso de esclarecimentos.

— Esclarecimentos — repetiu ela, inquieta.

— Você disse que algo parece estar faltando. Mas não sei se concordo. Sinto que somos ótimos juntos, sabe? Na teoria, somos perfeitos. Então, o que está faltando?

Ela hesitou, tentando encontrar as palavras certas.

— Não sei. É por isso que eu queria um tempo. Para pensar direito nas coisas. Porque deveríamos ser mais do que perfeitos… na teoria.

O silêncio pairou entre eles, quebrado apenas pelo zumbido de uma mensagem de texto recebida.

Ela inclinou o celular para trás e mordeu o lábio quando viu de quem era.

BRODY: Mal posso esperar para te ver amanhã à noite.

Isso, ela quase disse em voz alta. Doug queria saber o que estava faltando? Bom, era *isso* que faltava. A mensagem de Brody era como um letreiro neon com a resposta. Nem uma única vez, nos dois meses em que estiveram juntos, Doug lhe mandara uma mensagem assim. Talvez, algumas palavras rápidas para confirmar a hora e o local do jantar. Talvez, um "Como foi seu dia?", mas nunca parecera ansioso para vê-la. Nunca esteve doido para tirar a roupa dela. Porra, nunca a tinha visto nua — e não parecia nem um pouco incomodado com isso. Uma coisa era ir devagar, outra coisa era Doug. Uma curta mensagem de texto de Brody Croft era mais sedutora e apaixonada do que qualquer coisa que Doug tinha algum dia enviado.

Ele interrompeu os pensamentos dela, uma nova intensidade na voz.

— Hayden, não quero te perder. Eu me importo demais com você para deixar isso acabar assim. Então vou te dar todo o espaço de que precisa, mas não vou desistir. Quero que saiba disso.

Ele prometeu que ligaria para ela de novo dali a alguns dias, e ela encerrou a ligação sentindo o peso da conversa.

Ainda estava pensando no assunto no dia seguinte, relembrando os dois meses que tinha passado com Doug. Havia um motivo para ela ter começado a sair com ele, para ter continuado com ele apesar da ausência de intimidade física.

A verdade era que sempre deu importância demais ao sexo nos relacionamentos anteriores. E, em algum momento ao longo do caminho, tinha se convencido de que uma química extraordinária era o fator mais importante.

Sem isso, um relacionamento estava fadado ao fracasso, pois acabava esfriando e levando as pessoas a se envolverem com outras.

Ela e Doug não tinham uma afinidade incrível, mas gostava da companhia dele. Gostava de seu jeito compassivo e generoso. Das piadas secas sobre artes que a faziam sorrir.

E era por isso que não conseguia fechar totalmente aquela porta. Esperava que pedir um tempo pudesse ajudá-la a identificar o que faltava entre ela e Doug, mas tudo o que tinha feito com esse tempo, até então, havia sido ir para a cama com outro homem. Uma volta aos velhos padrões, priorizando a química em detrimento da estabilidade.

No entanto, quando Brody lhe mandou uma mensagem naquela tarde, perguntando se ela ainda queria que ele fosse ao hotel mais tarde, Hayden não hesitou ao responder com uma palavra ansiosa:

Sim.

— Vamos pedir serviço de quarto — disse Brody naquela noite, vestindo a cueca boxer.

Ele ficou de olho em Hayden enquanto ela colocava a blusa e tentava arrumar o rabo de cavalo que tinha visto dias melhores. Mechas rebeldes do cabelo escuro caíam nos olhos, e ele sorriu, sabendo que aquele estado era o resultado de ter rolado na cama com ele. Ela parecia despenteada, linda e tão fofa, que ele se aproximou e lhe deu um beijo.

Com um pequeno gemido, ela puxou a cabeça dele para mais perto e aprofundou o beijo, deslizando a língua contra a dele de uma forma tentadora que o deixou duro de novo.

Quando ele levou as mãos até os seios dela, Hayden o empurrou para trás.

— E o serviço de quarto? — brincou ela.

— Dane-se o serviço de quarto.

— Boa sorte com isso. Estou morrendo de fome. — Com um sorriso, ela passou por ele e saiu do cômodo.

Brody olhou para a ereção embaixo da cueca boxer. Porra, como aquela mulher o excitava tanto? Sentia-se um adolescente cheio de hormônios outra vez.

Ele vestiu a calça jeans e foi em direção à sala de estar.

— Que tal hambúrguer? — perguntou ela, quando o viu parado no corredor.

O estômago de Brody roncou em aprovação.

— Acho ótimo.

Ele se juntou a ela no sofá. Enquanto Hayden ligava para fazer o pedido, o homem notou uma pilha de papéis sobre a mesa. Curioso, debruçou-se e examinou a primeira folha. Parecia uma biografia de Rembrandt, datilografada. As margens estavam cheias de anotações à mão.

— O que é isso? — perguntou ele, assim que ela desligou o telefone.

— Ideias para a matéria de Teoria das Cores que vou ministrar no outono. A ideia é me concentrar em Rembrandt em algumas das aulas.

— Rembrandt, é? Achei que todas as pinturas dele fossem muito sombrias e agourentas.

O fragmento de informação armazenado em seu cérebro foi uma surpresa para ele. Achava que não tinha prestado atenção nas aulas de História da Arte no último ano do ensino médio.

Hayden também pareceu surpresa, mas contente.

— Na verdade, é nisso que quero focar, nas ideias erradas sobre certos artistas e o uso que fazem das cores. Sabia que *A Ronda Noturna* de Rembrandt é na verdade uma cena diurna?

Uma vaga imagem da pintura apareceu na mente dele.

— Lembro de que era muito escura.

— Era… até ser limpa. — Ela sorriu. — A tela recebeu verniz demais. Quando foi removido, descobriram que era diurna. Muitas de suas pinturas acabaram ficando bem diferentes depois de limpas ou restauradas, provando que ele, com certeza, sabia o que estava fazendo quando o assunto era cor. — Hayden ficava cada vez mais animada enquanto explicava. — É o mesmo com Michelangelo. As pessoas não o viam como um grande colorista, mas quando a Capela Sistina foi limpa, estava tão vívida, as cores tão vibrantes, que todos ficaram chocados.

— Eu não sabia disso.

— Demorou mais para limparem o teto do que para pintá-lo — acrescentou ela. — Estava coberto por tanta fuligem e sujeira que, quando foram removidas, ficou bem diferente. É uma das coisas sobre as quais quero conversar com meus alunos: como algo tão simples como limpar ou restaurar uma obra de arte pode mudar a visão que você tem dela.

Ele assentiu.

— Mais ou menos como quando o Zamboni limpa o gelo durante o intervalo do segundo tempo. Muda toda a superfície.

Ele viu a boca dela se curvar e suspeitou que Hayden estava tentando não rir.

— É. Acho que tem uma semelhança aí.

Largando os papéis, ele perguntou:

— Você gosta mesmo de arte, hein?

— É claro. É a minha paixão.

Um sorriso surgiu nos lábios dela. Ele não passava muito tempo com mulheres apaixonadas por qualquer coisa que estivesse fora do quarto, e a luz nos olhos verdes de Hayden mexeu com algo dentro dele. Brody percebeu que aquela era a primeira vez que ela se abria com ele, que conversava sobre algo além de regras básicas, e ele gostou.

— Então, você pinta ou só dá palestras sobre pintores? — perguntou ele, curioso.

— Eu desenhava e pintava muito quando era mais nova, mas, hoje em dia, nem tanto.

— Por quê?

Ela deu de ombros.

— Sempre fui mais fascinada pelo trabalho dos outros do que pelo meu. Minha graduação foi principalmente em ateliês, mas fiz mestrado em História da Arte. Percebi que gostava muito mais de estudar grandes artistas do que de tentar me tornar uma. — Ela levantou os joelhos, cruzando as pernas, e perguntou: — O que estudou na faculdade?

— Ciências do Esporte — respondeu ele. — Sabe, Cinesiologia, Medicina Esportiva? E me especializei em técnicas para treinar atletas.

— Sério?

A expressão dela não revelava nada, mas Brody teve a sensação de que Hayden não acreditava, o que o fez se sentir de volta ao ensino médio. O garoto visto como um idiota grandalhão pelos professores só porque era bom em esportes.

Eles o rotulavam como atleta e, por mais que tentasse sair do estereótipo, os preconceitos permaneciam inalterados. Certa vez, foi até acusado de colar em uma prova de inglês para a qual passara horas estudando, só porque o professor decidiu que um garoto que passava todo o tempo jogando com um disco não era capaz de terminar um livro como *Crime e Castigo*.

Hayden talvez tenha percebido a irritação dele, porque logo acrescentou:

— Eu acredito em você. É só que... bem, a maioria dos atletas que conheci quando era mais nova só foi para a faculdade por causa da bolsa de estudos. Eles faltavam em todas as aulas acadêmicas.

— Meus pais teriam me matado se eu perdesse aula. Só me deixavam jogar hóquei se eu mantivesse uma média alta.

Hayden pareceu impressionada.

— Seus pais trabalham com o quê?

— Meu pai é mecânico, e minha mãe trabalha em um salão de cabeleireiro. — Ele fez uma pausa. — Não tínhamos muito dinheiro durante a minha infância.

Ele resistiu à vontade de olhar ao redor da cobertura luxuosa, um sinal óbvio de que Hayden não tivera o mesmo problema. Também não sabia por que havia mencionado a parte do dinheiro. Odiava falar da infância. Também odiava pensar nela. Por mais que amasse os pais, não gostava de ser lembrado de como a vida tinha sido difícil para eles. De como a mãe costumava ficar acordada à noite, cortando e coletando cupons, ou de como o pai ia a pé para o trabalho — mesmo quando o inverno do Michigan estava no auge — toda vez que a velha caminhonete Chevy quebrava. Felizmente, os pais nunca mais precisariam se preocupar com dinheiro, graças a ele.

O telefone tocou, encerrando a conversa. Hayden o atendeu, desligou e disse que o serviço de quarto estava a caminho.

Enquanto ela ia até o elevador receber o funcionário com o carrinho, Brody ligou a televisão e passou por alguns canais, até que finalmente parou no noticiário das onze.

Depois de levar o carrinho até a sala, Hayden destampou a comida e colocou um prato na frente dele. O aroma de batata frita e hambúrguer flutuou até Brody, deixando-o com água na boca.

Ele tinha acabado de dar uma grande mordida em seu sanduíche quando um rosto familiar apareceu na tela. Quase se engasgou com o hambúrguer quando foi invadido por uma onda de desconforto.

Hayden também notou a imagem do pai, então rapidamente achou o controle remoto para aumentar o volume. Eles pegaram a frase do âncora no meio.

— … apresentou-se esta tarde e admitiu que há verdade nos rumores sobre a franquia dos Chicago Warriors. O jogador, que se recusou a ser identificado, afirma que as acusações de suborno e de apostas ilegais enfrentadas pelo proprietário do Warriors, Presley Houston, são, de fato, reais.

16

Cada músculo do corpo de Brody se tensionou ao olhar para a tela, imaginando se havia escutado mal o âncora. Ao lado, Hayden soltou uma exclamação assustada.

— Há uma hora, a liga anunciou que abriria uma investigação completa sobre as alegações.

O apresentador repassou as alegações de que Presley subornara jogadores para perderem pelo menos dois jogos no início da temporada, além de que apostara nos resultados das tais partidas. O divórcio também foi mencionado, assim como o suposto caso de Sheila Houston com um jogador do time, mas, naquela altura, Brody havia parado de prestar atenção no noticiário.

Porra, quem teria dito algo? Não podia ter sido Becker. O amigo teria ligado para ele e avisado antes de fazer algo assim.

Craig Wyatt, no entanto, parecia um candidato possível, ainda mais depois do que Brody tinha visto no rinque no outro dia. Os repórteres andavam sendo muito duros com Sheila, vários deles acreditando piamente que a mulher estava mentindo. Se Wyatt estava mesmo tendo um caso com ela, fazia sentido se envolver para tentar apoiar a mulher.

Brody começou a esfregar as têmporas, que latejavam. Merda. Queria saber qual dos companheiros de time havia confessado. Mas não importava quem tivesse sido, porque, provavelmente, nada disso era um bom presságio para o jogo em casa no dia seguinte. Como alguém conseguiria se concentrar quando havia a ameaça de uma possível investigação criminal?

— Não é verdade.

A voz baixa de Hayden o distraiu de seus pensamentos.

Ele se virou e se deparou com aqueles grandes olhos suplicantes.

— Certo? — perguntou ela, tensa. — Não é verdade.

— Não sei.

Ele passou a mão pelo cabelo e pegou uma batata frita, distraído. Não que ainda estivesse com fome. A reportagem destruíra seu apetite. Ele largou a batata e olhou para Hayden, que parecia estar esperando que ele dissesse mais alguma coisa.

— Eu realmente não sei. Até agora, não há provas de que seu pai tenha subornado alguém.

— Até agora. Mas, se for verdade...

Hayden perdeu o fôlego, e a expressão agoniada dela partiu o coração de Brody.

— Você... Ele...? — Ela parecia estar sofrendo, como se cada palavra exigisse um grande esforço. — Ele te ofereceu algum suborno? — perguntou, por fim.

— De jeito nenhum.

— Mas ele poderia ter subornado outra pessoa, outro jogador.

— Poderia — concordou Brody, cauteloso.

Ela ficou em silêncio, parecendo tão triste, que ele estendeu a mão para puxá-la para um abraço. O cabelo dela fez cócegas em seu queixo, o doce perfume de Hayden invadiu seus sentidos. Quis beijá-la, mas não era hora para isso. Ela estava chateada, e a maneira como pressionava a cabeça na curva do pescoço dele, se aconchegando, deixou claro que ela precisava era de conforto no momento, não de sexo.

— Mas que inferno — reclamou ela, o hálito aquecendo a pele dele. — Meu pai já está estressado por causa do divórcio, e agora... — Ela ergueu a cabeça de repente, os lábios formando uma linha tensa. — Eu me recuso a acreditar que ele tenha feito aquilo de que o estão acusando. Meu pai é muitas coisas, mas não é um criminoso.

A certeza em seus olhos era inconfundível, e Brody, sabiamente, ficou quieto. Ele sempre admirara e respeitara Presley Houston, mas a vida tinha lhe ensinado que mesmo as pessoas que se admirava e respeitava podiam fazer merda.

— Quem acusou deve estar mentindo — continuou Hayden, com firmeza. — Tudo isso vai ser esclarecido durante a investigação. Tem que ser. — Ela se aconchegou em Brody de novo. — Não quero mais pensar nesse assunto. Podemos só fingir que não vimos nada? E podemos fingir que voltei para tirar umas férias, em vez de vir para lidar com os problemas do meu pai? — Ela suspirou contra o ombro dele. — Meu Deus, tirar férias seria perfeito agora. Estou precisando me distrair.

Ele alisou o cabelo dela, adorando sentir a maciez sob os dedos.

— O que você tem em mente?

Ela inclinou a cabeça e sorriu.

— A gente podia sair para ver um filme amanhã. Faz muito tempo que não vou ao cinema. Ou poderíamos caminhar pela orla, ir até o Navy Pier. Não sei. Fazer algo divertido.

Por mais que odiasse decepcioná-la, Brody abriu um sorriso gentil e disse:

— Eu adoraria, mas não posso. Tenho o terceiro jogo amanhã à noite.

O brilho desapareceu dos olhos dela, mas Hayden não perdeu tempo em dar um sorriso, como se quisesse esconder a reação.

— Ah, é verdade. Sempre esqueço dos play-offs.

Os braços dele pareceram vazios quando ela se desvencilhou do abraço e recuou, pegando uma batata frita, a mente longe dali. Colocou-a na boca, mastigando devagar, sem olhar para ele.

— Que tal domingo? — sugeriu Brody.

— Tenho uma festa do Gallagher Club para ir. — Ela empurrou o prato, aparentemente tão sem apetite quanto ele. — É importante para meu pai.

— Então vamos outro dia — propôs. — Prometo que vou te levar para sair e se divertir como está precisando.

A expressão dela ficou tensa.

— Está tudo bem. Não precisa. De qualquer maneira, deve ter sido uma ideia boba termos um encontro.

Brody se aborreceu.

— Por que boba?

— Estamos só tendo um caso — retorquiu ela com um suspiro exasperado. — Algumas fantasias sexuais. Não é algo que envolva encontros.

Um caso.

Algo dentro dele endureceu ao ouvir a palavra. Praticamente só tivera casinhos nos últimos dez anos, nem sequer havia considerado entrar em um relacionamento sério. Então, conheceu Hayden e, de repente, não estava mais pensando em algo casual. Gostava dela. Muito. Droga, tinha sentido um lampejo de empolgação quando a ouviu mencionar coisas normais de casal, como ir ao cinema ou caminhar à beira do lago. Nunca tinha sentido vontade de fazer esse tipo de programa com as mulheres com quem saíra. Não se importava com elas o suficiente, o que teria sido horrível, se não pelo fato de que elas também não se importavam o suficiente com ele.

Por mais que fosse uma loucura, Hayden era a primeira mulher, tirando as repórteres, que perguntava a ele sobre seus pais ou seu curso universitário. Perguntinhas normais que as pessoas faziam umas às outras o tempo todo, mas, ainda assim, algo que não acontecia com ele.

Brody percebera o potencial quando Hayden tinha se aproximado dele pela primeira vez naquele bar. De alguma forma, no fundo, ele soubera que ela era uma mulher com quem poderia ter um relacionamento significativo.

E que puta ironia ela querer apenas um caso.

— E a sua promessa de manter a mente aberta? — perguntou ele, o tom mal-humorado.

— Pretendo manter a promessa. — Ela desviou o olhar. — Mas você não pode me culpar por ser cética quanto a termos algo mais sério.

— Você não acha que isso pode acontecer?

— Sinceramente? — Ela o encarou fundo nos olhos. — Não, acho que não.

Ele franziu a testa.

— Você parece bem certa disso.

— Estou. — Afastando uma mecha de cabelo dos olhos, ela deu de ombros. — Vou voltar para São Francisco daqui a alguns meses e, mesmo que eu ficasse aqui, nossa vida não tem nada a ver uma com a outra.

A irritação cresceu dentro dele.

— De onde é que você tirou isso?

— Você é jogador de hóquei. Eu sou professora.

— E?

— Nossas carreiras já mostram como somos diferentes. Eu vivi no seu mundo, Brody. Cresci nele. A maioria das conversas que tive com meu pai aconteceu em aviões, a caminho da cidade onde o time dele ia jogar. Morei em cinco estados em um período de quinze anos. E eu odiava isso.

— Seu pai era treinador de hóquei — ressaltou ele.

— E o número de viagens não é muito diferente para os jogadores. Não tive escolha quanto à carreira do meu pai. Mas, quando se trata do que eu quero em um parceiro, posso escolher.

— Aquele sujeito em São Francisco, o que ele faz?

O desconforto de Hayden para falar sobre o cara que Brody, então, considerava o Outro Homem ficou evidente quando ela começou a mexer as mãos, entrelaçando os dedos, soltando-os e, depois, tamborilando nas coxas.

— Ele também ensina História da Arte em Berkeley.

Porra, mas que conveniente.

— E o que mais? — questionou Brody.

Ela vacilou.

— O que quer dizer com isso?

— Vocês dois têm interesse em arte, mas o que mais torna esse relacionamento tão gratificante?

Ele quase se encolheu com o sarcasmo que ouviu no próprio tom. Droga, estava se comportando como um completo idiota. Pela expressão vidrada nos olhos de Hayden, ela claramente concordava.

— Meu relacionamento com Doug não é da sua conta. Prometi que seríamos exclusivos sexualmente, mas não concordei em me sentar e conversar sobre ele.

— Eu não quero conversar sobre ele — rosnou Brody. — Só quero conhecer *você*. Quero entender por que acha que não somos compatíveis.

— Você não entende? — Ela suspirou. — "Eu quero isso, eu quero aquilo." Você mesmo falou, sempre consegue o que *quer*. E é por isso que me sinto dessa forma. Namorei muitos caras que queriam e queriam. Mas nenhum nunca quis oferecer nada em troca. Estavam preocupados demais em conseguir o que queriam, em avançarem nas próprias carreiras, e eu sempre ficava em segundo plano. Bem, estou farta disso. Doug pode até não ser o homem mais empolgante do planeta, mas ele quer as mesmas coisas que eu: um casamento sólido, um lar estável. É *isso* que eu quero de um relacionamento.

Um silêncio ensurdecedor recaiu sobre os dois. Brody sentiu vontade de atirar alguma coisa longe. Não gostava de como ela estava projetando nele a frustração com o pai e os ex-namorados, mas, porra, tinha sido ele quem havia aberto aquela caixa de Pandora. Ele a havia pressionado demais e estava indo rápido demais. Provocara-a sobre o relacionamento anterior e exigira que lhe desse a chance que não estava pronta para dar.

Merda.

Será que ele ainda teria uma chance? Ou será que havia estragado tudo?

— Talvez nosso caso seja uma má ideia — acrescentou ela.

Sim, ele tinha estragado tudo.

De um jeito épico.

17

A última coisa que Hayden queria fazer no domingo à noite era participar de um evento de arrecadação de fundos organizado por um empresário rico que ela nem conhecia, mas quando ligou para o pai para tentar escapar do programa, ele não aceitou. Insistiu que a presença dela era essencial, embora a filha não soubesse por quê. Cada vez que socializava com o pai e os amigos dele, acabava sozinha no bar.

Mas não queria decepcioná-lo. E, levando em conta como as coisas tinham terminado com Brody na noite de sexta-feira, talvez fosse melhor sair daquela cobertura enorme e distrair a cabeça.

Passava um pouco das oito da noite quando chegou ao Gallagher Club, um prestigiado clube de cavalheiros, localizado em um dos bairros mais históricos de Chicago. Tinha sido fundado por Walter Gallagher, um empresário podre de rico, que decidiu que precisava construir um lugar onde outros empresários podres de ricos pudessem se reunir.

Para entrar no Gallagher Club, era necessário ser convidado, e alguns homens levavam décadas para se tornar membros. O pai de Hayden herdara o status de membro ao comprar os Warriors do proprietário anterior, e adorava exibi-lo. Quando a filha estava na cidade, ele sempre a levava lá.

Ela dirigiu o carro alugado pela rua larga e arborizada, desacelerando quando avistou a multidão no fim da alameda. Ao se aproximar, notou algumas vans da imprensa. As dez ou mais pessoas aglomeradas no meio-fio eram repórteres.

E, como não conseguia pensar em mais ninguém envolvido numa possível investigação criminal, sabia que a imprensa estava ali por causa do pai.

Isso não era bom.

Respirando fundo algumas vezes para se acalmar, passou pelos portões de ferro que levavam ao Gallagher Club. Virou a cabeça e desviou os olhos quando alguns repórteres começaram a espiá-la, e suspirou ao passar pela entrada circular de paralelepípedos e diminuir a velocidade, posicionando-se ao fim da fila de veículos que esperava perto da área de manobristas.

Será que os repórteres tinham assediado o pai quando ele chegou? Será que ele tinha parado para falar com a imprensa, para negar as acusações absurdas?

Uma voz interrompeu seus pensamentos perturbadores.

— Boa noite, senhorita.

Ela levantou a cabeça e viu um jovem com uniforme vinho, o manobrista, parado ao lado da janela do motorista.

— Posso pegar suas chaves? — perguntou ele.

Ela olhou de relance para a enorme mansão, para os pilares gigantescos de calcário e as estátuas de pedra na entrada de mármore. O pai devia estar lá dentro, provavelmente fumando charutos com os amigos ricos e agindo como se a presença da mídia não o incomodasse. Mas ela sabia que estava longe disso. A reputação de Presley importava mais do que qualquer coisa para ele.

Com outro suspiro, entregou as chaves ao manobrista e saiu do carro.

— Davis irá acompanhá-la até lá dentro — informou o jovem.

Davis era um homem alto e corpulento, de smoking preto, que estendeu o braço e a conduziu pelos degraus da entrada em direção às duas portas de carvalho.

Ele abriu uma das portas e disse:

— Aproveite sua noite.

— Obrigada — respondeu Hayden, depois percorreu o luxuoso saguão de entrada.

Quilômetros de mármore preto cobriam o lugar, e um lustre de cristal cintilante pendia do teto alto. Quando Hayden inspirou fundo, inalou o cheiro de vinho, colônia e coisas caras.

Parou perto da entrada do guarda-volumes e olhou de relance para baixo, para ter certeza de que não havia nada fora do lugar em sua roupa. Usava um vestido prateado que se ajustava às curvas. Sem falar na fenda até a coxa, que revelava boa parte da perna. Uma maquiagem leve nos olhos e um brilho labial rosa cintilante, e o visual estava completo.

Para sua irritação, tinha pensado em Brody o tempo todo enquanto se arrumava... no quanto ele provavelmente gostaria de vê-la naquele vestido, no quanto ele adoraria tirá-lo dela.

Ainda a incomodava o modo como a conversa havia terminado no outro dia. Brody não passara a noite no hotel, indo para o elevador com a aparência de um homem que deixava o campo de batalha derrotado.

Ela também se sentia derrotada. Que ideia tinha sido aquela, sugerir que tivessem um encontro de verdade? Havia sido ela quem deixara claro que apenas queria uma aventura.

Estava simplesmente gostando da conversa — de falar com ele sobre arte, de ouvir sobre os pais dele. Tinha sido agradável. Natural. E, antes que se desse conta, voltou aos velhos hábitos, querendo embarcar em um novo relacionamento.

A discussão foi o alerta de que precisava. Bastou para lembrar a ela do que queria: alguém estável. Alguém que não passaria metade do ano fora da cidade, enquanto o relacionamento ficava em segundo plano.

Por mais atraída que se sentisse por Brody, sabia que ele não poderia ser aquele alguém.

— Quade se superou este ano — disse bem alto uma voz masculina, interrompendo o fluxo de pensamentos dela e lembrando-a de onde estava.

Alisando a frente do vestido, seguiu o grupo de homens de smoking até o grande salão de baile à esquerda. Era um evento black tie, e ela se viu cercada por pessoas lindamente vestidas — algumas mais velhas, outras mais jovens, todas desconhecidas. Havia uma pista de dança no centro da sala, em frente à banda que tocava uma música swing animada. Antes que pudesse piscar, um garçom entregou a ela uma taça de champanhe.

Quando estava prestes a tomar um gole, um rosto familiar chamou sua atenção.

— Darcy? — chamou Hayden, surpresa.

O cabelo ruivo e sedoso da melhor amiga caiu sobre os ombros enquanto ela se virava.

— Oi! O que está fazendo aqui?

— Meu pai exigiu que eu viesse. — Ela fez uma careta. — E pensar que quase acreditei que ele queria passar algum tempo comigo.

Que amargurada, hein?

Bem, ela estava amargurada, mas quem poderia culpá-la? Tinha ido até ali para dar apoio ao pai e tentar uma reaproximação, mas ele parecia decidido a evitar ficar mais do que poucas horas com ela.

— O que *você* está fazendo aqui? — perguntou ela a Darcy, que usava um minivestido branco, um contraste perfeito com o cabelo ruivo e brilhoso e os olhos azuis e vibrantes.

— Conheço o anfitrião. Ele é cliente fiel da boutique, e praticamente ameaçou passar a comprar em outro lugar se eu não viesse. — Darcy bufou. — Para ser sincera, acho que ele está morrendo de vontade de tirar minha calcinha. Como se isso fosse acontecer.

— Quem é o anfitrião? Meu pai se esqueceu de mencionar.

— Jonas Quade — respondeu Darcy. — Um ricaço que se diz filantropo e gasta milhares de dólares com as muitas amantes. Ah, também é um idiota pomposo, mas não posso reclamar, porque... esses milhares que mencionei? Bem, ele gasta na minha boutique. Gosta que as amigas vistam um belo body de renda e desfilem para ele, aquele babaca desprezível... Merda, aí vem ele.

Um homem de cabelo grisalho, com a constituição física de Arnold Schwarzenegger e um bronzeado alaranjado, vinha na direção delas. Uma mulher loira e rechonchuda o seguia, parecendo irritada com o óbvio entusiasmo do acompanhante ao ver Darcy.

— Darcy! — cumprimentou Jonas Quade, um sorriso largo no rosto. — Que maravilha te ver aqui.

— Prazer em vê-lo, sr. Quade — replicou Darcy, toda educada.

Quade virou-se para a acompanhante.

— Margaret, esta é a dona da loja onde compro todos aqueles presentes *íntimos* para você. — Ele piscou para a loira. — Darcy, esta é minha esposa, Margaret.

Hayden via a risada mal contida no rosto da amiga. Devia estar se perguntando se a esposa dele sabia que o marido não comprava presentes íntimos *apenas* para ela.

— E quem é sua amiga adorável? — perguntou o homem, olhando para Hayden.

Como não gostava muito de ser comida com os olhos, Hayden sentiu uma onda de alívio quando, antes que Darcy pudesse apresentá-los, a esposa de Quade, de repente, agarrou seu braço e falou:

— Marcus está tentando chamar sua atenção, amor.

Ela começou a arrastá-lo para longe das duas mulheres.

— Aproveitem a festa — gritou Quade, por cima do ombro.

— Pobre mulher — disse Darcy. — Ela não faz ideia…

— Tenho certeza de que ela faz. Ele poderia muito bem ter tatuado *adúltero* na testa.

Ela e Darcy começaram a rir, e Hayden decidiu que a festa poderia não ser tão ruim assim. Ainda não tinha visto o pai, mas, com Darcy ao lado, talvez conseguisse se divertir um pouco.

— Posso convidá-la para uma dança?

Mas deveria ter imaginado que a melhor amiga, com aquele vestido supercurto, não ficaria disponível por muito tempo.

Um homem bonito, de cabelo escuro e terno listrado azul--marinho olhava para Darcy com expectativa. Um instante depois, ela deu de ombros e respondeu:

— Eu adoraria dançar. — Ela entregou sua taça de champanhe para Hayden e acrescentou: — Te vejo mais tarde, tudo bem?

— É claro. Divirta-se.

Os ombros de Hayden desabaram enquanto a amiga seguia o homem bonito até a pista de dança. Que ótimo. Encontrar Darcy tinha sido uma surpresa agradável, mas o entusiasmo estava de volta ao nível original: baixo.

Então, caiu para inexistente.

— Hayden, querida! — A voz autoritária do pai atravessou a conversa alta e os acordes da música.

Ele se aproximou com um copo de bourbon na mão e um charuto apagado no canto da boca.

A filha ficou na ponta dos pés e deu um beijo na bochecha dele.

— Oi, pai. Parece que está se divertindo.

— Estou. — Ele afagou o braço de Hayden e sorriu. — Você está linda.

Algo naquele sorriso largo demais a perturbou. Não tinha certeza do porquê, já que ele estava apenas sorrindo. Mas, ainda assim, um alarme disparou em sua mente. Ela deu uma olhada melhor no pai. O rosto estava vermelho, os olhos um pouco brilhantes demais.

Como um visitante indesejado, as palavras de Sheila encheram sua cabeça. *Acho que ele está bebendo de novo.*

— Você está bem? — perguntou ela, incapaz de disfarçar a cautela em seu tom. — Você parece um pouco... tenso.

Ele acenou com a mão, um gesto de desdém.

— Estou ótimo.

— Tem certeza? Porque vi aqueles repórteres lá fora, e...

E o quê? *E queria ter certeza de que estão todos mentindo sobre o seu envolvimento em apostas esportivas ilegais.*

Os olhos de Presley escureceram.

— Ignore aqueles sanguessugas. Estão tentando causar problemas, inventando histórias delirantes para conseguir cliques. — Ele tomou um gole de bourbon. — Não é hora de discutirmos isso. Martin Hargrove estava me perguntando sobre você. Lembra-se de Martin, dono de uma rede de restaurantes...

— Pai, não pode simplesmente ignorar a situação — interrompeu ela. — E quanto à notícia de que um de seus jogadores fez acusações? Tentei te ligar ontem à tarde para conversarmos sobre isso, mas estava o tempo todo caindo na caixa postal. Deixei duas mensagens.

Ele não deu atenção à última frase e respondeu:

— Eu estava jogando golfe com o juiz Harrison. O sinal no campo não é muito bom.

Meu Deus, por que ele não parava de agir como se aquilo não fosse grande coisa? Um dos jogadores alegava que Presley combinava o resultado dos jogos, e ele insistia em menosprezar o problema, como se não passasse de um fiapo na manga. Ia a festas, fumava charutos, saía com amigos. Será que achava mesmo que não ia dar em nada? Hayden se recusava a acreditar que o pai pudesse estar envolvido nas coisas das quais era acusado, mas não era ingênua a ponto de pensar que poderiam só fechar os olhos e toda a confusão se resolveria sozinha.

— Você pelo menos conversou com o juiz Harrison sobre qual deveria ser seu próximo passo? — perguntou ela.

— Por que eu faria isso?

— Porque a situação está começando a ficar séria. — Ela cerrou os punhos ao lado do corpo. — Você deveria dar uma entrevista coletiva defendendo sua inocência. Ou, ao menos, falar com seu advogado.

Ele não se deu o trabalho de responder, apenas deu de ombros e levou o copo à boca. Depois de engolir o que restava da bebida, fez sinal para um garçom que passava e pegou uma taça de champanhe.

Hayden aproveitou a oportunidade para deixar as taças dela e de Darcy na bandeja, perdendo de repente a vontade de tomar álcool. Nas duas vezes em que tinha visto o pai na semana anterior, ele estava bebendo, mas, esta noite, ficou óbvio que estava embriagado. As bochechas rosadas, os olhos vidrados, o andar instável. Um caso claro de negação.

— Pai… quanto você bebeu?

As feições dele endureceram na hora.

— O quê?

— Você parece um pouco… animado demais — disse ela, por falta de palavras melhores.

— Animado? — Ele franziu a testa. — Posso te garantir, Hayden, que não estou bêbado. Só tomei alguns drinques.

O tom defensivo fez a preocupação dela aumentar. Quando as pessoas começavam a dar desculpas para o estado de embriaguez… não era sinal de um problema de dependência?

Ela amaldiçoou a madrasta por ter colocado todas aquelas ideias absurdas em sua cabeça. O pai não era alcoólatra. Ele não tinha problemas com bebida, não tinha um caso e, com certeza, não havia combinado o resultado de nenhum jogo dos Warriors para ganhar dinheiro.

Certo?

As têmporas começaram a latejar. Droga, ela não queria duvidar do próprio pai, o homem que a criara sozinho, o homem que, até alguns anos antes, tinha sido seu amigo mais próximo.

Hayden abriu a boca para se desculpar, mas ele a interrompeu antes que ela tivesse chance:

— Já estou *por aqui* com essas acusações, está me ouvindo?

Ela piscou, surpresa.

— O quê? Pai...

— Já ouço demais da Sheila. Não preciso escutar essas merdas da minha própria filha.

Os olhos dele estavam em chamas, as bochechas vermelhas de raiva, e ela se viu dando um passo para trás. Lágrimas encheram seus olhos, fazendo-os arderem. Meu Deus. Pela primeira vez na vida, sentiu medo do pai.

— Tudo bem, fiz alguns investimentos ruins. Me processe — rosnou ele, a taça de champanhe balançando nas mãos. — Isso não faz de mim um criminoso. Não se atreva a me acusar disso.

Ela engoliu em seco.

— Eu não estava...

— Não combinei o resultado dos jogos — retrucou ele. — E não tenho problemas com bebida.

Uma respiração irregular lhe escapou dos lábios, e o cheiro rançoso de álcool queimou as narinas de Hayden e traiu a última declaração dele. O pai não estava apenas de pileque, mas completamente bêbado. Parada ali, atordoada, uma lágrima escorreu pela sua bochecha.

— Hayden... querida... me desculpe. Não foi minha intenção perder a cabeça com você.

Ela não respondeu, apenas engoliu em seco outra vez e limpou o rosto com a mão trêmula.

O pai estendeu a mão e tocou seu ombro.

— Me perdoe.

Antes que ela pudesse responder, Jonas Quade se aproximou com passos joviais, pousando a mão no braço dele ao dizer:

— Aí está você, Presley. Meu filho, Gregory, está doido para te conhecer. Ele é o fã número um dos Warriors.

Os olhos verde-escuros do pai imploraram, transmitindo a mensagem que não conseguia verbalizar no momento: *Falaremos sobre isso mais tarde.*

Ela assentiu e, depois, inspirou fundo enquanto Quade levava o pai embora.

No segundo em que os dois homens se afastaram, ela deu meia-volta e seguiu apressada em direção às portas francesas que davam para o pátio, esperando conseguir conter as lágrimas até desaparecer de vista.

18

— Para que você tinha que me arrastar até aqui? — resmungou Becker, dirigindo o Lexus prateado e brilhoso na direção do Gallagher Club. — Minha esposa está irritada comigo.

— Ah, fala sério! Mary não se irrita com absolutamente nada — respondeu Brody, pensando na mulher pequena e meiga casada com Sam havia quinze anos.

— É o que ela quer que você pense. Acredite em mim, quando estamos sozinhos, ela não é muito boazinha. — Brody riu, e o amigo continuou: — Juro! Ela quase arrancou minha cabeça quando falei que ia sair com você. Foi de última hora, então não conseguimos uma babá para Tamara. Mary teve que cancelar os planos dela. — Becker resmungou baixinho: — Ela não vai me deixar esquecer. Muito obrigado, Jovem.

As palavras de Sam poderiam até fazer outros homens se sentirem culpados, mas Brody não sentiu um pingo de pena do amigo. Tinha passado o dia inteiro tentando achar uma maneira de encontrar Hayden e reparar a situação. Claro, poderia apenas ter ligado para ela, mas a forma como as coisas terminaram no hotel na outra noite o deixara mais cauteloso.

Por sorte, Hayden mencionara que estaria no Gallagher Club, e ele tinha passado a tarde inteira se perguntando como poderia ir ao evento, mas sem parecer desesperado. A resposta lhe ocorreu durante a ligação de Becker, que telefonara para discutir um evento de caridade do qual participariam no mês seguinte.

Brody não era membro do Gallagher Club, mas Becker, sim, então, na mesma hora, ordenara que o melhor amigo tirasse o smoking do armário.

Sentia-se mal pelo amigo ter levado uma bronca da esposa, mas acertaria as coisas com ele mais tarde.

— Por que não deixou Lucy cuidando de Tamara? — perguntou Brody.

Ele frequentava a casa de Becker, então passava muito tempo com as duas filhas do amigo. Lucy tinha 14 anos, dez a mais do que a irmã, e para Brody era evidente o quanto a adolescente amava sua irmãzinha.

— Lucy tem… Deus me ajude… — Becker grunhiu — … um namorado. Eles foram ao cinema.

Brody uivou.

— Você deixou mesmo que ela saísse de casa com ele?

— Não tive escolha. Mary disse que eu não podia ameaçá-lo com uma espingarda. — Becker suspirou. — E, por falar em ameaças, ela me pediu para te dizer que vai ficar chateada se não concordar em passar uma semana em nossa casa no lago neste verão. Ela reformou o lugar, está morrendo de vontade de exibi-lo.

Em geral, Brody tentava passar todo verão no Michigan, com os pais, mas, por Becker, estaria disposto a alterar seus planos.

— Diga a ela que estarei lá. Basta me passar a data.

Becker, de repente, desacelerou o carro.

— Ah, merda.

Uma pequena multidão de repórteres estava aglomerada em frente aos portões do Gallagher Club. Alguns viraram a cabeça quando o Lexus se aproximou.

— É óbvio que os abutres estão atrás do Pres — comentou Becker, fechando as janelas do carro.

Brody suprimiu um gemido.

— E você está surpreso? Alguém do time confirmou os rumores. A imprensa está salivando.

Becker passou pelo portão e parou em frente ao manobrista que os esperava. Com os lábios contraídos, saiu do carro sem dizer uma palavra.

No segundo em que os pés tocaram a calçada de paralelepípedos, um dos repórteres começou a chamá-los do portão.

— Becker! Croft! — gritou ele, quase enfiando a careca entre duas barras do portão. — Algum comentário sobre as alegações de que Presley Houston combinou o resultado de jogos dos Warriors e...

Brody ignorou o sujeito, optando por seguir Becker pelos degraus da frente, em direção à entrada do clube.

— Porra, odeio este lugar — murmurou Becker, quando entraram no saguão.

— Como se tornou membro, afinal? — perguntou Brody, sem se importar muito com a resposta.

Preferiria conversar com Becker sobre a possibilidade de ter sido o capitão, Craig Wyatt, quem denunciou tudo, mas a linguagem corporal do companheiro de time deixava claro que ele não queria discutir sobre os repórteres ou o escândalo. Os ombros largos estavam tensos, e a mandíbula angulosa, cerrada. Brody entendia. Até ele andava apreensivo desde que assistira àquela notícia com Hayden.

E a derrota do dia anterior para o Colorado não ajudava. Perder um jogo dos play-offs era ruim, mas perder por 5-0 foi patético. Jogaram como um time de amadores e, embora ninguém tivesse mencionado o escândalo, Brody sabia que todos estavam pensando naquilo. Se pegara olhando ao redor do vestiário, imaginando qual dos colegas teria confessado saber dos subornos.

— Minha esposa participa de uma das fundações de caridade do Jonas Quade — comentou Becker. — Quando ele se ofereceu para me recomendar ao comitê de membros, Mary praticamente ameaçou se divorciar caso eu não me afiliasse. — Becker murmurou um palavrão. — Estou te falando, ela não é boazinha coisa nenhuma.

Brody bufou.

— Você deve ter visto algo de bom nela, já que se casou com a mulher.

— Hoje em dia? Não sei se me lembro do que foi.

Brody sentiu um lampejo de preocupação.

— Está tudo bem em casa?

Becker foi rápido em tranquilizá-lo.

— Ah, não ligue para o que digo. Mary e eu estamos bem. Estou sendo dramático.

Os dois entraram no enorme salão de baile, e os olhos de Brody logo começaram a percorrer o aposento.

— Ela está aqui? — perguntou Becker, com um suspiro.

Brody piscou, surpreso.

— Quem?

— Qual é, Croft. A única razão para ter me arrastado até este lugar é porque sou parte deste clube de esnobes e você precisava de um convite. E, como sei que você não é um alpinista social, significa que veio ver a filha de Houston. O que, aliás, ainda é uma péssima ideia.

— Será?

Becker aceitou uma taça de vinho de um garçom que passava.

— É mais do que péssima, Jovem. Você não devia se envolver com a família Houston, pelo menos não enquanto essa merda toda com as apostas ilegais estiver rolando.

O paletó do smoking, de repente, pareceu muito apertado.

— Hayden não tem nada a ver com isso. Ela só veio da Califórnia para visitar o pai.

— E se a mídia descobrir que você está dormindo com ela, vão começar a salivar. As manchetes vão dizer que a filha de Pres está transando com um dos craques do time para calar a boca dele.

— Você fala como se achasse que preciso me manter calado sobre alguma coisa. — Os cabelos da nuca de Brody se arrepiaram. — Sam... você sabe alguma coisa dessa merda de história de suborno?

— Não, é claro que não.

— Tem certeza? — Ele hesitou. — Você não... Você não aceitou suborno, né?

Becker parecia ter sido golpeado. Estava boquiaberto.

— Você está de sacanagem? Acha mesmo que eu aceitaria a porra de um suborno? Passei metade da minha vida jogando nesta liga. Acredite em mim, já ganho dinheiro suficiente.

Brody relaxou.

— Não achei que você tivesse aceitado — afirmou ele, tentando deixar claro que acreditava no amigo. — Mas o que você acabou de dizer... parece que sabe mais sobre o escândalo do que o resto de nós. Pres te contou alguma coisa?

Embora parecesse calmo agora, a veia na testa de Becker ainda latejava.

— Não sei de nada — disse ele, com firmeza.

— Bem, talvez *eu* saiba — Brody se pegou confessando.

Becker ergueu a cabeça.

— Do que está falando?

Embora não fosse o momento e, com certeza, o lugar também não fosse ideal, Brody contou a Becker o que tinha visto no rinque. Falou bem baixinho, revelando suas suspeitas de que Sheila Houston havia contado a Craig Wyatt tudo o que sabia, e de que tinha sido Wyatt a falar com a liga.

— Acha que eu deveria fazer alguma coisa? — perguntou Brody.

Becker soltou um suspiro irregular, parecendo em estado de choque.

— Sinceramente? Acho que seria uma péssima ideia.

— Por que diz isso?

— É melhor não se envolver — advertiu Becker, a voz baixa. — Você vai acabar parecendo suspeito.

Ele refletiu sobre o conselho do amigo e supôs que Becker tinha razão. Mas, então, pensou no capitão do time e em como andava cabisbaixo ultimamente. Claro, Wyatt sempre tinha sido um homem sério, mas havia semanas que mal vinha falando com os outros e, quando falava, era apenas para gritar por terem cometido um erro no gelo. Brody sentia que Wyatt poderia estar precisando de um ombro amigo e, por mais relutante que estivesse em se envolver, não tinha certeza se conseguiria assistir a um companheiro de time passar por uma situação difícil sem fazer nada para ajudar.

Mas Becker permaneceu firme.

— Não fale com Craig, Jovem. Se isso o está incomodando tanto, pode deixar que eu falo com ele, certo?

Ele olhou para o amigo, surpreso.

— Você realmente faria isso por mim?

Becker abriu um leve sorriso.

— Ao contrário de mim, você ainda tem muitos anos pela frente. Não quero ver sua carreira ir pelo ralo só porque Presley Houston decidiu que precisava de um dinheiro extra.

— Meus dois jogadores favoritos!

Por falar nele...

Brody lançou a Becker um olhar de gratidão, depois sorriu quando Presley se aproximou com uma taça de champanhe na mão. Considerando que havia repórteres do lado de fora prontos para acabar com ele por conta de toda aquela história, Pres parecia bem alegre. Ou as acusações não o preocupavam, ou estava se saindo muito bem em esconder a angústia.

— Estão se divertindo?

— Acabamos de chegar — respondeu Becker.

— Bem, a festa está só começando.

Pres levou o copo aos lábios e esvaziou-o. Um segundo depois, chamou um garçom e recebeu outro copo cheio.

— Sua filha está por aqui? — perguntou Brody, a voz mais ansiosa do que casual.

Pelo canto do olho, viu Becker franzir a testa.

Pres pareceu desconfortável com a menção a Hayden.

— Acho que ela saiu para o pátio — retorquiu ele.

E ali estava sua deixa.

Brody não se sentiu mal por largar Becker nas garras do obviamente bêbado dono do time. Sam estava no ramo havia tempo suficiente para saber como lidar com cada situação que surgia, e, em geral, lidava com elas tão bem quanto com o disco. Era um profissional em todos os sentidos.

Brody se afastou, observando o enorme salão de baile em busca da entrada do pátio. Por fim, avistou as portas francesas e caminhou em direção a elas.

Ficou sem fôlego ao ver Hayden naquele vestido prateado. Ela estava encostada na grade com vista para a propriedade, o longo cabelo castanho caindo em cascata pelos ombros nus, a bunda deliciosa envolvida pelo material sedoso do traje.

Nossa. Ela estava uma delícia.

Brody parou, admirando-a. Para sua surpresa, ela se virou de repente, como se sentisse a presença dele. Eles trocaram um olhar. Então, ele notou que os cílios dela estavam úmidos de lágrimas.

Em segundos, Brody estava ao lado de Hayden.

— Ei, o que aconteceu? — interpelou ele, apoiando as mãos na cintura esbelta e puxando-a para si.

Ela se aninhou em seus braços, pressionando o rosto contra o ombro dele enquanto murmurava:

— O que está fazendo aqui?

— Vim com um amigo. — Ele acariciou as costas dela delicadamente. — E ainda bem, porque você está horrível.

— Caramba, muito obrigada. — Sua voz saiu abafada pelo smoking.

— Ah, pare com isso. Você sabe que é a mulher mais sexy nesta festa. — Ele passou a mão pela bunda firme. O corpo quente e cheio de curvas fez o pulso dele acelerar, mas Brody se lembrou de que aquele não era o momento. — Me diga o motivo *disso*. — Ele secou as lágrimas dos cílios dela. — O que aconteceu?

— Nada.

— Hayden.

Ela levantou a cabeça, inclinando o queixo, como se o desafiando.

— Não é nada, Brody. Pode voltar para dentro e aproveitar a festa.

— Dane-se a festa. Eu vim aqui para te ver.

— Bem, eu vim para ver meu pai. — Ela virou a cabeça, olhando para os jardins bem-cuidados.

A temperatura tinha despencado, e as nuvens cinzentas que cobriam o céu noturno indicavam que viria uma tempestade. O interminável tapete de flores no gramado exuberante começava a balançar ao vento, espalhando um aroma doce na direção do pátio de paralelepípedos.

Era o tipo de noite que Brody, no geral, gostava — a umidade no ar, o prenúncio de chuva e trovões. Mas não conseguia apreciá-la, não quando Hayden parecia tão chateada.

E linda. Droga, ela também estava muito linda. O vestido prateado, a sandália de salto, o brilho rosa cobrindo os lábios carnudos. Ele a desejou, com tanta intensidade quanto naquela primeira noite no bar. E não era algo apenas sexual. Algo naquela mulher trazia à tona um lado protetor e terno que ele nunca imaginou que possuía.

— Por favor, me diga o que aconteceu.

Hayden hesitou por tanto tempo, que Brody achou que não fosse responder, mas, então, ela simplesmente despejou uma série de coisas:

— Acho que meu pai está bebendo além da conta. Ele explodiu comigo quando o questionei, e então comentou alguma coisa sobre maus investimentos. — Ela olhou para cima, os olhos repletos de angústia. — Estou preocupada que ele possa ter feito algumas das coisas de que foi acusado. Que merda, Brody, acho que há, sim, chances de ele ter subornado jogadores e apostado no resultado dos jogos.

O coração dele despencou até o estômago, logo, enfiou os punhos nos bolsos do paletó, na esperança de aquecer as mãos, que haviam ficado subitamente geladas. *Puta merda*. Ele não queria ter essa conversa, não com Hayden. Não quando tinha as próprias suspeitas.

Então ficou ali parado, em silêncio, esperando que ela continuasse e torcendo para que não fizesse nenhuma pergunta que pudesse forçá-lo a revelar algo que ela provavelmente não gostaria de ouvir.

— Não sei o que fazer — murmurou ela. — Não sei como ajudar. Não sei se ele é culpado ou se é inocente. Não tenho provas de que ele enfrenta problemas com álcool, mas ficou óbvio, depois de hoje, que tem algo de errado com ele.

— Você precisa conversar com seu pai quando ele estiver sóbrio — aconselhou Brody.

— Eu tentei. — Ela soltou um gemido de frustração. — Mas ele está evitando a todo custo ficar sozinho comigo. E, quando *estamos* a sós, ele muda de assunto toda vez que menciono minhas preocupações. Ele não abaixa a guarda.

Os dois ficaram ali parados por um momento, em silêncio, os braços dele em volta do corpo dela, a cabeça de Hayden encostada no peito de Brody.

— Nunca pensei que meu relacionamento com meu pai fosse chegar a esse ponto — sussurrou. — Hoje ele me tratou como uma estranha. Surtou, xingou, me diminuiu, como se eu fosse só mais uma dor de cabeça com a qual ele não queria lidar, em vez de sua única filha.

Brody passou os dedos pelo cabelo dela, acariciando as mechas macias.

— Vocês dois eram próximos? — perguntou.

— Muito. — Ela soltou um suspiro. — Mas hoje em dia o time vem em primeiro lugar.

— Tenho certeza de que não é bem assim.

Ela ergueu o queixo e o encarou.

— Me diga uma coisa: em todos os anos que você jogou pelos Warriors, quantas vezes meu pai me mencionou?

O jogador sentiu uma pontada de desconforto no estômago.

— Um monte de vezes — respondeu ele, num tom vago.

Os olhos dela perfuraram os de Brody.

— Isso é mesmo verdade?

— Tudo bem, nunca — admitiu. — Mas, para o seu pai, sou só um jogador. Ele sem dúvida nunca me tratou como um confidente.

— Meu pai é obcecado pelo time — disse ela, categórica. — Sempre amou hóquei, mas quando era só treinador não era tão ruim assim. Agora que tem uma franquia, é quase fanático. Ele costumava se importar com o *jogo*. Só que, de alguma forma, passou a ligar só para *ganhar dinheiro*. Ser o mais poderoso possível.

— Dinheiro e poder não são coisas tão ruins de se desejar. — Brody se viu obrigado a ressaltar.

— Certo, mas e a família? Com quem vai poder contar quando o dinheiro e o poder acabarem? Quem vai estar lá para te apoiar? — A tristeza cobriu o lindo rosto dela, a expressão ficando cada vez mais deprimida. — Sabe, ele vivia me levando para pescar. Todo verão, alugávamos uma cabana perto do lago, às vezes por uma semana inteira. Mudávamos muito de estado, mas meu pai sempre conseguia encontrar um lugar para pescar. Eu odiava pescar, mas fingia que gostava, porque queria passar mais tempo com ele.

Ela saiu dos braços dele e voltou para a grade, inclinando-se para a frente e respirando o ar fresco da noite. Sem se virar, continuou falando:

— Paramos de ir depois que me mudei para a Califórnia. Ele sempre prometia que voltaríamos ao lago quando eu o viesse visitar, mas nunca tivemos tempo. Se bem que... passeamos de iate no verão passado. Sheila passou a viagem inteira falando sobre as próprias unhas. E meu pai ficou ao telefone o tempo todo.

O tom melancólico na voz de Hayden provocou uma onda de compaixão em Brody. Apesar de viver ocupado, sempre visitava o Michigan algumas vezes por ano para ver os pais. Entre as temporadas, passava um mês com eles, aproveitando todo o tempo livre. Embora o irritasse um pouco o fato de a mãe se recusar a largar o emprego e aproveitar as vantagens que os ganhos dele proporcionavam, Brody adorava voltar para casa. E os pais amavam recebê-lo. Não conseguia imaginá-los ocupados demais para desfrutar da presença do único filho.

Presley Houston era um idiota. Não havia outra explicação para o homem deixar passar a oportunidade de conviver com uma filha tão incrível quanto Hayden. Ela era inteligente, carinhosa, vivaz.

— Quer saber de uma coisa? Não quero mais falar sobre isso — alegou ela, de repente. — Não há por quê. Meu pai e eu estamos nos distanciando faz anos. Foi idiotice pensar que ele poderia valorizar meu apoio.

— Tenho certeza de que ele valoriza. É óbvio que andou bebendo hoje, e deve ter sido o álcool que o fez explodir com você.

— O álcool não é desculpa. — Ela passou os dedos pelo cabelo e franziu as sobrancelhas. — Meu Deus, preciso sair daqui. Quero ir a algum lugar onde eu consiga clarear os pensamentos.

Ele olhou para o relógio e assentiu quando viu que não era tão tarde, dizendo:

— Vamos. Conheço o lugar perfeito.

Ela o observou com cautela, como se, de repente, estivesse se lembrando do que havia acontecido entre eles duas noites antes. Brody notou a hesitação, a relutância dela em se abrir de novo, mas, felizmente, Hayden não protestou quando ele pegou sua mão.

Simplesmente, entrelaçou os dedos nos dele e concedeu:

— Vamos.

19

— Este é o lugar perfeito para clarear as ideias? — Hayden ria enquanto seguia Brody para o rinque de hóquei escuro, vinte minutos depois.

Ela deixou que o homem dirigisse seu carro, mas não pensou em perguntar para onde a estava levando. Ficou feliz em permanecer sentada e em silêncio, tentando entender tudo o que o pai havia lhe dito naquela noite. Agora, quase se arrependia de não ter demonstrado mais curiosidade quanto ao destino deles.

O guarda noturno, que Brody chamou de Bob, os deixou entrar. Pareceu surpreso por ver Brody Croft no rinque de treino depois do expediente, mas não se opôs ao pedido do jogador. Depois de desenterrar um velho par de patins juvenis para Hayden na sala de equipamentos, Bob destrancou as portas que davam para o rinque, acendeu as luzes e desapareceu, sorrindo.

— Confie em mim — disse Brody. — Não há nada como sentir o gelo sob os patins para clarear a cabeça.

— Acho melhor eu dizer logo que não patino no gelo desde criança.

Ele pareceu perplexo.

— Mas seu pai é dono de um time de hóquei.

— Não podemos mais falar sobre meu pai esta noite, lembra?

— Certo. Desculpe. — Ele abriu um sorriso encantador. — Não se preocupe, não vou deixar você cair de bunda no gelo. Agora, sente-se.

Obediente, ela se sentou no banco de madeira duro e deixou Brody tirar seus saltos altos. Por um momento, ele acariciou os pés cobertos pela meia-calça, então pegou os patins e a ajudou a calçar um deles.

— Está apertado — reclamou Hayden.

— É de um garoto de 12 anos. Ninguém faz patinação artística aqui, então vai ter que se contentar com estes.

Ele amarrou os patins para ela, depois se jogou no banco e tirou os sapatos pretos e brilhosos. Calçou com habilidade o par de patins que tinha tirado do fundo do armário, sorrindo ao vê-la se levantar, hesitante. Estava estilosa com o vestido de festa e os patins de hóquei pretos desgastados.

Ela estendeu os braços na tentativa de se equilibrar.

— Com certeza vou cair de bunda no gelo — reclamou.

— Já te falei que não vou deixar isso acontecer.

Ele deu dois passos à frente e destrancou o portão de madeira. Como o jogador profissional de hóquei que era, deslizou no gelo sem esforço, patinando para trás enquanto ela murmurava do portão:

— Exibido.

Rindo, Brody se aproximou e lhe estendeu a mão.

Ela olhou para os longos dedos calejados, querendo muito agarrá-los e nunca mais soltá-los. No entanto, outra parte sua estava hesitante. Quando tinha ido atrás dele no bar, não imaginava que o veria depois daquela primeira noite. Nem que dormiria com ele de novo. Nem que poderia realmente começar a *gostar* dele.

Mas começou. Por mais que quisesse continuar vendo Brody como apenas uma transa casual que a fizera ver estrelas, ele estava se tornando irritantemente real para ela. Ouvira quando ela tagarelou sobre arte, deixara-a chorar em seu ombro, e agora a tinha trazido para essa pista escura, para distraí-la das preocupações.

— Vamos, não vou te deixar cair — tranquilizou-a.

Ela assentiu e segurou a mão de Brody. No segundo em que as lâminas dos patins tocaram o gelo liso, Hayden quase caiu. Os braços giraram, as pernas se abriram e os patins se moveram em direções opostas, como se tentando forçá-la a fazer um espacato.

Brody a estabilizou na hora, sorrindo.

— Putz, você não é mesmo muito boa nisso, né?

— Falei que não era — respondeu ela, seu olhar indignado. — Se quiser que eu dê uma palestra sobre arte impressionista, faço isso numa boa. Mas patinar? Sou péssima.

— Porque está tentando andar, em vez de deslizar — explicou ele, e apertou a cintura dela com as duas mãos. — Pare de tentar caminhar. Segure a minha mão e me imite.

Bem devagar, os dois avançaram de novo. Embora ele patinasse com facilidade, Hayden era desajeitada. A cada poucos metros, a ponta dos patins cravava no gelo, e ela quase voava para a frente. Mas Brody cumpriu a promessa, e não a deixou cair. Nem uma vez sequer.

— Isso aí — elogiou ele. — Está pegando o jeito.

Ela sorriu. Depois que seguiu o conselho dele e parou de tratar os patins como sapatos, os movimentos se tornaram mais naturais. Ficou alegre quando ganharam velocidade, deslizando pelo gelo.

A pista passou zunindo por ela, o ar fresco do rinque deixando suas bochechas vermelhas. Embora sentisse arrepios nos braços nus, não se incomodou com a temperatura. O ar frio a acalmava, desanuviando sua mente.

Lançou um olhar de soslaio para Brody e viu que ele também se divertia. Meu Deus, estava lindo de smoking. O paletó abraçava seus ombros largos e o peito imponente. Quando percebeu que a gravata-borboleta dele estava um pouco torta, Hayden resistiu à vontade de endireitá-la. Não queria mexer os braços e correr o risco de cair, então segurou a mão dele com mais força.

Brody baixou os olhos para os dedos entrelaçados e abriu a boca como se fosse começar a dizer algo, mas parecia cauteloso. Ela sabia o que ele estava pensando, porque a mesma coisa estava passando pela cabeça dela. Por Deus, ela estava mesmo gostando desse cara.

Sim, Brody podia ser arrogante. Às vezes, insistente. Mas a excitava de uma maneira selvagem, e cada vez que os olhos azul-escuros a encaravam, cada vez que ele a envolvia com aqueles braços enormes, ela se derretia.

Eles diminuíram o ritmo, e ela se forçou a afastar seus pensamentos da zona perigosa que haviam adentrado, tentando encontrar um assunto neutro para a conversa. Um que não a fizesse pensar em Brody nu e duro enquanto devorava o corpo dela com a língua. Hayden vinha questionando o caso deles desde a noite de sexta-feira, e naquele instante estava duvidando das próprias dúvidas.

— Quando foi que você começou a jogar? — perguntou ela, por fim, decidindo que a carreira dele era um assunto tão seguro quanto qualquer outro.

— Aprendi a patinar praticamente logo depois de começar a andar. Meu pai costumava me levar a um rinque ao ar livre perto da nossa casa, no Michigan. — Ele riu. — Bem, não era exatamente um rinque. Era mais um lago mixuruca que congelava todo inverno. Meus pais não tinham dinheiro para pagar minha mensalidade em um rinque de verdade, então eu praticava as tacadas naquele lago enquanto meu pai ficava sentado em uma cadeira dobrável na neve e lia revistas de automóveis.

— Você jogou no time da escola?

— Joguei em quase todos os times disponíveis. — Ele soltou a mão dela e começou a patinar em círculos preguiçosos ao redor de Hayden. — No colégio, eu jogava hóquei, rúgbi e beisebol, na primavera. Ah, e lacrosse, até os treinos passarem a interferir com os de hóquei.

— Entendi. Então você era um *daqueles* caras. Aposto que, no anuário do ensino médio, você foi eleito o que tinha mais chances de se tornar um atleta profissional.

— Fui mesmo.

Ele falou um pouco sobre os primeiros anos na liga, depois contou algumas anedotas engraçadas sobre os pais e o orgulho enorme que sentiam dele. Às vezes, era possível perceber uma pontada de amargura em sua voz, o que deixou

Hayden com a impressão de que a infância dele tinha sido mais difícil do que ele deixava transparecer, mas ela não foi indiscreta. Lembrava-se de quando ele dissera que a família não tinha muito dinheiro, ficara óbvio que aquele era um assunto sobre o qual ele não gostava de falar.

Poucos minutos depois, a perna dela ficou com cãibra, então cambaleou até parar, apoiando-se nos aparadores ao redor da pista enquanto esfregava a parte de trás da coxa. Na Costa Oeste, Hayden tinha o costume de correr todas as manhãs antes de ir para a universidade, mas não estava mais tão em forma quanto pensara. As pernas doíam, e só estavam patinando havia vinte minutos.

— Quer fazer uma pausa? — ofereceu Brody.

— Por favor.

Os dois saíram do gelo e começaram a subir pelas arquibancadas. Brody era experiente em andar com os patins, já ela não teve tanta sorte. Quase caiu várias vezes antes de se sentar no banco e respirar, aliviada.

— Acho que distendi um músculo da bunda — resmungou.

— Quer que eu faça uma massagem?

Hayden exalou, lamentando que a voz dele tivesse um tom rouco e sugestivo. Droga. Não podia ir para a cama com ele. Depois de como a conversa tinha terminado na noite de sexta-feira, continuar o caso provavelmente não seria uma boa ideia.

Como se percebendo as preocupações dela, Brody soltou um suspiro irregular.

— Sinto muito pela outra noite. Eu forcei um pouco a barra. Peço desculpa.

Ela não respondeu, apenas assentiu, então ele continuou:

— Sei que sou meio brusco. Insistente. Gosto de conseguir o que quero e, definitivamente, não sou o tipo de homem que se contenta em ficar em segundo plano. — Ele ergueu a mão, antes que Hayden pudesse interrompê-lo. — Eu não deveria ter te provocado, sabe, sobre Doug... — ele pronunciou o nome como se fosse uma doença contagiosa — ... mas, porra, Hayden, fico maluco sabendo que tem outro cara na sua vida. Não estou acostumado a dividir.

— Você não está dividindo. Doug e eu estamos dando um tempo.

— Tem uma grande diferença entre dar um tempo e terminar. — Ele hesitou, franzindo a testa. — Você acha que vai voltar com ele?

— Não sei.

No fundo, porém, ela sabia a resposta. E com certeza não era algo que Doug gostaria. Mas não podia falar sobre o assunto, não agora, e não com Brody.

Percebeu que o jogador não ficou feliz com a resposta, mas, em vez de confrontá-la como havia feito duas noites antes, ele apenas assentiu.

— Acho que terei que viver com isso, então. Mas eu consigo, ainda mais se for garantia de que posso passar mais tempo com você.

— Mas... por quê? O que vê em mim que o faz ter tanta certeza de que devemos seguir em frente com isso?

Ela não era propensa a se sentir insegura, mas não conseguia entender por que aquele homem sexy queria ficar com ela, e não com uma supermodelo.

— O que eu vejo em você? — Ele se inclinou para mais perto. — Você quer uma lista? Pois posso fazer isso. Vou deixar de fora o quanto você é linda, porque isso é superficial.

— Não sou boa demais para ouvir uns elogios superficiais.
Ele riu.

— Então quer que eu comece falando dos seus olhos verdes,
que me fascinaram desde o segundo em que você se aproximou
daquela mesa de sinuca?

Ela mordeu o lábio inferior.

— Aham.

Com delicadeza, ele segurou uma mecha de cabelo dela
entre os dedos.

— Ou é melhor começar por esse cabelo castanho e sedoso em que sempre quero tocar? — O olhar encontrou o
peito dela. — Ou por esses seios dos quais não me canso?

Os dedos, que antes brincavam com seu cabelo, desceram
para roçar os mamilos, que estavam rígidos contra o tecido
fino do vestido. Os batimentos de Hayden aceleraram, cada
centímetro de pele aquecendo sob a análise direta dele.

— Ou talvez por esses lábios, que sempre me imploram
para prová-los? — Ele passou o polegar pelo lábio inferior
dela.

A boca se abriu, as pálpebras ficaram pesadas. Felizmente,
ela estava sentada, porque se sentia fraca, a ponto de não saber se conseguiria sustentar o peso do próprio corpo. Brody
sabia direitinho o que dizer.

— Qualquer um desses serve para mim — respondeu
ela, arfando.

Mãos fortes seguraram seu rosto.

— Fora isso, você irradia inteligência. Já te falei que tenho
um fraco por mulheres inteligentes? — Ele começou a acariciar
as bochechas dela com os polegares, inclinando-se para sussur-
rar no ouvido: — Você é uma contradição ambulante, amor.

Certinha e séria num momento, selvagem e desinibida no outro. E, quanto mais te conheço, mais gosto do que descubro.

Cada palavra tocava seu coração, e cada sopro quente de respiração contra sua orelha a fazia estremecer de desejo.

— Quando saí do hotel anteontem, você não quis me beijar — disse ele, os lábios a poucos centímetros dos dela. — Prometi a mim mesmo que não te beijaria de novo até que me pedisse.

Ela respirou fundo, o desejo se concentrando entre as pernas em um latejar descompassado. Então, soltou o ar.

— Me beije — implorou ela.

Em um segundo, os lábios de Brody tocaram os dela, liberando um calor que rivalizava com uma dose de conhaque caro. Hayden deslizou a mão para a bochecha dele e apreciou o leve arranhar da barba por fazer. E, apesar do toque cheio de ternura, a rigidez daquele peitoral e a aspereza daquele rosto a lembraram de como ele era másculo.

O homem gemeu baixinho e aprofundou o beijo. Hayden abriu a boca, convidando-o a explorar. Queria se perder nos braços dele. O comportamento do pai mais cedo naquela noite a tinha assustado e magoado, mas o beijo de Brody a fazia se esquecer de tudo, exceto do momento presente, da sensação da boca dele na dela, do movimento da língua e da carícia quente dos dedos em sua bochecha.

Ela deslizou a mão até a nuca dele, as pontas do cabelo macias fazendo cócegas nos dedos. Segurou-o e puxou-o para um beijo mais intenso. Cada vez que a língua tocava a dele, Brody soltava um grunhido baixo, vindo do fundo da garganta.

Ele acariciou de leve as laterais dos seios dela com os polegares, fazendo seu corpo inteiro reagir. Nunca tinha sido tão delicado com ela, uma mudança radical em relação aos beijos ávidos, viciantes, e às mãos ansiosas. E, por mais que estivesse gostando do beijo, ela quis mais. Hayden levou a mão até o volume crescente nas calças dele, mas Brody a afastou e interrompeu o beijo.

Por um momento, os olhos dela continuaram fechados, a boca entreaberta. Hayden ficou naquele estado de transição, o corpo ainda formigando com as carícias. Ao abrir as pálpebras bem devagar, viu o desejo profundo e brilhante naqueles olhos. Um desejo que se igualava ao dela.

— Feche os olhos — murmurou ele.

— Por quê?

— Feche.

Curiosa, Hayden deixou as pálpebras se fecharem. Ouviu um farfalhar, sentiu-o se aproximar e se inclinar para a frente, depois arfou quando a mão dele envolveu seu tornozelo.

— Não se mexa. — A voz dele era pouco mais que um sussurro.

Ela engoliu em seco. Esperando. Suspirando quando o sentiu passar a mão enorme pela perna dela, enrolando o vestido entre os dedos enquanto ia subindo.

O toque a encheu de calor, fazendo sua pulsação acelerar. Brody deslizou os dedos pela parte interna da coxa dela, deixando um rastro de fogo. Então, a palma da mão dele foi pressionada contra a calcinha de renda.

— O que está fazendo? — perguntou Hayden.

— Desestressando você.

A língua dele de repente tocou a orelha dela, roçando contra o lóbulo sensível, antes de sugá-lo.

Uma risada silenciosa a tomou quando os olhos se abriram.

— Que necessidade é essa que você tem de me tocar em lugares públicos?

Ele esfregou a palma da mão por cima da boceta, o hálito quente contra a orelha dela enquanto sussurrava:

— Quer que eu pare?

— Meu Deus, não.

— Ótimo.

Ele passou a mão por baixo da calcinha, deslizando um dedo longo para dentro dela.

Hayden ofegou, uma onda de prazer percorrendo a coluna.

— Você está sempre uma delícia. Tão apertada e molhada — murmurou ele.

Antes que pudesse dizer que era por causa dele que estava daquele jeito, Brody cobriu os lábios dela com os dele.

O beijo arrancou o fôlego de Hayden, a língua dele em sintonia com os movimentos do dedo. Movimentos longos, profundos e preguiçosos. Quando ela começou a se mover contra a mão dele, Brody soltou outro gemido.

— Porra. Queria tanto poder me ajoelhar na sua frente agora. Quero chupar você.

Ela sentiu uma onda de empolgação.

— E o que está te impedindo? — A voz dela saiu rouca e trêmula.

— Seria muito difícil dar alguma explicação a Bob se ele entrasse aqui. — Bem devagar, ele retirou o dedo, os lábios roçando a mandíbula dela em um beijo provocante. — Mas *isto* — ele empurrou o dedo para dentro de novo — é mais fácil de esconder.

As coxas de Hayden estavam trêmulas. Ela se contorcia com o toque, arrepios de prazer correndo por todo o corpo.

— Me deixe ouvir aquele barulhinho — disse ele, beijando o pescoço dela.

Ela sabia a que ele estava se referindo. Ao que ele chamava de seu barulho favorito, que ela supostamente fazia quando gozava. E Brody Croft era habilidoso demais em arrancá-lo dela.

Ele deslizou outro dedo para dentro da boceta latejante, enquanto beijava Hayden e pronunciava murmúrios estimulantes em meio àqueles lábios, então o polegar circulou seu clitóris e ela explodiu.

Ela gritou contra sua boca, movendo a virilha de encontro aos dedos dele, o cérebro derretendo por completo enquanto o corpo convulsionava.

Quando finalmente voltou a si, viu Brody olhando-a com uma ternura surpreendente.

— Você é linda — declarou ele, afastando a mão e arrumando seu vestido.

Ela sentiu um aperto no peito. Abriu a boca para agradecer — o elogio, o orgasmo, o ombro no qual chorar —, mas ele não lhe deu uma chance.

— Vai me deixar voltar para casa com você hoje? — perguntou ele, a voz rouca. Quando Hayden hesitou, Brody logo acrescentou: — Não tem problema se disser não. É que pensei em perguntar.

Ele foi tão educado, tão cuidadoso, embora o calor nos olhos e a respiração instável mostrassem que, provavelmente, morreria de excitação se ela o negasse. Mas Hayden ficou comovida por Brody ter perguntado, em vez de presumido que voltaria com ela.

— Se formos para o hotel — começou ela, devagar —, o que faremos, exatamente?

Um brilho de luxúria iluminou os olhos dele, e a voz se tornou mais rouca quando disse:

— Bem, notei que o banheiro principal tem um chuveiro removível.

Ela começou a rir.

— Você costuma notar o chuveiro quando usa o banheiro de outras pessoas?

— Quem não faz isso?

20

BRODY: Mal posso esperar para te ver hoje.

Um rubor quente tomou conta das bochechas de Hayden ao ler a mensagem de Brody. Estava contente por estar sozinha, assim ninguém podia ver o quanto corou.

Quando o pai dissera que enviaria um carro para levá-la ao evento de caridade, pensou que ele se referia a um carro normal. Em vez disso, estava sentada sozinha em uma limusine. O que era um pouco exagerado, mas não uma surpresa. E isso lhe dava toda a privacidade de que precisava para mandar mensagens para Brody, como vinha fazendo nos últimos cinco dias.

Ele partira para o Colorado na manhã seguinte à festa no Gallagher e passara a semana toda lá, então esta noite seria a primeira oportunidade de vê-lo de novo. E mal podia esperar. Só queria que não fosse em mais um dos eventos chiques do time do pai.

HAYDEN: Não se esqueça: teoricamente, não nos conhecemos.

HAYDEN: Mas eu também mal posso esperar.

Três pontinhos surgiram para indicar que ele estava digitando de novo.

BRODY: Estou com saudade.

Não diga o mesmo, ordenou uma voz severa. É. Repetir o que ele dissera não seria uma atitude sábia. Tinham apenas um caso. Não deveria sentir saudade de alguém com quem só tinha uma coisa passageira como tinha sentido de Brody na última semana.

HAYDEN: Também estou com saudade.

Ai, merda. Isso não era nada bom. Precisava se controlar antes de se apegar demais a ele.

A limusine parou, mas, em vez de sair, ela deu uma última olhada em sua aparência no espelho iluminado. O batom carmesim era o toque de cor perfeito para contrastar com o vestido preto e justo.

— Chegamos ao nosso destino, senhorita — anunciou o motorista, pouco antes de sair e abrir a porta para ela.

Hayden saiu, observando o belo lugar, onde colunas de mármore ladeavam a entrada principal. *Nossa.* Não sabia se já tinha visto tantas janelas gigantes em uma única construção, e seu olhar artístico reconheceu a maneira como a luz interna iluminava o exterior branco e liso. Pela primeira vez em muito tempo, sentiu vontade de pintar. Ficou surpresa.

Uma mulher de terninho azul-marinho cumprimentou Hayden quando ela se aproximou da entrada. Não havia trazido casaco, então não havia nada para deixar no guarda-volumes, e a funcionária a encaminhou para uma enorme porta em arco do outro lado do saguão luxuoso.

Hayden ajustou o vestido elegante ao entrar no grande salão onde acontecia o baile de gala de caridade. O lugar estava tomado por um burburinho de conversas e um tilintar de copos, e ela sentiu o peso da noite que teria pela frente enquanto atravessava o mar de gente. Estava consciente dos olhares que seguiam cada um de seus movimentos. Por ser filha do dono do time, sempre tinha a atenção do público quando comparecia a tais eventos.

Meu Deus, estava tão cansada de toda aquela merda. Se soubesse como a visita prolongada seria, teria concordado em lecionar aquele curso de verão sobre os impressionistas. Nas três semanas desde que chegara a Chicago, mal tinha visto o pai. A menos que fosse hora de outra festa chique — então, ele de repente parecia ansioso pela companhia dela.

— Querida!

O pai estava perto do bar com um grupo de colegas, e o rosto se iluminou ao vê-la.

Hayden se perguntou se ele estaria fingindo aquela expressão feliz. Deus sabia que ele não tinha se exultado ao vê-la na semana anterior no Gallagher Club. Tentara fazer planos com ele desde então, mas o pai cancelara os dois almoços que tinham marcado, alegando estar ocupado demais com os play-offs.

Quanto mais tempo passava, menos otimista ela ficava com a perspectiva de se reaproximar do pai que costumava adorar.

Hayden respirou fundo e se aproximou com um sorriso forçado no rosto.

— Oi, pai — cumprimentou, tentando soar natural.

— Ah, Hayden! Chegou na hora certa. Deixe-me te apresentar Rita — disse ele, apontando para uma das mulheres no grupinho. — Rita é a presidente da fundação para a qual estamos arrecadando dinheiro hoje à noite.

Depois de sete anos como filha do dono de um time de hóquei, Hayden era mestre na arte da conversa fiada. Nos vinte minutos seguintes, trocou gentilezas e jogou conversa fora enquanto brincava com a haste da taça de champanhe e lançava olhares furtivos para o pai, que parecia mais preocupado com os colegas do que com a presença dela.

Hayden conversava com Stan Gray, técnico dos Warriors, quando a atmosfera do salão mudou sutilmente. Talvez fossem os murmúrios de outro grupo à direita, composto por várias mulheres na faixa dos 20 anos, mas ela se pegou olhando para a entrada em arco.

E, como esperado, Brody acabava de entrar.

A presença dele era magnética. E o terno cinza e elegante acentuava cada linha firme daquele corpo alto e largo. Ele era vários centímetros mais alto que os homens ao redor. Olhou de um lado para o outro, examinando o salão. E o coração de Hayden acelerou quando seus olhos se fixaram nos dela.

— Ah! — exclamou o pai, percebendo a chegada do homem. — Lá estão Croft e Jones. — Ele levantou a mão para acenar para os jogadores.

Um momento depois, Brody estava diante dela. Seus olhos azuis, mais uma vez, encontraram os dela, um brilho travesso escondido nas profundezas.

— Hayden, né? — questionou ele, com naturalidade.

Ela assentiu.

— Sim. E você é... Brady?

— Brody — corrigiu ele, os lábios se contraindo em um sorriso. — É um prazer te ver de novo.

O companheiro de time de Brody, que se apresentou como Derek Jones, não parava de lançar olhares de soslaio para Hayden, muito interessado em seu decote.

— Você é filha do sr. Houston? — perguntou ele.

— Sou. E você é o novato da temporada?

— Eu mesmo. E estou arrasando. — O sorriso juvenil de Jones fez com que ela também sorrisse.

— É bom saber disso — comentou Hayden, dando um tapinha no braço dele.

Nossa, os bíceps do rapaz eram maiores que a coxa dela.

A conversa continuou, mas a mulher teve dificuldade em prestar atenção com Brody tão perto. Por que ele tinha que ter um cheiro tão maravilhoso?

— Brody, podemos tirar uma foto rápida? — perguntou um dos fotógrafos do evento.

O jogador olhou para ele.

— É claro — respondeu e se voltou para Presley e os outros. — Com licença. Vai ser rápido.

A *foto rápida* se transformou em dez minutos de fotos, várias delas com uma modelo de maiô que estava presente. A garota era alta, loira e tinha seios enormes, acentuados pelo decote profundo de seu vestido vermelho. Ela e Brody, ambos ridiculamente atraentes, ficavam bem juntos, e Hayden sentiu os ombros tensionarem ao se dar conta daquilo.

Forçou os músculos a relaxarem. Não. Se recusava a ficar com ciúme. E daí que ele estava com o braço em volta de uma modelo linda? Ele não era o namorado dela.

Quando voltou, Brody lhe estendeu a mão, pegando Hayden de surpresa.

— Gostaria de dançar? — perguntou, o tom educado.

Ele apontou para o chão brilhoso no centro do salão. Grandes mesas com adornos elaborados circundavam a pista de dança.

— Ah — hesitou ela, consciente do olhar mais atento do pai. — Hum. É claro.

Mantiveram cerca de um metro de distância um do outro quando deixaram o grupo. Enquanto caminhavam para a pista, Hayden sentia o olhar de desaprovação do pai sobre os dois o tempo todo. Brody, no entanto, parecia imperturbável.

— Comporte-se — avisou ela, baixinho.

Ele estendeu a mão.

— E qual seria a graça disso?

O indício de um sorriso despontou nos lábios dela. Então, ela pegou uma das mãos dele, apoiando a outra em um daqueles ombros largos.

Brody descansou a outra mão sobre o quadril da mulher, puxando-a para mais perto, e sua voz soou como um sussurro baixo:

— Acha que conseguem perceber que estou louco de vontade de te foder agora?

Hayden sentiu seu baixo-ventre pulsar.

— Ai, meu Deus. Não diga coisas assim.

— Por quê? Você gosta, é?

— É óbvio — sibilou ela, e ele riu em resposta.

Hayden suspirou, os dedos traçando círculos nas costas dele. O salão de baile mal iluminado fornecia alguma privacidade, mas os olhares atentos dos repórteres e dos curiosos a faziam agir com cautela.

— Falando nisso, não pense que não percebi — declarou Brody, seu tom divertido.

— Percebeu o quê?

— O jeito que estava olhando para mim e Bella Dawson. — Ele arqueou a sobrancelha. — Você fica muito fofa com ciúme, professora.

— Não fiquei com ciúme — resmungou ela.

— Mentirosa.

— Ah. Acho que *você* quer que eu sinta ciúme. Por causa do seu ego.

— Quer saber o que eu acho? — Os lábios de Brody se aproximaram da orelha dela de novo.

— Mesmo se eu disser não, tenho certeza de que vai me contar.

— É óbvio — imitou ele. Então, a girou e passou o braço em volta de sua cintura de novo. — Eu acho... — ele a fez girar mais uma vez — ... que você deveria me encontrar na despensa ao lado do guarda-volumes daqui a... dez minutos.

Hayden estreitou os olhos.

— Como sabe que tem uma despensa aqui?

— O que você acha? Procurei algo do tipo assim que cheguei.

Ela riu, mas o humor se transformou em uma onda de calor quando viu a expressão nos olhos dele.

— Ah, você está falando sério.

— Absolutamente sério. — Seu olhar era abrasador. — Não te vi a semana toda. Preciso estar dentro de você.

As coxas dela se apertaram involuntariamente.

— E não consegue esperar até mais tarde?

— *Você* consegue? — questionou ele, em desafio.

Os olhos famintos percorrendo o corpo dela provocaram outra onda de desejo. E o latejar entre as pernas ficou mais intenso. Os mamilos enrijeceram contra o corpete do vestido, o que não era ideal, considerando que não usava sutiã. Brody, é claro, logo percebeu.

— Porra. Dá para ver seus mamilos. — Ele soltou um gemido rouco. — Dez minutos?

Hayden sabia que devia dizer não. Estavam em um evento dos Warriors. O pai poderia notar sua ausência se… Ela quase bufou com o pensamento. Não, o pai *não* notaria sua ausência. Estava tão focado em si mesmo e seu time que nem repararia se ela deixasse o baile de gala e nem sequer voltasse.

— Dez minutos — concordou ela, bruscamente.

Com um sorriso, ele a soltou, e os dois foram para direções opostas. Hayden voltou para perto do pai, enquanto Brody se juntou a um grupo de jogadores dos Warriors. Ela percebeu o olhar de um deles em sua direção. Um homem alto, de feições robustas e cabelo escuro. Reconheceu-o do jogo dos play-offs da noite anterior contra o Colorado. Não se lembrava do primeiro nome dele, mas o sobrenome era Becker. E Hayden poderia jurar que o homem franzia a testa quando seus olhares se encontraram por um instante.

Os oito minutos seguintes pareceram intermináveis. Ela estava com o pulso acelerado, ansiosa para correr em direção à saída.

Mas manteve a calma ao tocar o braço do pai e dizer:

— Preciso usar o banheiro. Já volto.

Em vez de seguir pelo caminho que levava aos banheiros, Hayden virou no corredor e foi até o guarda-volumes. O coração batia mais rápido a cada passo, e, quando alcançou a porta com a placa "Despensa", os batimentos estavam totalmente descompassados. Olhou em volta, examinando o corredor para ter certeza de que ainda estava vazio, então empurrou a maçaneta e entrou no espaço apertado.

Um segundo depois, uma boca quente e voraz encontrou a dela no escuro. Arquejou, surpresa, mas era impossível resistir a Brody Croft. Em um piscar de olhos, beijou-o de volta, a língua perseguindo avidamente a dele em sua boca. Aquele homem tinha gosto de menta e do gim que andara bebendo durante o evento, e seu cheiro era divino. Picante e masculino. Viciante.

— Tranque a porta — murmurou ela contra os lábios dele.

Brody apoiou Hayden contra a porta, uma das mãos se atrapalhando com a fechadura enquanto a outra agarrava a bainha do vestido dela e a puxava para cima.

Hayden estremeceu quando as pernas nuas foram expostas ao ar. Ela inspirou fundo, sentindo o leve odor de produtos de limpeza e a fragrância inebriante do jogador que estava determinado a levá-la à loucura.

— Temos que ser rápidos — sussurrou Hayden.

Ele deslizou a mão entre suas coxas.

— Eu posso ser rápido.

Beijando-a de novo, desceu a calcinha fio-dental minúscula pelas pernas e, depois, enfiou-a no bolso antes de abrir o zíper da calça.

— Como quer que eu fique? — A voz dela estava trêmula com tanta luxúria.

— Que obediente. — Com uma risada silenciosa, ele lhe agarrou a cintura e a virou, para que ficasse de costas para ele. — Mãos na parede.

Apoiando a palma das mãos contra os blocos de concreto frios, ela estremeceu de novo ao sentir o tecido do vestido sendo enrolado na altura da cintura. Agora, a bunda estava à mostra, e Brody não demorou a acariciá-la com a mão grande.

— Quem me dera poder ir devagar — murmurou.

Ela concordava. Mas havia algo excitante em saber que precisavam ser rápidos. Que alguém poderia estar passando pelo corredor naquele exato momento. Que poderiam bater na porta. Ou ouvir o gemido angustiado que lhe escapou dos lábios quando a mão de Brody se afastou.

— Não pare de me tocar — implorou ela.

— Só estou colocando a camisinha.

Ele a fez esperar cinco, seis segundos no máximo, mas, quando finalmente levou o pau à boceta latejante, Hayden estava quase suando de impaciência. Quando sentiu a ponta pressionando sua abertura, gemeu de novo.

De repente, a boca de Brody estava perto de sua orelha.

— Você precisa ficar em silêncio.

— É impossível.

— Tente.

Ela tentou. De verdade. Mas, quando ele deslizou para dentro sem aviso prévio, um gemido rouco de prazer lhe escapou da garganta. Rindo, Brody parou de movimentar os quadris e estendeu a mão para cobrir sua boca.

— Assim você pode gemer — sussurrou.

Os sons abafados e ofegantes que ela emitia aqueciam a palma da mão de Brody enquanto ele a fodia por trás com movimentos rápidos e profundos. Ela nunca tinha feito nada parecido. Era perigoso e bastante tolo, mas tão excitante que não conseguiu deixar de empurrar a bunda contra Brody, tentando senti-lo tão fundo quanto possível.

Senti-lo ali dentro era bom demais. Eles se encaixavam tão bem. E Brody sabia disso, porque apoiou o queixo no ombro dela e rosnou em seu ouvido:

— Que delícia, Hayden. — Ele diminuiu o ritmo por um momento, indo bem devagar e fazendo-a se contorcer de antecipação por cada estocada. — Eu não me canso de você.

Nem ela se cansava dele. O clitóris estava enrijecido e inchado, e ela desceu a mão entre as pernas para se acariciar. Brody percebeu e gemeu baixinho.

— Porra. Isso. Quero te sentir apertando meu pau quando gozar.

Não demorou muito para ela chegar lá. Com os dedos cravados no quadril esquerdo e o pênis bem fundo dentro dela, todo o corpo de Hayden se contraiu quando tomado pelo êxtase. Ela teve que se conter para não gritar, mordendo a lateral da mão de Brody.

Ele praguejou e a fodeu com mais vontade, movendo os quadris com força, a respiração quente contra a nuca dela.

— Vou gozar, amor — murmurou, e Hayden se contraiu em volta dele, sabendo que isso deixaria o orgasmo dele ainda mais intenso.

Ambos ofegavam enquanto se recuperavam do êxtase. Hayden quase choramingou quando o pau de Brody deslizou para fora. Observou enquanto ele jogava a camisinha em uma lata de lixo próxima e, depois, tirava um punhado de toalhas de papel de uma das prateleiras de metal para ela.

Ela estremeceu ao se limpar com o papel áspero, mas não podia voltar ao baile com manchas úmidas no vestido todo. Alisou a bainha e se arrumou, exibindo um sorriso irônico quando pegou Brody sorrindo para ela.

— O que foi? — perguntou.

— Você é a mulher mais gostosa do planeta.

Ela corou.

— Duvido muito.

— Pois eu tenho certeza. — Ele ajeitou uma mecha do cabelo dela, colocando-a atrás da orelha, e logo se inclinou para beijá-la. — A mais gostosa de todas.

O coração de Hayden bateu mais forte. Ela já tinha sido elogiada muitas vezes na vida, mas a apreciação brilhando nos olhos azuis de Brody a afetou de um jeito diferente. Adorava a maneira como aquele homem a olhava. Adorava o fato de ser capaz de excitá-lo tão loucamente sem fazer nada.

— Eu vou sair primeiro — falou ela, destrancando a porta. — Espere um tempinho antes de ir, está bem?

Ele assentiu.

— Parece um bom plano.

Umedecendo os lábios secos, Hayden girou a maçaneta e abriu a porta, tentando ver melhor o corredor. Não dava para enxergar muita coisa, mas não escutou vozes por perto, então decidiu arriscar.

Estava fechando a porta quando alguém virou no corredor. Era o companheiro de time de Brody, Becker.

Hayden ficou imóvel, mas logo recuperou a compostura. Na verdade, nunca tinham sido apresentados, então ela apenas meneou a cabeça em saudação. Ele acenou de volta, mas não havia como confundir a dureza em seu olhar. Ele olhou para além dela, para a palavra *despensa* na porta pela qual ela acabara de sair, depois voltou o olhar frio para ela.

A mulher engoliu em seco e endireitou os ombros, fingindo não ter nada errado. Ela tinha apenas acabado de sair da despensa, nada mais.

Forçando um sorriso, murmurou um "Olá" baixinho ao passar por ele, os saltos batendo no chão do corredor.

Mas ela ainda sentia o olhar de desaprovação ao se afastar.

21

O Colorado não venceria àquela noite.

Não. De jeito nenhum.

Brody repetia mentalmente o mantra enquanto se vestia para o quinto jogo da série. No momento, a série estava em 3-1. Se o Colorado vencesse àquela noite, os Warriors estariam fora dos play-offs.

Felizmente, o Colorado não venceria.

O barulho da multidão estava ensurdecedor quando Brody pulou do banco e pisou no gelo para o primeiro tempo, o ar frio do rinque penetrando o equipamento. Estava na hora de jogar, e ele podia sentir a adrenalina correndo pelas veias. Porra, aí, sim. Era ali que ele se saía bem. Ali era seu lugar.

Posicionou-se ao lado de Wyatt, no centro, e de Jones, na ala direita. Alguns segundos depois, o disco caiu e foi uma corrida para ganhar o controle. O centro adversário avançou sobre o capitão dos Warriors, batendo no disco para tirá-lo do jogador, que deslizou para o lado, então Brody cravou um dos patins, empurrando-o o mais forte que conseguiu. Em uma explosão de força, recuperou a posse do disco e colidiu contra o oponente. Logo em seguida, jogou o disco para trás, na direção de Jones, que disparou como um foguete.

O rugido na arquibancada se tornou um zumbido distante enquanto a primeira linha dos Warriors atravessava a defesa e passava o disco com extrema precisão. O rinque pareceu encolher à medida que Brody se aproximava da zona do time adversário. Os suspiros e gritos da multidão eram os únicos lembretes do mundo que existia além das paredes de acrílico. Brody estava em outro lugar agora, totalmente concentrado em seu objetivo: marcar um gol. Porque, se marcasse primeiro, isso daria o tom para o resto da partida.

O defensor adversário, no entanto, não deixaria Brody passar tão facilmente. Ele avançou, o taco estendido, tentando interromper o ataque do jogador dos Warriors. Então, Brody devolveu o disco para Wyatt, mas o capitão não teve chance de marcar. Dando uma cotovelada no idiota do Colorado que ficava esbarrando nele, Brody viu Wyatt passar o disco de volta por entre uma floresta de pernas e patins. O disco acertou seu taco e, por um breve momento, o tempo pareceu desacelerar. Dava para ver os espaços, os ângulos, o posicionamento do goleiro.

Ele deu uma tacada certeira. O disco voou, buscando o fundo da rede como um míssil teleguiado. O goleiro reagiu, mas era tarde.

Gol.

A arena explodiu. Aplausos dos fãs dos Warriors, gritos decepcionados e vaias da torcida local do Colorado. Brody mal teve tempo de aproveitar a euforia antes de o treinador Gray chamar por uma troca nas linhas, e ele ter que correr de volta para o banco dos Warriors.

— Você é um monstro, Croft! — comemorou Levy, dando-lhe um tapa no braço.

— Muito bem — elogiou o treinador, com um aceno de aprovação, antes de voltar a atenção para o confronto que ocorria na frente deles.

Recebendo mais alguns cumprimentos e aplausos dos outros jogadores no banco, não havia mais tempo para se deleitar naquele momento. A partida continuou acirrada.

Tomou um pouco de água, o peito arfando, o coração acelerado. Mal tinha passado um minuto no banco antes de ser hora de outra troca.

Os play-offs de hóquei eram intensos. Mais rápidos, mais precisos, alta pressão. O ritmo era implacável. O disco se movia como um raio, e os golpes eram de esmagar qualquer osso. O Colorado não estava disposto a ceder, e era assim de que Brody gostava. Cada lance era um teste de força de vontade.

Quando o último apito soou e os Warriors garantiram a vitória, Brody se sentiu como se tivesse lutado uma guerra. Não saiu ileso, o ombro doía depois de um *cross-check* destruidor no terceiro tempo. Ainda assim, estava nas nuvens quando seguiu os companheiros de time ao vestiário.

— É isso aí, time! — gritou Jones, pulando no banco enquanto celebrava a vitória.

— Ainda não acabou — interveio Cody.

Seu rosto estava vermelho, e os olhos, brilhando de satisfação.

Não, ainda não tinha acabado. E o próximo jogo seria em casa, o que dava a eles uma boa chance de empatar a série. Claro, isso significava que o sétimo jogo seria de novo no Colorado, mas, bem, precisavam *chegar* ao sétimo jogo primeiro.

Brody tomou banho, depois voltou para o armário e verificou o celular. Não conseguiu conter um sorriso quando viu uma mensagem de Hayden parabenizando-o pela vitória. Ele logo respondeu.

BRODY: Obrigado, professora. Significa muito pra mim.

O sorriso se alargou quando ela começou a digitar na mesma hora.

HAYDEN: Eu te disse para parar de me chamar disso!

BRODY: Por quê? É excitante.

HAYDEN: O que tem de excitante no fato de eu ser professora?

BRODY: Amor, todo homem já fantasiou com uma professora em algum momento da vida. Acredite em mim, é excitante.

HAYDEN: Nesse caso, quer que eu use calça social e blazer quando for te ver amanhã?

BRODY: Porra, mas é claro.

HAYDEN: Talvez eu possa prender meu cabelo num coque apertado...

BRODY: Estou em público, pare de me deixar duro.

Ele vestiu o paletó, que era de uso obrigatório nos jogos fora de casa, especialmente durante os play-offs. Então, mandou outra mensagem.

BRODY: O que acha de jantarmos amanhã? Posso levar comida chinesa.

HAYDEN: Acho ótimo, por favor! E não se esqueça de comprar brócolis com berinjela e chow mein.

BRODY: Espero que saiba que não será a única berinjela que vou levar pra você.

— Você acabou de chamar seu pau de berinjela? — perguntou Jones, por trás dele, e Brody praguejou quando percebeu que o novato estava lendo as mensagens por cima de seu ombro.

— Ei, privacidade! — Ele enfiou o aparelho no bolso.

— E quem é Hayley? — insistiu Jones, o sorriso largo.

Brody tentou disfarçar o alívio por Jones ter lido o nome de Hayden errado.

— Hayley não é da sua conta — respondeu, mostrando o dedo do meio para o companheiro de time.

Pelo canto do olho, viu Becker balançando a cabeça em sua direção.

Jones riu.

— Cara, você é tão idiota.

— É, mas ela gosta do meu jeito idiota. Ao contrário das garotas com quem você namora, que mal podem esperar para te dar um pé na bunda.

O garoto piscou, surpreso.

— Espere, como assim *namora*? Desde quando você namora?

Porra. Por que ele teve que abrir a boca?

Felizmente, o gerente do time estava perdendo a paciência e começou a conduzir todos para o ônibus. O voo seria apenas na manhã seguinte, então o time foi levado de volta para o hotel, no qual havia reservado um andar inteiro.

Brody fez uma pausa para trocar as roupas formais por calça jeans e camiseta. Eram onze e meia da noite, e ele tinha acabado de jogar três tempos massacrantes de hóquei, mas não estava cansado, logo mandou uma mensagem para Becker dizendo para encontrá-lo no bar do hotel para tomarem um drinque.

Ele foi o primeiro a chegar, encontrando o bar vazio, exceto por uma única figura solitária no balcão.

Craig Wyatt.

Brody hesitou. Havia semanas desde que tinha visto Wyatt aos sussurros com Sheila Houston, mas ainda não havia tocado no assunto com o sujeito. Principalmente, porque não parecia ser da conta dele. Brody sabia que não gostaria nada se um dos companheiros de time se intrometesse em sua vida amorosa. Na verdade, quem era ele para confrontar aquele homem, ou até mesmo julgá-lo?

Eram as suspeitas de Brody de que o capitão falara com a imprensa que complicavam tudo. O medo de Craig Wyatt saber de algo sobre as alegações de suborno e manipulação do resultado dos jogos. E o medo ainda maior de que as malditas alegações pudessem ser verdadeiras.

Como se sentisse a presença dele, Wyatt ergueu a cabeça loira e olhou para a porta. Então, assentiu em um cumprimento ao avistar Brody, que assentiu de volta e ofereceu ao colega um pequeno sorriso. Mas o capitão dos Warriors não retribuiu. Ele raramente sorria. Mesmo depois da vitória daquela noite, parecia mais sombrio do que eufórico. Depois de três anos jogando com o sujeito, Brody estava acostumado. Mas, tinha que admitir, não era fácil se aproximar de Wyatt.

— Oi. — Alguém bateu em seu ombro.

Ele olhou para Becker.

— Oi.

— Quer pegar uma mesa alta? — Sam fez um gesto, indicando o mar de mesas vazias.

Era domingo e quase meia-noite, e o bar do hotel parecia uma cidade fantasma.

Brody olhou na direção de Craig outra vez.

— Acha que eu deveria ir até lá?

Na mesma hora, a expressão de Becker pareceu desconfiada.

— Por quê?

— Ainda não falei com ele sobre o que vi. — Lembrou-se, de repente, da oferta de Becker de falar com Wyatt, e inclinou a cabeça, curioso. — Você já falou com ele?

Becker balançou a cabeça.

— Tentei, mas ele me cortou. Vamos nos sentar.

Enquanto se sentavam em dois bancos, o atendente do bar se aproximou para anotar o pedido deles.

— Ele te cortou como? — perguntou Brody, o olhar mais uma vez indo em direção ao outro jogador.

— Falei que alguém tinha me contado que achava tê-lo visto com a sra. Houston, e ele se recusou a conversar. Disse que não tinha nada a comentar sobre isso e se afastou. Não quis correr atrás dele e encher o saco com mais perguntas. Se não teria uma conversa sobre Sheila Houston, então, com certeza, não falaria nada sobre as alegações de suborno. Ficou óbvio que ele não queria conversa, então deixei pra lá.

— Mas ele não negou.

— Não. — Becker sorriu para o jovem que voltava com as bebidas, agradecendo-o.

Então, tomou um pequeno gole de uísque, colocou o copo de volta na mesa e olhou para Brody.

— O que foi?

— Podemos falar sobre *Hayley* agora?

Brody ficou na defensiva.

— O que foi aquilo mais cedo? Estão usando codinomes agora?

— Não, Jones não conseguiu ver meu celular direito. Ela está salva como Hayden.

Becker apoiou o peso nos antebraços, abaixando a voz.

— Jovem, você sabe que eu te amo. Mas precisa acabar com isso, cara. Já te falei na semana passada, no Gallagher Club, que não pode transar com a filha do dono do time.

Brody passou de cauteloso para irritado.

— Eu não estou *apenas* dormindo com ela. Estamos saindo juntos.

Bem, mais ou menos. Hayden ainda considerava aquilo tudo um caso. Mas ele estava confiante de que a mulher sentia que o relacionamento estava mudando, assim como ele.

— Merda, isso é ainda pior.

— Como isso é pior? — questionou Brody.

Becker suspirou, passando a mão pelo cabelo.

— Estamos todos sob investigação agora. Precisamos parecer quase santos. E estar envolvido com a filha do dono? Isso não pega bem.

Brody contraiu a mandíbula.

— Hayden não tem nada a ver com o pai dela nem com qualquer acusação feita contra ele.

— Você não tem como saber disso. Se ele for culpado, talvez tenha contado algo para a filha. E talvez ela conte para você, te arrastando para essa confusão toda. — Becker ergueu as mãos em um gesto tranquilizador. — Só estou dizendo isso porque me importo com você. Nossa imagem importa, ainda mais em situações como essa. Você precisa ter cuidado até que tudo isso acabe.

Brody contraiu a mandíbula, frustração fervendo sob a superfície.

— Não posso controlar o que as pessoas dizem ou pensam. Não fiz nada de errado, e não vou parar de sair com Hayden só porque o pai dela pode ou não ser culpado.

— Isso não diz respeito apenas a você. Afeta o time. A última coisa de que precisamos é de mais drama e distrações.

— Não é drama. Hayden e eu estamos sendo discretos. E gosto dela de verdade. Você quer que eu desista de algo verdadeiro por causa de uma maldita investigação? Eu não vou fazer isso, Sam.

O companheiro de time pareceu surpreso.

— Algo verdadeiro? — repetiu, em um tom cauteloso.

— É, cara. Algo verdadeiro. Ela me faz feliz. Fico animado quando tenho a chance de vê-la, e sinto saudade quando ela não está por perto. Então, não, não vou abrir mão desse relacionamento.

Becker piscou os olhos, frustrado, o que, depois, se transformou em resignação.

— Merda. Tudo bem. — Ele balançou a cabeça e levou o copo aos lábios, tomando outro gole de uísque. — Mas não venha chorar para mim quando quebrar a cara.

22

— Você veio! — exclamou Hayden, surpresa, quando o pai se aproximou da mesa no canto, onde ela estivera esperando nos últimos quinze minutos.

Era quinta-feira de manhã, e fazia quase uma semana desde que se viram no baile de gala de caridade. Embora tivessem combinado de tomar café da manhã na cidade, a filha não esperava que ele de fato aparecesse. Havia presumido que a assistente ligaria para cancelar no último minuto, e os quinze minutos de atraso só intensificaram essa certeza.

No entanto, lá estava ele, com um terno cinza-escuro sob medida, o cabelo perfeitamente arrumado e os olhos verdes brilhando ao vê-la.

— Não soe tão surpresa — brincou ele, quando ela se levantou da cadeira para abraçá-lo.

Presley beijou o topo da cabeça da filha e puxou a cadeira para ajudá-la a se sentar de novo. O restaurante escolhido pela assistente era obviamente badalado, porque, mesmo às oito e meia da manhã, estava completamente lotado. Até onde Hayden sabia, o lugar abria às sete e meia, de segunda a sexta, para atender profissionais bem-sucedidos antes de começarem seus dias ocupados e importantes. Pessoas como o pai dela.

— Estou surpresa — admitiu. — Achei que fosse cancelar de novo.

Uma sombra de arrependimento passou pelos olhos dele. Presley abriu a boca para responder, mas a garçonete se aproximou a passos rápidos, interrompendo-os. Ele pediu um espresso, depois esperou que ela se afastasse antes de responder ao comentário de Hayden:

— Sinto muito, querida. De verdade. Quando te pedi para voltar para casa, realmente pensei que poderia passar mais tempo com você. Mas os play-offs têm sido mais intensos este ano. Agora, estamos na segunda rodada, e é muita pressão.

Ela resistiu à vontade de revirar os olhos. Sabia que o pai tinha um emprego importante, mas não era como se ele mesmo estivesse no rinque todas as noites, torturando o corpo para garantir uma vitória. Ele agia como se fosse o motivo das conquistas dos Warriors, o que até poderia ser parcialmente verdade, mas, cada vez que ele se vangloriava de tal feito, deixava de dar o devido crédito aos jogadores. Por algum motivo, Hayden se pegou ficando na defensiva por Brody.

Caramba. Como ela tinha se envolvido tanto com um caso? Não era para ser sério, droga. Era para ser só sexo. Algo casual, para realizar algumas fantasias. E buscar satisfação mútua. Mas não conseguia parar de pensar em

Brody. De imaginar como ele estava. De se preocupar com ele durante os jogos. Um dos jogadores do Colorado tinha saído da partida do dia anterior com uma concussão, o que mostrava como o esporte podia ser perigoso.

— Querida?

Ela foi arrancada de seus pensamentos.

— Desculpa, o que foi que disse?

— Disse que, assim que a temporada terminar, meu tempo será seu. Você não precisa voltar para Berkeley até agosto, então... o que acha de planejarmos umas férias na Itália em julho?

Ela ficou surpresa.

— É sério?

— Sim. Não tiramos férias juntos desde que você tinha o quê, uns 18 anos?

— Na verdade, 16.

— Então já passou da hora. — Ele inclinou a cabeça. — O que acha de Roma? Talvez uma semana lá, depois podemos ir para a Costa Amalfitana por mais uma ou duas semanas... Minha assistente pode planejar tudo, e você não teria que levantar um dedo.

Uma avalanche de emoções inundou seu peito. Por mais infeliz que estivesse desde que voltara para Chicago, não podia negar que aquela oferta era tocante. Tinha 26 anos, mas, de repente, sentiu-se como uma garotinha.

— Parece incrível! — exclamou ela. — Eu adoraria.

— Excelente. Vou pedir para Elizabeth começar a preparar a viagem.

A garçonete voltou com o expresso e perguntou se estavam prontos para pedir a comida, mas Hayden tinha tomado dois cafés enquanto esperava o pai e estava doida para ir ao banheiro.

— Peça alguma coisa com ovos e abacate para mim — falou ela, para o pai, enquanto se levantava da cadeira.

Usou o banheiro rapidamente e, ao voltar para a mesa, encontrou uma xícara de café fresco e um copo de água.

— Pedi torrada com abacate e ovos fritos com gema mole para você — informou o pai. — E água para nós.

— Obrigada.

Enquanto esperavam pela comida, conversaram sobre os play-offs, e, desta vez, ela não se importou em falar sobre hóquei. Passar tempo com Brody tornava difícil continuar odiando o esporte. Além disso, quanto mais pensava no assunto, mais percebia que o hóquei não era o real culpado pela distância entre ela e o pai. Afinal, não passava de um esporte. Era a obsessão de Presley por hóquei que a deixava ressentida.

Se bem que, se fosse acreditar na madrasta, Presley Houston estava obcecado por algo mais além do hóquei. De acordo com Sheila, o pai era um mulherengo obcecado por dinheiro e que só se importava consigo mesmo.

— Alguma novidade sobre o divórcio? — perguntou Hayden, cortando o último pedaço da torrada.

Foi a pergunta errada.

O pai logo ficou tenso.

— Não. Os advogados ainda estão resolvendo. Mas Diana diz que a situação não vai se arrastar por muito mais tempo.

Hayden examinou o rosto dele.

— Você está bem?

Ele descartou a preocupação da filha com uma risada forçada.

— Estou bem.

Ela deu de ombros, constrangida.

— Você não parecia muito bem naquela outra noite, no Gallagher Club.

Caramba, por que ela tocara no assunto? Ela o vira depois daquela noite e não levantara a questão. Não queria que o pai surtasse outra vez. Mas era tarde demais para voltar atrás, e percebeu como os olhos dele ficaram mais sérios.

Mas não havia raiva neles.

E sim, remorso.

— Desculpe. Eu queria falar com você sobre aquela noite, mas tenho andado atolado de trabalho. Isso não é desculpa, mas sinto muito pelo meu rompante naquela noite. Não era a minha intenção.

Ela o estudou com cuidado, notando as marcas de exaustão em seu rosto.

— Tudo bem, vou perguntar de novo: você está bem? Tipo, bem de verdade?

Presley pegou o copo de água e tomou um longo gole, os dedos compridos apertando o vidro por um momento, antes de colocá-lo de volta na mesa.

— No geral, sim — respondeu ele, por fim.

Ela o olhou, preocupada.

— No geral?

— Bem, não posso mentir. O divórcio tem sido *difícil*. Sem falar nos rumores sobre a franquia. — O pai lhe ofereceu um sorriso tranquilizador, mas as olheiras denunciavam um sofrimento mais profundo. — Estou dando conta, querida. Não precisa se preocupar comigo.

Apesar das garantias, Hayden não conseguia se livrar da suspeita persistente de que havia algo mais naquela história.

— Tem certeza de que é só isso? Porque você parecia… — Ela respirou fundo, decidindo expressar o que a andava incomodando. — Você estava muito bêbado naquela noite, pai. E isso não é do seu feitio. Nunca o vi beber além da conta nesses eventos.

Os olhos dele se estreitaram de leve, um toque defensivo em seu tom ao questionar:

— O que exatamente está me perguntando? Se tenho problemas com álcool? Porque, se for isso, posso te garantir que não tenho. Você está certa, porém, eu bebi demais naquela noite. Foi uma semana especialmente complicada, com todos os rumores circulando, e acabei me deixando afetar.

Ela assentiu devagar.

— Entendo. Não deve ser fácil, todas as coisas que a mídia está dizendo sobre você e os Warriors.

— Não mesmo. Mas, como eu disse antes, não precisa se preocupar comigo. A franquia e eu vamos superar isso.

— Eu sempre vou me preocupar com você. Você sabe disso.

A expressão do pai se suavizou.

— Eu sei, querida. — Ele estendeu a mão por cima da mesa para apertar a dela. — E sou grato por isso, de verdade.

Eles foram interrompidos de novo pela garçonete, que veio deixar a conta. Enquanto o pai entregava o cartão Amex black a ela, uma mensagem iluminou o celular de Hayden.

DARCY: Vou tirar o dia de folga. Quer fazer umas compras comigo?

Ela respondeu enquanto o pai falava com a garçonete, contando a Darcy que estava na cidade, não muito longe do apartamento dela.

DARCY: Ah, legal! Fique onde está. Te encontro aí.

— Pronta, querida? Posso pedir ao meu motorista para te levar ao Ritz.

— Não precisa, obrigada. Darcy acabou de mandar uma mensagem. Ela está vindo me encontrar aqui. Vamos fazer compras.

— Tudo bem, então.

Ele não a abraçou quando se despediram, mas se inclinou para apertar-lhe o braço e dar-lhe um beijo no topo da cabeça.

Depois que o pai foi embora, ela pediu mais um café, resignando-se a ficar elétrica pelo resto do dia e não pregar os olhos à noite. Darcy chegou ao restaurante pouco depois, cumprimentando Hayden com um sorriso, enquanto se sentava na cadeira vaga de Presley.

— Nossa, você chegou rápido — comentou Hayden.

— Eu já estava pronta para sair quando mandei a mensagem. — Darcy alisou o cabelo vermelho e o jogou sobre o ombro.

— Por que tirou o dia de folga?

— Cheguei bem tarde ontem à noite.

— Saiu para algum encontro?

— Saí para transar.

Hayden quase se engasgou com o café.

— Desculpe, o erro foi meu.

Os olhos azuis da amiga dançaram, travessos.

— Desculpas aceitas. E, não se preocupe, vou te contar tudo sobre ele enquanto arrasto você por todas as lojas de vestidos neste quarteirão. Vou vê-lo de novo, hoje à noite.

Hayden ficou boquiaberta.

— O quê? De novo?

— Sim.

— Ele era tão bom de cama assim?

— Era.

— Vai se casar com ele? — perguntou Hayden, esperançosa.

— Não. — Sorrindo de novo, Darcy empurrou a cadeira para trás e começou a se levantar. — Vamos, quero encontrar um vestido bem sexy para hoje à noite. — Enquanto se levantava, pegou o copo de água pela metade que o pai de Hayden tinha abandonado. — Estou morrendo de sede. Posso beber o resto?

— É claro, fique à vontade.

Darcy levou o copo aos lábios e tomou um longo gole.

Um segundo depois, começou a tossir, olhos arregalados enquanto cuspia a água, respingando-a na blusa.

— Que porra é essa?! — questionou, atraindo a atenção de vários outros clientes, e Hayden lhes deu um olhar de desculpas.

— O que houve? — perguntou à amiga.

Darcy fez uma careta, limpando a boca.

— Isso não é água, amiga. É vodca.

Hayden olhou para o copo, incrédula.

— Você está falando sério?

Ela arrancou o copo da mão de Darcy e deu um gole hesitante. De fato, o sabor forte do álcool lhe queimou a língua.

Realmente, que porra é essa?

O pai estava fingindo beber água enquanto tomava vodca pura? Às oito e meia da manhã?

E havia tentado dizer que não tinha problema com bebida?

— Darcy — disse ela, sentindo a náusea revirar o estômago.

— Sim?

— Você se importa se eu desistir das compras? — Hayden mordeu o lábio. — Preciso conversar com a minha madrasta.

23

Uma hora depois, Hayden estava do lado de fora da luxuosa mansão de dez quartos que o pai havia comprado para Sheila. Ficava a poucas quadras do Gallagher Club, no coração de um dos bairros mais ricos de Chicago.

Depois do que acontecera no restaurante, não havia mais como Hayden ignorar as acusações de Sheila. Embora parte dela ainda não confiasse na madrasta, sabia que a conversa deveria ter acontecido havia muito tempo. E, se tivesse mais informações, talvez pudesse encontrar uma maneira de ajudar o pai.

Porque, a julgar pelo comportamento recente, com certeza ele precisava de ajuda.

Vestida com roupas esportivas, Sheila atendeu à porta, surpresa ao ver a quase-ex-enteada na entrada repleta de pilastras. Hayden até telefonara antes, mas Sheila ainda pareceu espantada por encontrá-la ali.

— Hayden, oi. Eu… hum… ainda estou um pouco confusa com a sua ligação. O que aconteceu?

Hayden remexeu, nervosa, na alça da bolsa de couro.

— Como te falei, acho que precisamos conversar.

Assentindo, Sheila abriu mais a porta para que Hayden pudesse entrar. O enorme salão de entrada, com um lustre de cristal cintilante, pareceu-lhe tão intimidador quanto da primeira vez que o vira. As paredes brancas estavam sem quadros, algo que a fez franzir a testa. Incentivara o pai a comprar peças em leilões que havia indicado, mas talvez ele não tivesse se dado o trabalho.

— Bem, sobre o que quer falar? — perguntou Sheila, depois que elas chegaram na sala de estar.

Hayden se sentou em um dos sofás azul-turquesa, pequeno e macio, e esperou Sheila se acomodar na outra mobília idêntica antes de pigarrear.

— Quero que me conte mais sobre o consumo de álcool do meu pai.

A madrasta passou uma mão delicada pelo cabelo loiro, depois uniu as duas no colo.

— O que quer saber?

— Quando isso começou?

— No ano passado, mais ou menos na época em que aquela empresa farmacêutica em que ele havia investido faliu. Ele perdeu muito dinheiro, e tentou se recuperar fazendo novos investimentos, mas acabou perdendo ainda mais dinheiro.

Sheila falava com uma voz firme e confiante. Não parecia mentir, então Hayden lutou contra uma onda de culpa ao perceber que, caso fosse tudo verdade, ela estivera alheia à situação. O pai sempre soara tão jovial ao telefone, como se não tivesse preocupações.

Será que ela era uma péssima filha por não ter percebido as mentiras?

— Ele não queria te preocupar — acrescentou Sheila, como se lesse os pensamentos dela.

— Então foi nessa época que ele começou a beber?

A madrasta assentiu.

— No começo, era só um drinque ou dois à noite, mas, quanto mais a situação piorava, mais ele bebia. Tentei conversar com ele. Falei que estava virando um problema, mas ele se recusou a me ouvir. Foi quando... — A voz de Sheila sumiu.

— Quando o quê?

— Ele dormiu com outra.

Um silêncio recaiu entre as duas, mas dessa vez Hayden não tentou defender o pai. Naquele dia no escritório de advocacia, ela estava convencida de que Sheila era uma piranha insensível e mentirosa, acusando Pres de adultério sem ter provas. Mas, depois de ele ter explodido no Gallagher Club e de ela ter descoberto naquela manhã que o copo dele estava cheio de vodca em vez de água, Hayden não podia negar que o pai tinha um problema. E, se tal problema o levara a trair, ela precisava aceitar a realidade. Não adiantava enterrar a cabeça na areia e fingir que estava tudo bem, quando claramente não estava.

Então, se recostou e deixou Sheila continuar:

— Ele me contou o que tinha feito na manhã seguinte, e me culpou pela infidelidade, dizendo que foram minhas reclamações constantes que o levaram a me trair. — A madrasta soltou um muxoxo exasperado. — E continuou negando a dependência em álcool. Eu talvez pudesse perdoar a traição, mas não poderia ficar de braços cruzados enquanto ele destruía a vida que tínhamos construído.

— O que aconteceu?

— Bati de frente com ele de novo, mandei seu pai buscar ajuda.

— Imagino que ele não tenha gostado.

— Não. — O rosto de Sheila se contorceu, cheio de angústia e raiva. — Ele piorou. Algumas noites depois, cheguei em casa da academia e o encontrei no escritório, tinha bebido até cair. Foi quando confessou ter manipulado o resultado dos jogos.

Um instinto protetor cresceu dentro da filha.

— Ele pode ter falado isso por conta da bebida. Talvez ele não soubesse o que estava dizendo.

— Ele sabia. — Sheila lançou a ela um olhar significativo. — E o que ele contou acabou sendo confirmado por um jogador do time.

— Aquele com quem você está dormindo? — Hayden não pôde evitar a acusação.

Dois círculos vermelhos surgiram nas bochechas de Sheila.

— Não me julgue, Hayden. Posso ter procurado outro homem, mas só depois de seu pai ter me traído. Pres me afastou bem antes de eu fazer o que fiz.

Hayden não falou nada. Sheila tinha razão. Quem era ela para julgar? O que acontecia dentro de um casamento não era problema de ninguém, além das pessoas casadas, e ela não podia fazer suposições nem tirar conclusões precipitadas sobre uma situação que não tinha presenciado.

E, se fosse para tirar conclusões... para sua surpresa, notou que, na verdade, acreditava em Sheila. Podia até não aprovar a contestação do acordo pré-nupcial por parte da madrasta, mas Hayden não conseguia ignorar o que a mulher à sua frente tinha dito.

Se o pai realmente havia subornado jogadores, o que aconteceria com ele quando a investigação revelasse a verdade? Será que se safaria com uma multa, ou ela teria que visitá-lo na cadeia no ano seguinte? O medo percorreu o corpo dela, se instalando no estômago e a deixando nauseada.

Com um olhar de compaixão e um leve suspiro, Sheila continuou:

— As coisas nem sempre são o que parecem. As *pessoas* nem sempre são o que parecem. — E desviou o olhar, mas não antes que Hayden visse as lágrimas em seus cílios. — Quer saber por que me casei com o seu pai?

Pelo dinheiro?

Ela engoliu o comentário desagradável, mas Sheila deve ter visto em seus olhos, pois disse:

— Dinheiro foi parte do motivo. Sei que você não vai entender, mas não tive muita segurança financeira quando pequena. Meus pais eram muito pobres. Meu pai fugiu com o pouco dinheiro que tínhamos, e aos 13 anos eu já trabalhava. — Ela deu de ombros. — Talvez eu tenha sido egoísta por querer um homem que pudesse cuidar de mim, por querer alguma estabilidade. — Sheila fez uma pausa, balançando a cabeça, como se repreendendo a si mesma. — Mas o dinheiro não foi o único motivo. Se fosse, eu teria me casado com um dos muitos idiotas ricos que apareciam no bar em que eu trabalhava, que apertavam minha bunda e tentavam me levar para a cama. Mas não. Eu me casei com o seu pai.

— Por quê? — perguntou Hayden, baixinho, estranhamente fascinada pela história da madrasta.

— Porque ele era um cara legal. Perdi tempo demais da minha vida com os cafajestes, com aqueles homens que botam fogo nos lençóis, mas acabam nos queimando no fim. Eu estava cansada disso, então decidi encontrar um sr. legal, um homem decente e estável que podia até não ser o sujeito mais empolgante do mundo, mas que sempre estaria pronto para me apoiar, sempre me colocaria em primeiro lugar. Financeira e emocionalmente.

Uma onda de desconforto cresceu no estômago de Hayden, arrastando-se dentro dela, até se assentar na garganta. Nunca pensou que teria algo em comum com aquela mulher, mas tudo o que Sheila acabara de dizer refletia os pensamentos de Hayden nos últimos anos. Não era por isso que escolhera ficar com Doug? Porque ele era legal, decente e estável? Porque ele sempre a colocava em primeiro lugar?

— Mas os homens legais nem sempre são os homens certos — terminou Sheila. — Homens legais também erram. Podem parar de dar valor a você e passar a brincar com as suas emoções, que nem os canalhas de quem eu quis tanto escapar.

— Você o amava? — perguntou Hayden.

— Se eu era louca e perdidamente apaixonada por ele? Não. Mas não era isso que eu queria do nosso relacionamento. Não confio mais nesse sentimento. Mas eu o amava muito. E o respeitava. — Ela enxugou as lágrimas das bochechas e ergueu o queixo. — Seu pai me magoou, Hayden. Se me amasse de verdade, teria visto que eu só estava tentando ajudá-lo, que eu só queria estar ao seu lado como achava que ele estaria por mim. Mas não foi o caso.

Um suspiro escapou-lhe dos lábios.

— Eu sinto muito — murmurou Hayden.

— E eu me sinto péssima por não ter conseguido ajudá-lo com a dependência em álcool, de verdade, mas não podia mais aceitar a maneira como ele estava me tratando. Ele transou com outra mulher, mentiu sobre ações criminosas e agora está me pintando como uma interesseira egoísta. — Com um sorriso amargo, Sheila se inclinou para a frente e a encarou com seus olhos azuis e tristes. — Quem esperaria isso do sr. Legal?

Hayden foi embora sem ter ideia de como ajudar o pai e ainda mais preocupada com as possíveis atividades criminosas. Inclusive, sentia-se tão confusa e chateada quanto antes de tocar a campainha de Sheila.

O celular vibrou assim que entrou no carro, e, justo quando pensou que aquele dia infernal não poderia piorar, piorou. Era Doug ligando.

Porra, não conseguiria lidar com isso naquele momento. Mas, por outro lado, não poderia continuar evitando tais problemas por mais tempo. Finalmente tinha aberto os olhos para a espiral descendente na vida do pai, começado a aceitar que ele, talvez, tivesse se tornado alcoólatra, adúltero e criminoso.

Talvez estivesse na hora de enfrentar o outro homem que estava em sua vida.

Na última vez que falara com Doug, tinha dito a ele que ainda precisava de tempo. Mas, agora, não precisava mais.

Porque, de alguma maneira, nas últimas semanas, o relacionamento casual com Brody Croft tinha... mudado.

Não sabia dizer exatamente quando a mudança ocorreu. Mas sabia que, desde que tinham ido patinar depois do Gallagher Club, eles passaram a se divertir não só na cama, mas fora dela. Os dois voltaram ao Lakeshore Lounge para jantar. E, na manhã anterior, depois do treino de hóquei, Brody até a levara ao Instituto de Arte de Chicago, onde o jogador passou o dia inteiro seguindo-a de quadro em quadro, ouvindo-a elogiar cada um deles. Hayden ficou um pouco preocupada em sair com ele em público, mas, por sorte, ninguém o reconheceu. O boné de beisebol que ele usara, cobrindo os olhos, provavelmente tinha ajudado.

No entanto, ele ter que viajar para outra cidade a cada dois dias não era nada divertido. Lembrava-a da época em que o pai era técnico. Ter que se despedir o tempo todo. Ficar em casa sozinha enquanto ele dava toda a atenção ao time. Cada vez que Brody saía para pegar seu voo da semana, Hayden tinha que morder a língua. Tinha que se lembrar de que, por mais que estivesse gostando de estar com ele, ainda não tinham nada sério.

E casos sempre acabavam.

Enquanto o celular continuava a tocar, Hayden respirou fundo.

Ela precisava atender. Doug havia mandado três mensagens naquela semana, cada vez mais preocupado. Ele devia achar que a mulher estava morta em uma vala em algum lugar, e Hayden sentiu nojo de si mesma por sua incapacidade de encarar o problema.

Chega de protelar. Tinha passado por uma confrontação indesejada naquele dia, então que viesse a segunda.

— Graças a Deus — suspirou Doug, quando ela atendeu. — Estava começando a achar que algo terrível tinha acontecido com você.

O alívio óbvio fez a culpa se revirar no estômago dela, que se sentia um lixo por tê-lo deixado preocupado.

— Não se preocupe, estou bem — respondeu ela, os dedos tremendo ao segurar o celular. — Desculpe por não ter respondido às mensagens. As coisas têm andado complicadas.

— Eu imagino. — Ele fez uma pausa. — Alguns jornais daqui estão publicando histórias sobre seu pai, querida.

— Sim, daqui também. Estou começando a ficar preocupada — admitiu.

Desabafar com ele era algo tão natural a ela quanto escovar os dentes pela manhã. Hayden sempre conseguia conversar com aquele homem a respeito de qualquer coisa. Problemas na universidade ou algo tão trivial quanto um corte de cabelo ruim. Ele sempre estava lá para ouvi-la. Era uma das coisas de que gostava nele.

Gostava.

A palavra ressoou em sua mente, fazendo-a dar batidinhas no volante. Ela *gostava* de tudo naquele homem. Sua paciência, sua ternura, sua generosidade. E tinha certeza de que, quando ele finalmente decidisse que era a hora certa de explorarem algo mais íntimo, ela também gostaria disso.

E esse era o problema. Hayden não sabia se poderia passar o resto da vida com um homem de quem apenas *gostava*. Claro que, às vezes, o amor leva tempo para se desenvolver, e sentimentos podem aumentar, amigos podem perceber que são almas gêmeas... Pelo menos, era nisso que ela sempre acreditara.

Depois de conhecer Brody, havia começado a repensar a ideia.

Ela não apenas *gostava* de dormir com Brody. O sexo era selvagem, apaixonado, avassalador. Quando ele a beijava, quando a envolvia com aqueles braços grandes e musculosos, o chão sob os pés de Hayden desaparecia, o corpo fervia como o asfalto em uma onda de calor, e o coração voava mais alto do que um jatinho de combate.

Quando Doug a beijava... nada disso acontecia. Os beijos eram doces e ternos, e ela gostava deles... droga, de novo *aquela* palavra.

— Hayden, está aí?

Ela forçou os pensamentos a voltarem ao presente, à conversa que vinha adiando havia tempo demais.

— Desculpe, eu me distraí. O que estava falando?

— Quero te visitar em Chicago.

Ela quase deixou o celular cair.

— O quê? Por quê?

— Fiquei pensando no que disse quando conversamos pela última vez. Sei que você pediu um tempo, mas... — Um suspiro pesado ressoou do outro lado da linha. — Eu acho que tempo demais longe um do outro só levará a distância, e o que menos quero é que exista alguma distância entre nós. Talvez, se eu for até aí, se nos sentarmos juntos e conversarmos sobre tudo, possamos descobrir por que você está se sentindo assim.

— Doug... — Ela procurou as palavras certas. Será que existiam? — Eu preciso descobrir isso sozinha.

— Eu também faço parte disso — apontou ele.

— Eu sei, mas...

Conte a ele sobre Brody.

Merda. Por que a consciência tinha que se manifestar naquele instante? Já se sentia péssima o suficiente por estar dormindo com outro homem havia algumas semanas, isso depois de dizer ao ex que precisava de tempo. Será que poderia mesmo confessar seus pecados agora, quando Doug estava tão ansioso para resolver as coisas entre eles?

Você não tem escolha.

Por mais que quisesse resistir à consciência, Hayden sabia que a voz severa estava certa. Não podia esconder algo tão importante. Ele precisava saber. Não, *merecia* saber.

— Eu estou saindo com outra pessoa — confessou ela, de repente.

Um silêncio mortal preencheu o carro.

— Doug?

Uma tosse abafada soou.

— Como é?

— Estou saindo com outra pessoa. Aqui, em Chicago. — Ela engoliu em seco. — Não faz muito tempo, e não é nada sério, mas acho que você deveria saber.

— Quem é ele?

— Ele... Não importa quem é ele. E quero que saiba que não planejei isso. Quando pedi tempo, a última coisa que eu queria era emendar outro relacionamento...

— Relacionamento? — Doug soou chateado. — Você acabou de falar que não era sério.

— Falei. Quer dizer, não é. — Ela tentou controlar a voz, mas sentia-se incrivelmente culpada, então foi difícil dizer as palavras seguintes: — Simplesmente aconteceu.

Quando ele não respondeu, o nó de culpa no peito dela apertou seu coração.

— Ainda está aí? — perguntou Hayden.

— Estou aqui. — respondeu ele, o tom brusco. — Obrigado por me contar.

Ela sentiu um bolo na garganta.

— Doug... — começou ela, mas se interrompeu, sem saber o que dizer.

Não tinha certeza se havia mais alguma coisa a ser dita.

— Eu tenho que ir, Hayden — disse ele, depois de uma longa pausa. — Não vou conseguir falar com você agora. Preciso de tempo para digerir tudo.

— Eu entendo. — Ela engoliu em seco, depois tentou umedecer a boca árida. — Me ligue quando estiver pronto para... — *Para o quê? Perdoá-la? Gritar com ela?* — ... para conversar — completou, sem graça.

Ele desligou sem se despedir, e ela enfiou o celular na bolsa, recostando-se no banco do motorista e passando as mãos pelo cabelo.

Depois de falar com Sheila e Doug, sentia-se como se tivesse passado a tarde agitando uma bandeira vermelha na frente de um touro, que, agora, estava determinado a fazer picadinho dela.

Pelo menos ninguém poderia chamá-la de covarde.

24

A atmosfera no vestiário estava silenciosa, sem o falatório pré-jogo de sempre, enquanto os jogadores trocavam de roupa e conversavam em voz baixa entre si. Brody teria gostado de culpar o nervosismo pelo clima sério. A série estava em 3-2, e, mais uma vez, os Warriors precisavam de uma vitória para continuar na disputa. Mas sabia que não era a pressão que estava deixando todos abatidos.

Quinze minutos antes, um executivo da liga informara ao time que a investigação sobre as acusações de suborno estava oficialmente em andamento. Todos seriam interrogados em particular a partir da segunda-feira da semana seguinte, e, se as alegações fossem verdadeiras, medidas disciplinares adequadas seriam tomadas.

E possíveis acusações criminais seriam feitas.

Amarrando os cadarços dos patins, Brody olhou de soslaio para o capitão do time, que ajustava as caneleiras. Wyatt não tinha dito uma palavra desde o anúncio, franzindo a testa em uma preocupação muda, o corpo grande se movendo desajeitadamente enquanto se vestia. Ele estava visivelmente preocupado.

Merda. Ganhar o jogo da noite seria difícil. O moral estava mais baixo do que as profundezas turvas do oceano. Todos os atletas se comportavam como se estivessem indo ao encontro do carrasco.

Qual deles teria aceitado suborno? E teria sido apenas um dos jogadores?

Pelo que Brody sabia, metade dos caras poderia estar envolvida. E essa ideia fez o sangue dele ferver. Só mesmo sendo um grande escroto para perder um jogo de propósito. A mídia afirmava que apenas um ou dois jogos, no início da temporada, tiveram os resultados manipulados, mas, para Brody, não importava quando nem quantos. Bastava um jogo. Uma derrota poderia ser a diferença entre chegar aos play-offs e terminar a temporada derrotado. Ainda bem que tinham jogado bem o suficiente para compensar aquelas derrotas iniciais.

— Vamos acabar com eles — disse Wyatt, a voz baixa enquanto todos começavam a sair do vestiário.

Acabar com eles? Aquele era o grande discurso motivacional da noite?

Pelos olhares cautelosos no rosto dos outros homens, as palavras de encorajamento de Wyatt tinham sido tão eficazes quanto cola seca.

— Você está bem? — Becker cutucou o ombro de Brody, a expressão séria.

Ele deu de ombros.

— Não exatamente. Mas não há muito que eu possa fazer. A investigação vai acontecer, quer a gente queira ou não.

Sam assentiu, seu aceno de cabeça sombrio.

— Sim... — Ele hesitou, depois murmurou: — Eu realmente queria que você tivesse seguido meu conselho.

Ele sabia a que o companheiro de time estava se referindo, mas, ainda assim, se fez de desentendido.

— Que conselho?

Os olhos de Becker ganharam um brilho de irritação.

— Sobre a filha do Presley — retorquiu ele, baixinho. — Eu a vi saindo da porcaria do armário de suprimentos no evento sobre transtornos do espectro autista, Brody. E, aí, que surpresa: você saindo um minuto depois.

Merda. Ele achava que a rapidinha em público tinha passado despercebida. Becker continuou:

— O que tem na cabeça? Uma coisa é brincar com fogo, outra é o que você está fazendo... Está pedindo para a mídia flagrar vocês dois juntos. — Sam balançou a cabeça em desaprovação. — Você precisa manter distância dela.

Manter distância de Hayden? Até parece. No momento, Brody fazia tudo que estava ao alcance para ficar perto dela. E estava conseguindo. Na maior parte do tempo, pelo menos.

Não importava quantas vezes Hayden chamasse o relacionamento de caso, Brody não via o que tinham como algo casual. Pela primeira vez na vida, conhecera uma mulher com quem gostava de passar seu tempo. Claro, ele também gostava do sexo — certo, ele *amava* o sexo —, mas havia outras coisas das quais gostava tanto quanto. Como assistir a documentários de arte com ela. Abraçá-la enquanto ela dormia. Ensiná-la a patinar, mesmo que Hayden não fosse muito boa aluna.

Sinceramente, não se cansava dela. Ela era engraçada e inteligente, e os olhos brilhavam quando falava sobre algo que amava. Brody ficava muito incomodado com a forma como ela parecia determinada a mantê-lo distante, pelo menos quando se tratava de admitir que estavam em um relacionamento. Ele queria demais superar essa barreira, fazê-la perceber o quanto ela estava se tornando importante para ele.

— Está me ouvindo? — A voz irritada de Becker o arrancou de seus pensamentos.

Brody ergueu a cabeça.

— Olhe... Por mais que eu valorize seu conselho, não consigo ficar longe dela, cara. — Ele deu de ombros, envergonhado. — Na verdade, vou vê-la hoje à noite.

Becker franziu a testa, mas, antes que pudesse responder, Wyatt deu uma ordem do outro lado do vestiário:

— Croft, Becker, do que diabos estão cochichando aí? Vão para a porra do gelo.

Ainda franzindo a testa, Becker saiu em direção à porta, mas Brody não o seguiu de imediato. Em vez disso, interceptou o capitão do time antes que ele pudesse ir embora.

— Craig, espere um segundo — pediu Brody.

— Temos que jogar, Croft.

— O jogo pode esperar. Preciso de um minuto, só isso.

Wyatt encaixou o capacete sob o braço.

— Tudo bem. O que foi?

E agora? Será que perguntava logo sobre aquela merda de suborno? Ou levantava a questão do caso com Sheila Houston?

Merda, talvez devesse ter traçado um plano antes de chamar o cara para uma conversa.

— E aí? — instigou o capitão, parecendo irritado.

Brody decidiu seguir a política da mãe: honestidade.

— Eu te vi com Sheila no rinque.

O rosto de Wyatt empalideceu. Então, ele engoliu em seco.

— Não sei do que está falando.

— Não tente negar. Eu *vi*. — O colarinho da camisa de Brody, de repente, esquentou, e o acolchoado por baixo pareceu apertado demais. Com um suspiro, acrescentou: — Há quanto tempo está tendo um caso com a esposa do Presley?

O ar no vestiário ficou tenso, sufocante. O rosto de Wyatt ainda estava branco, mas os olhos cintilavam com indignação. Colocando o capacete, ele franziu a testa para Brody.

— Não é da sua conta.

— É da minha conta se você for o jogador que confirmou as acusações de Sheila.

Um silêncio prolongado se seguiu, o qual se arrastou demais até para o gosto de Brody. A expressão do capitão dos Warriors não deixava transparecer um pingo sequer de emoção, mas não permaneceu assim por muito tempo. Depois de vários segundos, uma resignação cansada tomou conta dos olhos do jogador.

— Tudo bem. Tem razão. Fui eu. — As mãos de Wyatt tremiam enquanto tentava prender o capacete no lugar. — Eu falei com a liga, Croft. É por minha causa que essa maldita investigação está rolando.

Brody engoliu em seco. Seu estômago, de repente, parecia queimar, mas ele não soube se de raiva, se por estar se sentindo traído ou aliviado. Estudou o rosto de Wyatt antes de perguntar:

— Como soube que Sheila estava dizendo a verdade?

— Suspeitei no início da temporada, quando perdemos alguns jogos que não deveríamos ter perdido. Sheila só confirmou — confessou o capitão, exalando devagar, a respiração um tanto trêmula. — Não posso jogar no mesmo time que babacas dispostos a nos sabotar por dinheiro. Não posso competir por um dono que aceita trapacear.

Porra.

Porra.

Brody acreditava nele. Não queria acreditar, mas era impossível não ouvir a sinceridade e a integridade na voz de Wyatt. O homem parecia perturbado com tudo.

— Você sabe quem aceitou os subornos, então? — perguntou Brody, um sentimento nauseante subindo pela espinha.

O outro jogador rapidamente desviou o olhar.

— Deixe isso para lá, Brody. Deixe a liga conduzir a investigação. Você não quer se envolver nisso.

— Craig...

— Estou falando sério. Tudo vai ser esclarecido um dia. Só... deixe isso para lá. — Wyatt deu alguns passos em direção à porta. — Agora, vá para o gelo. Temos um jogo para ganhar.

Brody observou o capitão do time se afastando. Parte dele quis sair correndo atrás de Wyatt e arrancar os nomes da boca do sujeito, mas outra parte lhe disse para deixar o assunto morrer. Tentar forçar o capitão a confiar nele não adiantaria nada. Ele ficaria apenas mais aborrecido, mais desequilibrado, e a última coisa que Brody queria era deixá-lo irritado antes de um dos jogos mais importantes da temporada. Era matar ou morrer. Ganhar ou dar adeus à taça. Precisava que o capitão estivesse concentrado no jogo, não em questões pessoais.

E ele também precisava se concentrar no jogo. Recentemente, havia passado tempo demais se preocupando, duvidando dos colegas de time, pensando se a carreira seria arruinada pelo escândalo. Mas a verdade estava a favor dele, pois sabia que jogara limpo e dera tudo de si durante toda a temporada, só que isso não significava merda alguma. Poderia acabar sendo culpado por associação, ou fosse lá como diziam.

Poderia se pegar sem contrato dali a alguns meses, e outra franquia talvez relutasse em procurá-lo, pois saberiam que ele estava sendo investigado por suborno. A Brody, restava torcer para que a investigação fosse rápida, indolor e que seu nome não acabasse na lama por algo que não tinha feito.

Praguejando baixo, saiu do vestiário e seguiu pelo túnel. Quando entrou no rinque, os aplausos ensurdecedores da torcida atingiram seus ouvidos. O Lincoln Center estava lotado, e as arquibancadas eram um mar de prata e azul. Ver todos os fãs aqueceu o coração dele, mas reavivou sua raiva.

Todos os fãs que estavam ali naquela noite — as pessoas que gritavam palavras de incentivo, as crianças que batiam palmas com entusiasmo. Todos mereciam um time do qual pudessem se orgulhar.

Mas, infelizmente, não foi o que tiveram, ainda mais quando, aos dez minutos do primeiro tempo, os Warriors já perdiam por dois gols.

Foi um daqueles jogos que ia de mal a pior. Os Kodiaks limparam o gelo com os Warriors. No segundo tempo, Brody estava encharcado de suor, ofegante e querendo colidir com todos, desde os árbitros até o treinador. Não parecia importar o quão rápido patinassem, quantas finalizações conseguissem, quantos discos lançassem em direção ao goleiro do Colorado. O time adversário era mais rápido, mais organizado, melhor. Eles tinham a vantagem de estar com o moral lá em cima.

Quando o terceiro tempo começou, Brody percebeu que a maioria dos companheiros de time tinha desistido.

— A coisa está feia — murmurou Becker, depois que se afundaram no banco após uma troca de linha.

Brody esguichou um jato de água na boca, depois jogou a garrafa de lado.

— Nem me fale — murmurou de volta.

Ele sentia a temporada inteira escapando por entre os dedos a cada segundo que se passava. Estavam perdendo por três gols. Três malditos gols. Faltando dez minutos no terceiro tempo. Era o tipo de disputa difícil que raramente acabava bem.

O apito do árbitro atravessou o ar, e Brody olhou para ver quem cometera a falta. Wyatt. Maldição.

Não havia mais tempo para conversa quando o treinador Gray os mandou de volta ao gelo para a falta, e, embora Becker tivesse marcado um gol incrível quando estavam com um jogador a menos, não foi suficiente. O apito soou, indicando o fim do terceiro tempo e da partida. O placar final foi de 4 a 2 para os Kodiaks.

Os Warriors estavam fora dos play-offs.

25

Não era preciso ser um gênio para entender que os Warriors tinham perdido o jogo. Hayden viu a derrota em cada rosto que saía do Lincoln Center. O pai, provavelmente, estava arrasado.

Ficou tentada a subir ao camarote do dono e lhe oferecer algum tipo de condolências, mas não sentia vontade de vê-lo naquele instante. Se sentisse, estaria lá dentro do estádio, não no estacionamento, esperando Brody.

Ela se apoiou na traseira do carro alugado, estacionado a algumas vagas do BMW de Brody, e ficou de olho na saída dos fundos do prédio, torcendo para que ele aparecesse logo. Ela enviara uma mensagem a ele depois do fim do jogo, dizendo que o estaria esperando no estacionamento dos jogadores. Brody respondeu quase na mesma hora, dizendo que sairia o mais rápido possível.

Meu Deus, aquele dia tinha sido um inferno. Ouvir o relato terrível de Sheila sobre o alcoolismo de Presley, ouvir o coração partido de Doug do outro lado da linha... Não queria pensar em nada daquilo. Por isso, tinha saído do hotel e ido até ali. A necessidade de ver Brody e de se perder nos braços dele era tão forte, que ela estava disposta a esperar no estacionamento por quase uma hora.

Outros jogadores já tinham passado para pegar seus carros, vários lançando olhares estranhos na direção dela. Derek Jones foi o único que a cumprimentou, parecendo acreditar na mentira de Hayden de que estava esperando o pai.

Àquela altura, o estacionamento estava vazio. Quando Brody finalmente saiu do prédio, ela quase soluçou de alívio. E, quando os olhos azul-escuros dele se iluminaram ao vê-la, ela quase soluçou de alegria. Talvez a vida de um não combinasse com a do outro, talvez a carreira de um fosse incrivelmente diferente da do outro e talvez os objetivos não estivessem alinhados, mas Hayden não conseguia se lembrar da última vez que um homem tinha parecido tão feliz ao vê-la.

Ela não conseguia tirar os olhos de Brody. Ele estava bonito demais àquela noite. O cabelo úmido, os lábios perfeitos, mas ligeiramente ressecados. Ele confessara que os lambia demais durante os jogos. Usava um terno de lã folgado que não conseguia esconder os músculos definidos por baixo, e o azul-marinho da roupa deixava os olhos dele ainda mais brilhantes, mais vívidos. Ela sabia que a liga esperava que os jogadores se vestissem de forma profissional dentro e fora do gelo e, tinha que admitir, gostava de vê-lo de terno tanto quanto gostava de vê-lo de calça jeans desbotada com uma camiseta que realçava o abdômen.

— Oi, desculpa a demora — disse ele, se aproximando. A expressão estava abatida. — O treinador precisou conversar comigo.

— Sinto muito pelo jogo. Você está bem?

— Não muito. Fomos massacrados.

— Eu sei. Sinto muito.

Incapaz de se conter, ela ficou na ponta dos pés e deu um beijo na boca dele.

Brody recuou, surpreso, um lampejo de humor em seus olhos.

— O que foi isso?

— Não sei. Estou mal por você ter perdido. E também tive um dia ruim. Quis sentir sua boca na minha.

A expressão dele ficou séria.

— O que aconteceu?

— Conto tudo mais tarde. Vamos sair daqui agora, antes que alguém nos veja.

— A gente se encontra no hotel?

Ela estava prestes a concordar quando algo a fez parar.

— Não. Que tal irmos para sua casa hoje?

Ele pareceu perplexo, e ela, sinceramente, não o culpava. Desde que concordara em explorar essa… coisa… entre eles, sempre faziam tudo do jeito dela. Brody já a convidara para ir à casa dele diversas vezes, mas Hayden sempre o convencia de que seria melhor irem para o quarto de hotel dela. Sentia que estar no próprio território, estar sempre em um ambiente familiar, impediria que as coisas ficassem mais sérias do que gostaria.

Mas, de repente, se pegou querendo ver a casa de Brody, estar com ele no território *dele*.

— Tudo bem. — Ele destrancou a porta do SUV. — Quer me seguir com o seu carro?

— Por que não vamos no seu? Posso pegar um Uber de volta para buscar o meu amanhã.

As sobrancelhas dele se ergueram de novo.

— Você está cheia de surpresas hoje, hein? Esqueceu que seu pai vai ver seu carro no estacionamento e saber que não voltou para casa?

— Eu não vivo para agradar meu pai. — Ela soou mais amarga do que pretendia, então suavizou o tom. — Não vamos falar sobre ele. Hoje à noite, só quero pensar em nós dois.

Ele colocou uma mecha do cabelo de Hayden para trás da orelha dela.

— Parece um bom plano.

Ela ficou na ponta dos pés para beijá-lo de novo, e Brody a fez rir ao dar um apertão firme em sua bunda.

— Deixe isso para depois — avisou ela.

— Estraga-prazeres.

A viagem até a casa dele no Hyde Park foi curta. Quando pararam em frente à entrada, Hayden ficou chocada ao ver uma grande casa vitoriana com alpendre e varanda no segundo andar. Flores começavam a brotar nos canteiros ao lado dos degraus da entrada, dando à propriedade um ar alegre e convidativo.

— Não esperava por isso? — perguntou ele, desligando o motor.

— Não mesmo. — Ela sorriu. — Não me diga que você mesmo plantou todas essas flores.

— Nem fodendo. Também não escolhi a casa. Minha mãe veio me visitar quando fui selecionado para os Warriors, e foi ela quem encontrou o imóvel. Também fez toda a parte do paisagismo e visita uma vez por ano para garantir que não destruí o trabalho duro dela.

Eles desceram do carro e pegaram o caminho de paralelepípedos em direção à porta da frente. Dentro da casa, a surpresa de Hayden só aumentou. Decorado em tons quentes de vermelho e marrom, o interior exibia uma sala de estar espaçosa com lareira de pedra, uma ampla escadaria de madeira que levava ao andar de cima e uma enorme cozinha moderna com duas portas de vidro que davam para o quintal.

— Quer beber algo? — ofereceu ele, avançando pelo piso de azulejos em direção à geladeira. — Não tenho aquele chá de ervas de que você gosta, mas posso preparar uma xícara de Earl Grey.

— Que tal algo mais forte?

Ele abriu um pequeno sorriso.

— Teve mesmo um dia ruim, né? — Ele se dirigiu até a adega de vinhos na bancada e escolheu uma garrafa de tinto. Pegando duas taças no armário, olhou Hayden por cima do ombro. — Vai me contar o que aconteceu ou vou ter que arrancar de você na cama?

— Hum. — Ela mordeu o lábio inferior. — Estou mais inclinada à segunda opção. — A expressão ficou séria quando ele a olhou feio. — Certo… vou contar.

Brody serviu o vinho, entregou uma taça a ela e a conduziu até as portas que levavam ao alpendre. O quintal era espaçoso, adornado com ainda mais flores, que a mãe de

Brody devia ter plantado. A cerca do perímetro era tão alta, que ela não conseguia ver os quintais vizinhos, nem mesmo do deque elevado. No canto mais distante do gramado, havia um coreto idílico cercado por uma vegetação densa.

Saíram para o deque, onde soprava uma brisa surpreendentemente quente. Era uma noite linda, a mais quente desde que tinha voltado para casa, e Hayden respirou o ar fresco, inclinando a cabeça para admirar o céu sem nuvens antes de finalmente soltar um longo suspiro.

— Eu visitei minha madrasta hoje — disse.

Ela contou os detalhes, deixando a conversa com Doug para o fim. A mandíbula de Brody se contraiu ao ouvir o nome do outro homem, mas, como havia lhe prometido na noite em que foram patinar no rinque vazio, ele não perdeu a calma. Quando Hayden terminou o relato, ele colocou a taça de vinho no amplo corrimão que cercava o deque e acariciou os ombros dela.

— Você não precisava ter contado a ele sobre nós — disse Brody.

O comentário a surpreendeu.

— É claro que eu precisava. Contei sobre *ele* para *você*. Doug não merecia a mesma consideração? — Ela levou a bebida aos lábios.

— Você tem razão. — Ele fez uma pausa. — Então... você e Doug terminaram?

— Sim — admitiu Hayden. — Ele desligou na minha cara, o que não é do feitio dele. Acho que não está muito feliz comigo no momento.

Quando Brody não respondeu, ela pousou a taça de vinho e ergueu as mãos para segurar o queixo forte dele.

— Você também não está muito feliz comigo?

Ele a encarou, afirmando:

— Eu estou, sim.

— Está mesmo?

— Eu amo estar com você, Hayden. — Ele soltou um suspiro irregular. — E estou feliz que tenha terminado com Doug. Era muito frustrante saber que poderia haver outro homem em sua vida. E não um homem qualquer, mas alguém que trabalha na sua área, que compartilha sua paixão pela arte e que, provavelmente, é muito melhor nessas conversas intelectuais que você vive tentando ter comigo. Me sinto um brutamontes idiota perto dele.

Um olhar aborrecido surgiu naquele rosto bonito, e levou um momento para Hayden perceber que não era, de fato, sofrimento que via ali, mas vulnerabilidade. Pensar que Brody Croft, o homem mais másculo que ela já tinha conhecido, podia ser vulnerável a deixou sem ar. Meu Deus, ele realmente se sentia inadequado? Será que *ela* o fazia se sentir assim?

Sentiu um aperto no peito com aquela ideia. Ela enroscou o pescoço de Brody com os braços e roçou os lábios nos dele.

— Você não é um brutamontes idiota — murmurou ela, afagando o cabelo úmido que se enrolava na nuca dele.

— Então não vai se importar se eu apresentar um argumento inteligente e racional sobre o quanto você está sendo difícil?

Ela ergueu o queixo.

— E em relação a que estou sendo difícil?

Brody soltou um suspiro.

— Fala sério, acha mesmo que não vejo aquele seu olhar sempre que tenho que pegar um avião? Toda vez que saí da cidade para um jogo fora de casa, você se afastou de mim. Deu para notar.

Ela sentiu um desconforto crescendo em seu interior e soltou o pescoço dele.

— Viu? Está fazendo isso de novo — reforçou ele, com um leve sorriso.

— Eu só... — Ela inspirou lentamente. — Não sei por que isso é um problema.

— Se está impedindo você de assumir um relacionamento comigo, então *é* um problema.

— Nós concordamos em ter algo casual — lembrou-lhe Hayden.

— E *você* concordou em manter a mente aberta.

— Acredite em mim, minha mente está bem aberta.

— Mas seu coração não está.

O tom dele soou tão gentil, que Hayden, de repente, sentiu vontade de chorar. Ela se apoiou no corrimão, envolvendo com os dedos o aço frio. Brody se moveu para que ficassem lado a lado, mas ela não conseguia encará-lo. Sabia aonde a conversa estava indo, e não fazia ideia de como prosseguir.

— Acho que temos algo realmente bom — continuou ele, rouco, descansando a mão sobre a dela, acariciando os nós dos dedos. — Você tem que admitir, nós nos damos bem. Na cama, é claro, mas nas outras áreas também. Nunca ficamos sem assunto, gostamos da companhia um do outro, fazemos o outro rir...

Ela finalmente virou a cabeça e o encarou.

— Eu sei que nos damos bem, ok?

Era incrivelmente difícil de admitir, mas era verdade. Brody a fazia se sentir viva, fazia o coração dela vibrar, e Hayden não conseguia imaginar outro homem sendo capaz de fazer isso. Mas não conseguia se imaginar tendo uma vida estável junto a Brody.

— Mas quero alguém com quem eu possa construir um lar. — Lágrimas fizeram os olhos dela arderem. — Quero filhos, uma casa com cerca branca, um cachorro. Minha vida girou em torno do hóquei quando criança. Não quero passar metade do ano em aviões. E, quando tiver filhos, não quero ficar sozinha com eles, em casa, enquanto o pai estiver fora.

Ele ficou em silêncio por um momento.

— Não vou jogar hóquei para sempre — declarou Brody, por fim.

— Então planeja se aposentar em breve?

Depois de um momento de hesitação, ele respondeu:

— Não.

A decepção trovejou dentro dela, mas o que ela esperava? Que ele a abraçasse e dissesse "Sim, Hayden, vou me aposentar! Amanhã! Agora! Vamos construir uma vida juntos!"?

Não era justo pedir a ele que desistisse de uma carreira que claramente amava, mas também não estava disposta a desistir dos próprios sonhos e objetivos. Sabia o que queria de um relacionamento e, por mais que adorasse estar com Brody, ele não poderia dar isso a ela.

— Eu gostaria que você reconsiderasse. — Ele a virou, aproximando-se para que o corpo ficasse colado ao dela. — Porra, nos encaixamos tão bem.

Ela esfregou a pélvis contra a dele. Era verdade. Embora ele fosse bem mais alto, o corpo deles parecia se unir em um nível primordial, e, quando ele estava dentro dela... Nossa, quando estava dentro dela, Hayden se sentia mais completa do que nunca.

Um gemido suave lhe escapou ao pensar em Brody preenchendo-a, e, de repente, a tensão do dia se esvaiu de seu corpo e se dissolveu em uma poça de calor entre as pernas. De repente, toda aquela conversa pareceu não importar. O trabalho de Brody, sua necessidade de estabilidade, tudo desapareceu no momento em que ele pressionou o corpo contra o dela.

— Vamos parar por aqui — sussurrou. — Por favor, Brody, chega de conversa.

Sua excitação devia estar estampada no rosto, porque ele deslizou as mãos pelas costas dela e apertou sua bunda.

— Você não pensa em outra coisa — brincou ele, a voz grave.

— Diz o homem que não tira a mão na minha bunda — murmurou ela, aliviada por sentir a tensão diminuir.

O peso das revelações dolorosas que tinham acabado de dividir flutuou para longe, como uma pena.

Brody inclinou a cabeça e tomou os lábios dela. O beijo a deixou sem fôlego, fazendo com que Hayden se afundasse contra o peito duro como pedra enquanto a língua voraz do homem explorava sua boca. Mantendo uma das mãos na bunda dela, ele moveu a outra para a frente da calça.

Habilmente, abriu o botão e puxou o material fino para baixo, então deu um passo para trás e desceu a calça dela. Em seguida, esperou que ela terminasse de tirá-la para que pudesse jogá-la de lado.

A mulher sentiu arrepios nas coxas no segundo em que o ar noturno tocou sua pele. Ela usava uma calcinha preta, que Brody logo arrancou.

— Seus vizinhos podem nos ver — protestou, quando Brody fez menção de tirar seu suéter fino.

— Não aonde estamos indo. — Ele se livrou do suéter e do sutiã de Hayden, então pegou-a no colo e seguiu para os degraus do alpendre.

Rindo, Hayden se contorceu em seus braços, constrangida por estar sendo carregada nua pelo quintal, mas Brody não a soltou. Apertando o passo, ele atravessou o gramado em direção ao coreto, subiu o pequeno lance de escadas e a colocou de pé.

Os saltos fizeram barulho ao bater no piso de cedro da pequena estrutura. Ela olhou ao redor, estudando o coreto e admirando o trabalho em madeira intrincado, além da namoradeira branca e macia em um canto. Quando se virou para Brody, ele também já estava nu.

Hayden riu.

— Deixe-me adivinhar, sexo no coreto é uma das *suas* fantasias?

— Ah, definitivamente. Tenho essa vontade desde que essa maldita coisa foi construída.

— Como assim? Nenhuma de suas fãs do hóquei quis transar no seu quintal? — brincou ela.

— Eu nunca trouxe uma mulher para casa.

Ela forçou a boca a permanecer fechada. Será que ele estava falando sério? Brody nunca havia levado uma mulher para casa? As implicações da frase a perturbaram, mas não estava com vontade de pensar no assunto naquele instante. Como dissera antes, chega de conversa.

No momento, só queria realizar a fantasia daquele homem lindo.

26

Sua revelação a deixara surpresa. Deu para ver nos olhos de Hayden quando confessou nunca ter trazido mulher alguma para casa, mas, felizmente, o lampejo de cautela logo desapareceu. Os olhos dela, então, passaram a brilhar de desejo, e Brody adorou o fato de ela não ter reclamado quanto a ser despida e carregada até o coreto.

Nossa, aquela mulher o deixava maluco. Ele tinha sentido a chama indomável de Hayden assim que se conheceram. Tinha vivenciado a paixão na primeira noite, quando foderam no chão do corredor. Então, se deleitou com ela quando o amarrara na cama e se banqueteara do seu corpo.

Ela era cheia de surpresas, e Brody sempre queria mais. Adorava seu atrevimento, sua inteligência e seu humor seco, a maneira como o desafiava, o excitava e o fazia se sentir mais do que um jogador de hóquei.

— Então, o que deseja realizar aqui? — perguntou ela, curiosa, apoiando as mãos nos quadris nus.

Brody admirou cada curva do corpo de Hayden, tentando expressar suas necessidades em palavras. Mas não fazia ideia de como a fantasia deveria se desenrolar, sabia apenas que as mãos formigavam de vontade de acariciar aqueles peitos cheios e empinados e de deslizar entre as coxas firmes.

A brisa noturna soprou mais forte, serpenteando pelo coreto, e ele sentiu o pênis inchar, engrossar enquanto o ar quente o acariciava. A brisa conseguiu endurecer os lindos mamilos rosados de Hayden, que, agora, se erguiam como se exigissem atenção.

Mas, em vez de estender a mão para tocá-la, ele pigarreou e disse:

— Deite-se na namoradeira.

Não houve objeção. Os saltos altos bateram no chão enquanto ela caminhava até o pequeno sofá e se deitava nas almofadas. Quando fez menção de abrir o fecho do sapato direito, Brody ergueu a mão.

— Fique com eles — ordenou.

— Por que os homens sempre acham uma mulher nua de salto alto tão excitante?

— Porque é — respondeu ele, revirando os olhos.

— Vai ficar aí a noite toda, só me olhando, ou pretende se juntar a mim?

— Depois.

Eram, mais ou menos, as mesmas palavras que tinham dito na noite em que ela admitiu que gostava da ideia de amarrar um homem, só que, naquele momento, era ele quem mandava.

Ele se encostou na grade do coreto e cruzou os braços.

— Vai ter que me dar um bom motivo, amor.

— Hum. Que tal *estes*? — Ela deslizou as mãos até os seios.

Brody inalou profundamente quando Hayden apertou os seios volumosos com a palma das mãos, em um movimento que os fez parecerem maiores, mais cheios. Com um sorriso travesso, ela acariciou a parte inferior de cada peito, circulando os mamilos com os dedos e, depois, passando os polegares por cima dos bicos rijos.

Ele quase caiu para trás ao vê-la se acariciando. A boca estava tão seca, que ele mal conseguiu engolir. Então, ele permitiu que ela brincasse um pouco com o próprio corpo, depois estreitou os olhos e murmurou:

— Abra as pernas.

Ela obedeceu, e ele perdeu o fôlego. De onde estava, Brody podia ver cada centímetro tentador daquela boceta molhada. Quis lamber a entrada rosada, enfiar a língua dentro daquele doce paraíso e fazer Hayden gritar de prazer, mas se conteve. A ereção latejou quando a envolveu com os dedos.

Com a mão subindo e descendo preguiçosamente pelo pênis, ele a observou com as pálpebras semicerradas e disse:

— Toque-se.

— Tem certeza de que não quer fazer isso por mim? — A voz dela saiu rouca, tão cheia de luxúria desenfreada que Brody quase gozou.

— Faça por mim.

— Bom, a fantasia é sua... — Ela sorriu e logo deslizou a mão entre as pernas.

Porra, que mulher incrível. Os olhos dele quase saltaram das órbitas enquanto Hayden arrastava o dedo indicador pela entrada úmida.

— Isso — disse ele, a voz rouca. — Fique brincando para mim, Hayden.

Sua resposta foi um gemido baixo. As bochechas dela ficavam mais vermelhas conforme ela se acariciava. Seu olhar vidrado disse ao homem que ela estava perto, mas os dedos continuaram evitando o único lugar que ele sabia que a levaria ao êxtase.

Ela ergueu a mão.

— Brody — murmurou ela, ansiosa.

Ele soltou uma risadinha.

— Nada disso. Não vou te ajudar.

Uma agitação brilhou nos olhos dela, mas ele continuou parado do outro lado do coreto. Depois de um momento, Hayden soltou um grunhido estrangulado, então a mão voltou para entre as coxas. Ela esfregou o clitóris, acelerando o ritmo, a palma cobrindo a boceta.

Logo, ela gozou.

Ele parou de mover a mão em torno do pau. Mais uma carícia, e ele terminaria sem estar preparado. O problema era que não conseguia tirar os olhos da linda mulher chegando ao clímax em sua frente. Arqueando as costas, Hayden gritava, seus gemidos tomando conta da noite quente. Qualquer vizinho próximo a uma janela aberta poderia ouvi-la, mas ela não pareceu se importar, nem Brody. Ele era jogador profissional de hóquei. Os vizinhos provavelmente esperavam que gemidos de êxtase viessem de sua casa.

Recostou-se no corrimão e aproveitou cada segundo, dos suspiros satisfeitos que escapavam da garganta da mulher até a maneira como ela abriu ainda mais as pernas, os pés envoltos pelos saltos.

Quando Hayden finalmente ficou imóvel, Brody curvou o dedo para chamá-la até onde ele estava. Apesar da expressão vagamente satisfeita no rosto, Hayden saiu do sofá de um jeito um tanto instável e foi até ele.

— Alguém já te disse que você é a mulher mais sexy do planeta? — perguntou Brody, a voz rouca, antes de dar um beijo na boca dela.

Ela respondeu com um sorriso lânguido, os últimos indícios do orgasmo que Brody viu brilhando no rosto dela apenas o deixando mais duro.

Com impaciência repentina, ele se abaixou e tirou uma camisinha do bolso da calça abandonada, depois desenrolou-a sobre o pau latejante. Agarrou os quadris de Hayden, posicionou-a para que a bunda da mulher ficasse pressionada contra a ereção e guiou o pau duro para dentro dela.

Ela gemeu, inclinando-se para a frente e agarrando-se ao corrimão com ambas as mãos. O movimento fez com que a bunda se empinasse ainda mais, permitindo a Brody ter um acesso ainda melhor. Ele deslizou para fora devagar, girou os quadris do jeito que sabia que ela gostava, depois entrou de novo até a base.

— Não vai demorar — desculpou-se ele, a voz rouca.

Queria conseguir durar mais tempo por ela, mas, pelo jeito como o pau pulsava, ele sabia que não levaria muito para despencar naquele precipício de prazer.

— Amo tudo que você faz comigo. Rápido, devagar, com força, não me importo. Só faça amor comigo.

A resposta sussurrada trouxe um sorriso aos lábios dele, mas foi o "faça amor" que provocou um aperto em seu peito. Era a primeira vez que ela se referia ao sexo entre os dois como amor, e ouvir aquelas palavras provocou nele uma onda de prazer tão grande, que os joelhos quase cederam.

De repente, sentiu uma necessidade primordial de reivindicar para si aquela mulher. Acelerando, arremeteu contra ela, de novo e de novo, até o orgasmo serpentear pela base de sua coluna, contrair suas bolas, e o mundo à frente se despedaçar em fragmentos de luz. Brody estremeceu, espalmando um seio macio enquanto acariciava as costas de Hayden com a outra mão, querendo-a junto ao corpo pelo máximo de tempo possível. Com a respiração pesada, ele passou os braços em volta dela, por trás, e acariciou seu pescoço, inalando o perfume daquela loção corporal de baunilha e lavanda.

Ela soltou um suspiro ofegante e murmurou:

— Suas fantasias são quase tão boas quanto as minhas.

— *Quase* tão boas? — Ele riu. — Espere até eu amarrar *você*. Então, veremos quem tem a melhor fantasia.

Ela se soltou do abraço e se virou para beijá-lo. Em seguida, começou a ir em direção à entrada do coreto.

— Acha que algum dos seus vizinhos vai me ver correndo pelo quintal?

— *Agora* você está preocupada?

Ela lançou a ele um olhar envergonhado.

— Acho que tem razão. A vizinhança inteira provavelmente me ouviu...

— Você *fez* um pouco de barulho...

Ele se abaixou e agarrou a calça, puxando-a para os quadris. Ao encontrar a camisa e o paletó, colocou-os sob um dos braços e estendeu o outro para Hayden.

— Posso acompanhar a senhorita nua até em casa?

— Você poderia, pelo menos, me deixar vestir sua camisa.

— Não. Quero testemunhar o esplendor do seu corpo neste passeio noturno.

— Dane-se o passeio. Eu vou correr.

Antes que ele pudesse piscar, Hayden disparou pelos degraus e atravessou o quintal, a bunda firme e pálida ao luar. Rindo, ele saiu atrás dela, na esperança de mantê-la nua só mais um pouco, mas ela já estava enfiando o suéter pela cabeça quando ele chegou ao alpendre.

— Estraga-prazeres — resmungou Brody.

Ela vestiu a calcinha e a calça.

— Você ainda tem que me mostrar o andar de cima — lembrou ela.

— Gostaria de ver algum quarto em especial?

— Com certeza, aquele que tem uma cama. Ou um chuveiro removível.

Sorrindo, ele pegou as taças da grade e a seguiu para dentro.

— Quer mais vinho? — ofereceu ele.

— Não, obrigada.

De repente, ela ficou em silêncio enquanto ele colocava as taças na pia. Quando Brody se virou para observá-la, viu que sua expressão havia ficado sombria.

— Você está bem?

— Estou. — Ela soltou um suspiro. — Estava pensando no meu pai.

Brody fez uma careta.

— Acabamos de fazer um sexo alucinante, e você está aí, pensando no seu pai?

— É só... o vinho. — Ela apontou para a garrafa que ainda estava na bancada. — Me fez pensar no que Sheila me contou hoje. Sabe, sobre o problema dele com a bebida...? — A voz foi morrendo, e a angústia nos olhos dela foi inconfundível.

— Você vai conversar com ele sobre isso?

— Sim. Não. — Ela suspirou de novo. — Não quero confrontá-lo agora, não enquanto ele estiver bem no meio do escândalo.

— Estamos todos no meio do escândalo. Fomos informados hoje, mais cedo, de que a investigação começou oficialmente. O que não ajudou muito a elevar o moral durante o jogo.

A decepção atingiu Brody quando ele se lembrou da derrota. Conseguira deixar aquilo de lado enquanto transava com Hayden, mas, agora, a lembrança estava de volta. A derrota o deixou com um gosto amargo na boca, de novo. Os Warriors não tinham passado para a rodada seguinte. A temporada deles havia acabado. Fim.

Mas... porra, talvez não fosse tão ruim assim. Por mais que quisesse ter a Copa Stanley nas mãos de novo — fazia muitas temporadas desde que os Warriors tinham ganhado aquele maldito troféu —, talvez fosse melhor que a temporada tivesse terminado.

— Se ganhássemos o campeonato este ano, todos ficariam se perguntando se foi merecido — disse ele, a constatação lhe provocando um embrulho no estômago.

Hayden assentiu devagar.

— É, talvez.

— São muitas dúvidas não esclarecidas sobre a temporada, sobre todos os nossos jogos e sobre quais podem ter sido manipulados. Talvez seja melhor que não tenhamos chegado mais longe nos play-offs. Quem sabe o que a investigação vai descobrir. — Ele mordeu o lábio. — Todos os jogadores vão ser interrogados na semana que vem. Meu interrogatório está marcado para segunda-feira.

— Que tipo de perguntas vão te fazer?

Ele deu de ombros.

— Provavelmente perguntarão o que sabemos sobre as acusações, tentarão arrancar confissões, se sabemos do envolvimento de algum outro jogador.

— Vão perguntar sobre meu pai?

— Imagino que sim.

Com as mãos apoiadas na bancada, ela ficou em silêncio por um momento, as feições bonitas, então, cobertas por uma sombra de preocupação. Dava para ver que Hayden estava chateada com tudo, em especial com o que descobrira sobre o pai, e, embora não fosse a intenção de Brody fazê-la se sentir ainda pior, foi o que acabou fazendo com a declaração seguinte:

— Hoje, basicamente, me confirmaram que seu pai manipulou os jogos.

O olhar de Hayden subiu para encontrar o dele, a boca formando um "O" de surpresa.

— O quê? Está falando sério?

Ele assentiu.

— Está dizendo que tem certeza de que ele é culpado?

Droga. Talvez não devesse ter se apressado em contar a ela o que sabia. Mas a confrontação com Wyatt o estivera incomodando a noite toda, e queria conversar sobre o assunto com Hayden, antes que o investigador da liga o interrogasse. Ele sabia que teria que dizer a verdade se lhe perguntassem, mas queria o conselho dela, queria que *ela* dissesse a *ele* como lidar com a bomba-relógio que tinha nas mãos, sem parecer que estava traindo os colegas ou o dono do time.

Mas Brody não tinha se dado conta de que desabafar com Hayden significava confirmar as dúvidas dela sobre o pai. Até então, ela só tinha suspeitado de que Presley estava envolvido na situação, mas, com aquela única frase, ele transformara as suspeitas em realidade, e o olhar de desalento que notou no rosto dela fez seu estômago se revirar.

Ele quis consolá-la, mas não soube como.

Então, manteve sua distância, soltando um suspiro lento.

— Ele é. Tenho noventa e nove por cento de certeza disso.

— Noventa e nove por cento — repetiu Hayden. — Então há uma chance de que meu pai não esteja envolvido.

— É improvável.

— Mas ainda há uma chance.

— Olha, sei que quer ver o melhor no seu pai, mas precisa aceitar que ele provavelmente é culpado.

Os olhos dela se arregalaram, as bochechas empalidecendo.

— E você vai dizer isso ao investigador? Vai dizer que meu pai é culpado?

— Eu ainda não sei o que vou dizer.

Ele viu as pernas dela tremendo enquanto Hayden atravessava o piso de azulejos, vindo em sua direção. Com um olhar de pânico, ela tocou seu braço e inclinou a cabeça, erguendo o olhar e focando no rosto dele.

— Você não pode fazer isso, Brody. Por favor. Não se volte contra meu pai.

27

Hayden não sabia de onde aquelas palavras vinham, mas parecia não ter controle sobre suas cordas vocais. No fundo de sua mente, sabia que estava pedindo algo errado, que, se Presley fosse de fato culpado, então merecia pagar por seus crimes. Mas era o pai dela, o único que ela tinha, a única constante em sua vida.

— Você quer que eu minta? — perguntou Brody, seu tom inexpressivo.

Ela engoliu em seco.

— Não, eu... Talvez, se você não falar nada...

— Mentir por omissão ainda é mentir, Hayden. E caso me perguntem diretamente se Pres subornou alguém? O que eu faço, então?

O desespero subiu pela garganta dela. Hayden sabia que não tinha direito de lhe pedir isso, mas não podia ficar assistindo à vida inteira do pai desmoronar diante de seus olhos.

— Ele é minha única família — disse ela, baixinho. — Eu só quero protegê-lo.

A compaixão brilhou nos olhos de Brody, mas logo se transformou em irritação.

— Mas e eu? Não mereço ser protegido também?

— Sua carreira não está em jogo — protestou ela.

— Até parece! — Os olhos de Brody faiscaram, e ele deu vários passos para trás. — Minha integridade e reputação estão por um fio. Não vou jogar minha carreira fora ao mentir para proteger o dono do time, nem mesmo por você.

Os olhos dela arderam com lágrimas. Não pelo que Brody tinha acabado de dizer, mas porque a mente estava funcionando de novo, e, de repente, sentiu-se burra demais. No que estava pensado, pedindo a Brody que mentisse pelo seu pai? A única defesa era que *não* estava pensando. Por um segundo, o medo que contraía seu estômago tinha sido tão forte, que havia superado a capacidade de pensar logicamente. De repente, era a menininha solitária que havia crescido sem mãe, que não queria ver o pai na cadeia, mesmo que isso significasse infringir as leis para mantê-lo fora da prisão.

Merda. Qual era o problema dela? Hayden não era o tipo de mulher que descumpria a lei. E não concordava com mentiras.

Não dava para acreditar que tinha acabado de pedir a Brody que jogasse fora sua honestidade e honra.

Com passos trêmulos, ela diminuiu a distância entre eles e pressionou o rosto contra o peito exposto do homem. Podia sentir o coração dele batendo contra sua orelha, como um tambor.

— Desculpe. Eu não deveria ter te pedido para mentir. Foi injusto da minha parte. Eu... — Ela soluçou. — Não acredito que fiz isso.

Ele acariciou a base da coluna dela.

— Está tudo bem. Sei que está preocupada com ele, amor.

— Eu só queria... Porra, Brody, eu quero ajudá-lo.

— Eu sei — disse ele, com gentileza. — Mas foi seu pai quem se meteu nessa confusão, e odeio te dizer isso, mas é ele quem vai ter que resolvê-la.

O celular de Hayden a acordou cedo na manhã seguinte, tirando-a de um sono agitado e fazendo-a grunhir de irritação. Estava deitada de lado, as costas pressionadas contra o corpo grande e quente de Brody, um dos longos braços dele caídos sobre o peito dela. Ela fechou os olhos, esperando aquele som parar. Depois de um ou dois segundos de silêncio abençoado, o celular voltou a tocar. E tocou de novo. E de novo.

Com um suspiro, ela se desvencilhou dos braços de Brody e saiu de baixo dos lençóis. Ao ver o relógio na mesa de cabeceira, fez uma careta. Seis horas da manhã. Quem estava ligando tão cedo?

— Volte para a cama — murmurou Brody, ainda sonolento.

— Assim que eu matar quem não para de me ligar — resmungou, indo descalça até a poltrona em frente à janela.

As roupas e a bolsa estavam jogadas em cima da cadeira, e ela revirou a pilha até encontrar o celular.

Olhando para a tela, reconheceu o número de Darcy. Merda. Não devia ser nada bom. Não se Darcy estava abrindo mão do seu sono de beleza para fazer uma ligação.

Hayden atendeu.

— Oi, Darcy. O que aconteceu?

— Já checou a internet hoje?

— Você me acordou para perguntar isso? — Hayden foi até a porta, sem querer incomodar Brody. Encostou-se na parede no corredor e continuou: — É claro que não olhei a internet! São seis da manhã. E por que você está tão acordada e navegando na web agora?

— Eu não dormi. — Hayden quase via o sorriso no rosto da melhor amiga. — Saí de fininho do apartamento do Marco para chamar um Uber e…

— Quem é Marco?

— Ah, meu novo personal trainer. — Ela fez uma pausa. — Nós transamos ontem à noite.

— Do jeito que está indo, nunca vai conseguir ter uma academia fixa. — Ela soltou um suspiro. — E vai me contar por que está me ligando, ou posso voltar a dormir?

— *Você* está na internet, amiga.

— O quê?

— Sem brincadeira. Foi a primeira manchete que vi quando peguei o telefone. Tem fotos suas na primeira página de todos os blogs de esporte e de entretenimento, com a língua do jogador de hóquei na sua boca e as mãos dele na sua bunda.

O horror se instalou em sua garganta.

— É mentira.

— Infelizmente, não é.

Puta merda. Darcy parecia estar falando sério. E se amiga sequer conseguiu fazer uma piadinha sobre o assunto, então devia ser grave.

— Já te ligo de volta! — exclamou Hayden, desligando.

A camiseta que Brody havia lhe emprestado para dormir chegava aos joelhos, mas os braços estavam descobertos, e a pele, arrepiada. O piso de madeira sob os pés lhe pareceu frio enquanto rapidamente descia as escadas até a sala de estar. Não queria acordar Brody, e sentia seu corpo fraco e trêmulo enquanto ela se afundava no sofá e abria um dos maiores sites esportivos.

Arfou, surpresa, quando a página principal carregou. Darcy estava certa. O site exibia uma foto enorme dela e de Brody no estacionamento dos Warriors. Devia ter sido tirada assim que ela ficou nas pontas dos pés para beijá-lo. E não havia como negar: as mãos dele estavam apertando sua bunda.

A legenda dizia: "Atacante dos Warriors agarradinho com a filha de Houston."

Mas foi a matéria abaixo que fez seu rosto empalidecer. Ela a leu duas vezes, sem pular nenhuma palavra, depois colocou o celular na almofada ao lado e apoiou a cabeça entre as mãos.

— O que foi?

Ela se sobressaltou ao ouvir a voz sonolenta de Brody, então olhou para cima e o encontrou de pé na porta. Ele vestia apenas a cueca azul-marinho, e estava com uma expressão preocupada no rosto.

Sem dizer uma palavra, Hayden apontou para o celular ao lado. Depois de um segundo de hesitação, Brody se juntou a ela no sofá e pegou o aparelho.

Ela observou seu rosto enquanto lia o artigo, mas a expressão dele não revelou nada. Apenas piscou algumas vezes, franziu a testa e, então, se levantou devagar.

— Preciso de café — murmurou ele, antes de sair do cômodo.

Hayden o observou se afastar, em seguida se levantou e correu para a cozinha. Ele já estava ligando a cafeteira, apoiado na bancada com um semblante de completa incredulidade.

— Estão dizendo que aceitei suborno — disse ele, a voz fraca.

Ela se aproximou e apoiou a mão no bíceps forte dele.

— É só especulação. Eles não têm provas.

— Eles têm uma fonte! — explodiu Brody, sua voz ressoando com raiva. — Alguém contou ao repórter babaca que aceitei subornos do seu pai. Isso não foi publicado em um tabloide, onde inventam fontes para a história. Greg Michaels é um jornalista esportivo premiado. E alguém do time disse a ele que aceitei a porra de um suborno!

A boca de Hayden ficou completamente seca. Mal conseguia acompanhar a gama de emoções que atravessava o rosto de Brody. Raiva, traição e desalento. Choque e nojo. Medo. Quis desesperadamente abraçá-lo, mas a postura dele estava tão tensa, os ombros rígidos, a mandíbula cerrada. Cada detalhe da sua linguagem corporal gritava: "Fique longe de mim!"

— Alguém está tentando estragar a minha vida — rosnou ele. — Quem faria essa porra? Sei que Wyatt está metido até o pescoço nessa confusão, mas não consigo imaginá-lo me fazendo parecer suspeito. Ele me avisou para não me meter. — Os olhos de Brody, de repente, se voltaram para Hayden. Focados, aguçados, como se tivesse se lembrado de que ela estava presente. — Eles acham que você está dormindo comigo para me calar sobre a participação do seu pai na história. — Ele deu uma risada, sem nenhum humor.

Ela sentiu uma onda de compaixão confrangendo seu coração.

— Vai ficar tudo bem. Tudo vai ser esclarecido quando você se encontrar com o investigador.

Ele soltou outra risada, desta vez em tom amargo.

— Basta *uma* mancha no nome, e os times já começam a te olhar diferente. Estou no meio das negociações de um contrato. Minha agente me avisou que as coisas estão estagnadas por causa das denúncias, e, agora, um babaca qualquer me acusa de estar diretamente envolvido nessa merda? Estou fodido, Hayden. *Fodido.*

A cafeteira fez barulho, e Brody rigidamente voltou sua atenção para ela. Pegando uma xícara, colocou-a com força na bancada, encheu-a até a boca com café e tomou um gole do líquido escaldante sem nem mesmo franzir o rosto.

Hayden não tinha ideia do que dizer. De como fazê-lo se sentir melhor. Então, em vez disso, ficou ali parada, observando o rosto do homem, esperando que falasse de novo.

Mas não estava preparada para o que ele disse em seguida:

— Acho que, talvez, seja melhor darmos um tempo.

O choque a atingiu.

— O quê?

Pondo a xícara de volta na bancada, ele esfregou a testa.

— Não posso afundar junto com o seu pai — continuou ele, tão baixinho que a mulher mal ouviu. — Se formos vistos juntos, os rumores e as suspeitas só vão aumentar. Minha carreira... — Ele soltou uma série de palavrões. — Eu trabalhei duro para chegar aonde estou, Hayden. Cresci usando roupas de segunda mão e vendo meus pais passarem por dificuldades financeiras. Trabalhei demais para poder me sustentar, para sustentar os dois. Não posso perder isso. Eu *me recuso* a perder isso.

— Você quer que a gente pare de se ver?

Ele passou os dedos pelo cabelo, olhos torturados.

— Estou dizendo que, talvez, a gente devesse dar... uma pausa. Até a investigação terminar e o escândalo passar.

— Você quer que a gente faça uma pausa — ecoou ela, sua voz monótona.

— Sim.

Ela se virou para longe, apoiando as mãos na bancada da cozinha para se equilibrar. Brody estava terminando com ela? Quer dizer, fazendo uma pausa. Não que houvesse diferença. Independentemente das palavras escolhidas, aquele homem estava basicamente dizendo que não a queria por perto.

Tudo o que ele tinha dito na noite anterior sobre como eram bons um para o outro, como se encaixavam bem... O que havia acontecido com tudo aquilo?

Lembrar-se das palavras que Brody dissera aumentou ainda mais a amargura dentro dela. Era como uma correnteza, forçando toda a racionalidade para fora de seu cérebro, empurrando-a para um redemoinho de ressentimento que Hayden conhecia bem demais. Quantas vezes o pai havia escolhido o time de hóquei em vez dela? Quantas vezes os homens em sua vida tinham deixado as carreiras ditarem tudo enquanto ela era deixada de lado, implorando para ser notada?

— Tudo bem. Se é isso que você quer… — disse ela, incapaz de disfarçar a irritação em seu tom. — Acho que você precisa mesmo se preocupar consigo mesmo, afinal.

A expressão dele nublou.

— Não fale assim. Não fale como se eu não me importasse com você. Porque me importo. Mas não pode me culpar por também me importar com tudo pelo que batalhei tanto para conseguir.

Ela começou a se afastar da bancada, sentindo uma vontade repentina de fugir. Talvez fosse melhor assim, que terminassem agora. Já tinham chegado a um impasse na véspera, quando ela afirmou que o estilo de vida de Brody não era o que ela queria em um relacionamento. Talvez fosse melhor que terminassem logo, antes que ficasse ainda mais difícil.

Mas, embora fizesse sentido em sua cabeça, sentiu seu coração se partir com a ideia de não estar mais com aquele homem.

O silêncio perdurou entre os dois, até que Brody praguejou, frustrado, e passou as mãos pelo cabelo escuro.

— Eu me importo com você, Hayden. A última coisa que quero é colocar um fim na nossa relação. — Ele balançou a cabeça, parecendo determinado. — E não estou encarando como um fim. Só quero que a confusão passe. Quero que meu nome seja limpo e que minha carreira não seja afetada. Quando tudo se acalmar, podemos continuar de onde paramos.

Ela riu.

— Porque seria fácil assim, né? — A risada dela morreu, substituída por uma expressão cansada. — Mas que seja. Teria terminado de qualquer jeito, mais cedo ou mais tarde.

O olhar dele foi de tristeza.

— Hayden, não fale assim. A pausa não precisa ser permanente.

— Talvez devesse ser. — O choro ficou entalado na sua garganta, e ela teve que usar toda a força de vontade para engoli-lo. — Provavelmente estamos fazendo um favor um ao outro terminando agora. Talvez isso acabe nos poupando de muita dor de cabeça no futuro.

Brody abriu a boca para responder, mas Hayden não lhe deu a chance. Piscando para conter as lágrimas que faziam seus olhos arderem, ela voltou para o quarto em busca das roupas.

28

O Uber que ela pegou de volta para o carro provavelmente foi a experiência mais humilhante da sua vida. De alguma maneira, enquanto se vestia, pedia a corrida e murmurava um adeus a Brody, tinha conseguido controlar as emoções. Mas, no segundo em que se sentou no banco de trás e viu a bela casa do jogador desaparecer no retrovisor, desatou a chorar.

Com um ar chocado, o motorista lhe entregou um pequeno pacote de lenços, depois prontamente a ignorou. Apesar das lágrimas que embaçavam a visão, notou o homem olhando-a com uma cara estranha pelo espelho. Ao que parecia, não era todo dia que uma mulher devastada e em prantos viajava em seu banco traseiro.

E *devastada* foi a única expressão que ela conseguiu encontrar para descrever como se sentia naquele momento. Embora tivesse dito a Brody que o melhor a fazer era terminarem, o coração doía tanto que parecia que alguém o tinha cortado com uma lâmina de barbear. Tudo o que queria fazer era voltar para o hotel, se enfiar debaixo das cobertas e chorar.

O motorista a deixou no estádio, onde ela entrou no carro alugado e enxugou os olhos, respirando fundo algumas vezes. Quinze minutos dolorosamente longos depois, estava entrando no hotel e torcendo para que ninguém notasse o rosto inchado. No saguão, o atendente, atrás do balcão de check-in, gesticulou para ela.

Relutante, Hayden se aproximou e ficou surpresa quando ele disse:

— Tem um homem esperando por você no bar.

Esperança e felicidade exultaram dentro dela.

Brody.

Tinha que ser. Ele, com certeza, tivera tempo de chegar ao hotel antes, já que ela teve que ir buscar o carro. Talvez tivesse percebido como tinha sido tolo terminar as coisas por causa das palavras de um repórter.

Ela atravessou o piso de mármore, às pressas, em direção às grandes portas de carvalho que davam no bar do hotel. Havia poucos clientes lá dentro, mas, quando procurou pelos enormes ombros de Brody e seu cabelo escuro desalinhado, não encontrou nada.

A decepção a atingiu. Obviamente, ele não estava ali. O homem havia deixado claro que não podia colocar a carreira em risco ao ser visto com ela.

Ela olhou em volta de novo, depois vacilou quando o olhar pousou em um homem que havia desconsiderado durante sua primeira inspeção.

Doug.

Ai, meu Deus. O que *ele* estava fazendo ali?

— Hayden! — Ele se levantou da cadeira e caminhou na direção dela, um sorriso tímido no rosto.

Ela o encarou, absorvendo a visão familiar do cabelo loiro, arrumado em um corte prático. Os olhos azul-claros, sérios como sempre. O corpo magro e esguio, mantido em forma na academia da universidade. Ele vestia uma calça cáqui engomada e uma camisa branca e limpa, e o traje a incomodou um pouco. Tudo em Doug era arrumado, ordenado e incrivelmente tedioso. Hayden se pegou querendo um pouco de desordem. Um botão desabotoado. Uma mancha de café. Alguns pelos que ele tivesse deixado passar enquanto se barbeava.

Mas não havia nada de desordem naquele homem. Ele era como um presente embrulhado à perfeição, com apenas três pedaços eficientes de fita prendendo tudo e um pequeno laço com lados simétricos. O tipo de presente que se hesitava em abrir, porque se sentiria mal desfazendo todo aquele trabalho.

Brody, por outro lado... Ele era um presente cuja embalagem as pessoas rasgavam assim que o recebiam — o exterior não importava, porque era notório que o que havia no interior era um milhão de vezes melhor, de qualquer maneira.

Aquele pensamento fez seus olhos arderem com lágrimas.

— Oi — disse Doug, gentil. — É bom te ver.

Ela quis dizer que também era bom vê-lo, mas as palavras se recusaram a sair. Encararam-se por um momento, então ele a puxou para um abraço desajeitado. Hayden o abraçou de volta sem vontade, notando que os braços de Doug, que a envolviam naquele momento, não tinham efeito algum sobre ela.

— Eu sei que não devia ter vindo — comentou ele, soltando-a. — Mas depois de como as coisas ficaram... achei que precisávamos conversar. Pessoalmente.

— Você tem razão. — Ela engoliu em seco. — Quer subir?

Ele assentiu.

Sem dizer uma palavra, os dois saíram do bar e seguiram para o elevador. O silêncio se prolongou a caminho do último andar. Hayden quis se desculpar de novo, mas não tinha tanta certeza de que sentia remorso. Ela e Doug estavam dando um tempo quando começou a sair com Brody, e, embora lamentasse tê-lo magoado, não conseguia se arrepender do que sentia pelo jogador.

— Fiquei chocado quando me disse que estava saindo com outra pessoa — começou Doug, quando entraram na suíte.

— Eu sei. — A culpa apertou seu estômago. — Sinto muito por ter te surpreendido assim, e ao telefone, mas eu precisava ser honesta.

— E fico feliz que tenha sido. — Ele se aproximou, os olhos cintilando com algo que ela não entendia. — Foi o empurrão de que eu precisava. Me fez perceber o quanto não quero te perder.

Ele estendeu a mão e acariciou a bochecha dela com ternura.

O desconforto serpenteou pelo corpo dela.

— Eu te amo, Hayden — declarou Doug, com sinceridade. — Eu devia ter dito isso há muito tempo, mas quis ir devagar. Acho que acabei indo devagar *demais*. Sinto muito. — Ele se aproximou, mas não a tocou nem tentou beijá-la. Só lhe ofereceu um sorriso afetuoso. — Decidi que esperamos o suficiente. Quero que atravessemos a ponte. Quero que façamos amor.

Ai, Deus, não a ponte da intimidade.

Uma risada histérica começou a subir pela garganta dela.

— Doug...

— Finalmente, é o momento certo.

Talvez seja o momento certo para você, ela teve vontade de dizer. Mas, para Hayden, tal momento que poderia ter compartilhado com Doug tinha passado no segundo em que Brody Croft entrara em sua vida.

Ele estendeu a mão de novo, mas Hayden se afastou, sentindo-se culpada quando notou a mágoa em seus olhos.

— Não é o momento certo — murmurou ela. — E acho que há um motivo para nunca termos chegado a esse ponto. Acho que... não era para ser.

Doug ficou imóvel.

— Entendo — replicou ele, a voz rígida.

Hayden segurou sua mão, apertando os dedos dele com força.

— Você sabe que estou certa... Estaria dizendo tudo isso agora se eu não tivesse conhecido outra pessoa?

— Estaria — afirmou ele, mas faltou convicção em sua voz.

— Acho que continuamos juntos porque era confortável. Éramos amigos, colegas, duas pessoas que se gostavam o suficiente... mas não somos almas gêmeas, Doug.

A dor envolveu seu coração enquanto falava. Odiava dizer aquelas palavras para ele, mas não havia outra escolha.

Estar com Brody fez com que percebesse que não ficaria com um homem só porque ele era legal e confiável. Por mais intenso, sexy e imprevisível que Brody fosse, ele também era honesto e carinhoso. Mais inteligente do que ele mesmo acreditava ser. Forte, engraçado, generoso. Havia tantas coisas para se amar nele, tantas coisas para...

Espere, ela tinha *se apaixonado* por ele?

Não, não podia ser. Brody era só um caso. Ele até poderia ter algumas características maravilhosas, mas a carreira sempre o manteria longe dela. E Hayden queria alguém seguro, alguém estável. Não alguém ousado, arrogante, impetuoso, temporário e... *Merda.*

Ela o amava. E era irônico que só tivesse se dado conta disso no dia em que ele havia terminado com ela.

— Hayden? Por favor, não chore, querida.

Ela ergueu os olhos e viu a expressão preocupada de Doug, então tocou a bochecha e sentiu as lágrimas. Secou-as rapidamente.

— Doug... sinto muito — murmurou, sem saber mais o que dizer.

Ele assentiu.

— Eu sei. Também sinto muito. — Ele inclinou a cabeça, parecendo um pouco confuso. — Mas não vejo o que há de tão errado em "confortável".

— Não há nada de errado. Mas quero mais do que conforto. Quero amor, paixão e... — Ela engoliu em seco. — Quero algo arrebatador.

Ele lhe deu um sorriso pesaroso.

— Eu não tenho muita experiência em arrebatar uma mulher, infelizmente.

Não, mas Brody tinha.

E infelizmente também tinha muita experiência em arrebentar o coração de uma mulher.

29

— Você realmente não teve notícias dele? Nem mesmo uma mensagem? — questionou Darcy.

Hayden mexeu os dedos do pé, que estavam sendo devorados por peixinhos. Ao que parecia, aquilo era um tratamento de spa para remover toda a pele morta, mas estava lhe causando tantas cócegas, que ela ficou com medo de esmagar os pobres bichinhos. O dia de spa tinha sido ideia de Darcy, pois, supostamente, era a melhor solução para os três dias de completo silêncio por parte de Brody, mas Hayden ainda não se sentia melhor.

Pelo contrário, só sentia mais saudade dele. E, agora, estava ainda pior, porque Darcy tinha fechado a loja em uma manhã de segunda-feira só para confortar a amiga.

— Nem mesmo uma mensagem — confirmou Hayden, o tom lúgubre. Então, se sobressaltou ao sentir outra cócega na sola do pé. — Ai, meu Deus. Não podemos simplesmente pedir para começarem a pedicure?

— Não! Você tem que fazer esta parte primeiro. Acredite em mim, seus pés vão ficar tão macios quanto bumbum de bebê.

Era fofo da parte de Darcy ter sugerido esse dia entre amigas, mas Hayden não estava nem aí para a maciez dos pés. Só conseguia se perguntar o que diabos faria agora. Sobre Brody. Sobre o pai.

Meu Deus, o pai. Hayden ainda não tinha conversado com ele sobre como Brody acreditava que ele era culpado. Até tinham se falado, algumas horas depois de as fotos dela e de Brody terem caído na internet, quando o pai ligou exigindo saber o que diabo estava acontecendo. A filha ainda estava tão atônita com Brody ter terminado tudo, que apenas deixou o pai repreendê-la e, só depois de encerrarem a chamada, deu-se conta de que a pessoa errada tinha feito a pergunta.

Era *ela* quem deveria ter perguntado a *ele* o que diabo estava acontecendo.

Presley provavelmente manipulara o resultado dos jogos. Ele havia sido desonesto. Não só na vida profissional, mas com Sheila. Gostasse dela ou não, Sheila ainda era a esposa dele, e Hayden acreditara na mulher com relação à infidelidade do pai.

Mas estivera perturbada demais para pressioná-lo. Tudo o que conseguiu arrancar dele foi que seria interrogado pelos investigadores esta tarde.

— Vamos, sorria um pouco — implorou Darcy. — Sei que a vida está uma merda, mas prometo que vai melhorar.

— Não acredito que ele terminou comigo.

— Não acredito que isso está afetando tanto você. — Darcy balançou a cabeça. — Era você que insistia que tudo não passava de um caso.

— Eu sei. — Hayden gemeu. — Qual é o meu problema?

A amiga lhe estendeu a mão e acariciou seu antebraço.

— Nenhum, amiga.

Ela fechou os olhos e jogou a cabeça para trás na cadeira acolchoada, mas as pálpebras se abriram quando uma funcionária do spa entrou na sala com uma bandeja de mimosas em mãos.

— As senhoras aceitam uma bebida?

— Eu aceito duas. — Descarada, Hayden pegou duas das taças e as colocou na mesinha lateral de bambu.

Darcy pareceu segurar o riso.

— Ela teve uma semana longa — explicou a amiga.

A jovem funcionária olhou para Hayden, olhos arregalados, antes de seguir para a próxima sala. Quando se foi, Darcy riu.

— Muito elegante — comentou.

Hayden tomou quase metade da primeira mimosa em um gole só.

— Não me importo — resmungou. — Eu preciso disto.

Nas três manhãs anteriores, tinha acordado e se sentindo confusa, arrasada, com raiva. A raiva a surpreendeu, mas grande parte era direcionada a si mesma, de qualquer maneira. Na noite anterior, ficou se revirando, pensando na confusão em que tinha se metido desde que voltara para Chicago.

Ela havia ido atrás de um estranho e, depois, se apaixonado por ele. Tinha magoado Doug. Descoberto que o pai enfrentava problemas com álcool e que provavelmente era um criminoso.

E o que exatamente está fazendo para consertar as coisas?, repreendeu uma vozinha em sua mente.

Boa pergunta. Tomar duas mimosas ajudaria em quê? Hayden não era do tipo que deixava os problemas se acumularem sem buscar soluções, e, embora talvez não pudesse "consertar" o coração partido de Doug ou a decisão de Brody de ficar longe, ela, com certeza, poderia fazer algo a respeito da situação do pai.

— Preciso falar com o meu pai — declarou, inexpressiva.

Na cadeira ao lado, Darcy assentiu.

— Precisa mesmo. Está na hora de arrancar esse Band-Aid.

— O Band-Aid sendo o fato de que ele provavelmente é um criminoso e alcoólatra? — Ela não conseguiu conter o tom infeliz.

— Eu não disse que não doeria. Mas precisa ser feito.

Darcy retirou os pés da banheira. Aparentemente, os peixes tinham terminado. Hayden a imitou na mesma hora, respirando aliviada quando as cócegas pararam.

— Você vai ficar bem se eu te abandonar no meio da pedicure? — perguntou Hayden, mordendo o lábio. — Acho que não consigo ficar aqui a manhã toda. Quero ir vê-lo. Quero obrigá-lo a me dar algumas explicações.

Porque estava farta. Precisava olhar nos olhos do pai e exigir que lhe contasse a verdade. O escândalo também a estava afetando, e merecia saber se a confiança e a fé que sempre tivera nele eram justificadas. Os problemas de Presley a tinham afastado de Doug e a trazido para Chicago, tinham provocado o término entre ela e Brody, resultando em estresse demais.

E, agora, era hora de tentar entender tudo o que tinha acontecido.

Ela dirigiu até o Lincoln Center, seu coração apertado, sabendo que Brody seria interrogado pelo investigador da liga naquele mesmo dia. Hayden torceu para não esbarrar nele. Senão, ficaria tentada a se jogar em seus braços, e não queria ser rejeitada de novo.

Que irônico. Havia resistido ao relacionamento desde o primeiro dia, determinada a não deixar que passasse de um caso, e, no fim, foi ele quem terminou tudo.

E foi ela quem se apaixonou.

Afastando os pensamentos dolorosos, estacionou o carro e foi até a entrada do prédio. Depois de cumprimentar a mulher na recepção, pegou o elevador até o segundo andar, onde ficavam os escritórios da franquia.

O escritório do pai era o último no corredor, atrás das portas duplas de madeira intimidadoras — mais apropriadas para um presidente do que para o proprietário de um time de hóquei. Mais à direita, estava a mesa da secretária de Presley, uma mulher simpática chamada Kathy, que não estava à vista.

Hayden se aproximou das portas, mas parou quando a voz do pai praticamente ecoou pelas paredes. Ele parecia estar com raiva.

Ela girou a maçaneta bem devagar, depois ficou imóvel quando ouviu o pai dizer:

— Eu sei que prometi te proteger, Becker, mas a situação está saindo do controle.

Becker? O amigo mais próximo de Brody no time?

O sangue dela gelou. Sabia que não deveria ficar ali ouvindo a conversa, mas não conseguiu se forçar a anunciar sua presença.

— Eu não dou a mínima... Eles não vão rastrear o dinheiro...

Basta. Já estava farta.

Sentindo-se enjoada, Hayden empurrou a porta e entrou no escritório. O pai estava em pé, atrás da mesa, com o telefone no ouvido, e quase deixou o aparelho cair quando a viu entrar.

— Preciso desligar — disse ele para o telefone.

Então, encerrou a chamada sem dar a quem quer que estivesse na linha — talvez Becker — a chance de responder.

Hayden se aproximou devagar, nauseada ao encarar o pai. O rosto dele estava pálido, e dava para ver as mãos tremendo enquanto esperava que a filha se aproximasse.

— Então é verdade — certificou-se ela, seu tom sombrio, sem se preocupar com formalidades.

Ele teve a cara de pau de fingir ignorância.

— Não sei do que está falando, querida.

— Mentira! — Sua voz tremia de raiva. — Eu ouvi o que você acabou de falar!

O silêncio tomou conta do escritório. O pai parecia atordoado diante daquela fúria. Depois de um tempo, ele se sentou na cadeira de couro. Então, lançou a ela um olhar arrependido, antes de soltar um suspiro pesado.

— Você não devia ter bisbilhotado, Hayden. Eu não te queria envolvida em nada disso.

— Você não me queria envolvida? Foi por isso que me pediu para voltar para casa? Por isso me obrigou a dar um depoimento em seu divórcio? Para que eu não me envolvesse? Tarde demais, pai. Já estou envolvida.

As pernas mal a sustentaram quando caminhou até uma das confortáveis cadeiras bordô e se afundou nela. Era difícil pensar com o rugir da pulsação nos ouvidos. Raiva, nojo e tristeza se misturavam em seu sangue, formando um coquetel venenoso que ardia nas veias. Hayden não conseguia acreditar. Os sinais e as suspeitas estiveram lá desde o início, mas ouvir o pai confirmar suas atividades criminosas era como ter uma faca afiada cravada em seu peito.

Se alguém dissesse a ela que o homem que tinha amado incondicionalmente, cujos defeitos ela sempre ignorou, cuja atenção ela sempre desejou, poderia ser capaz de tamanha desonestidade, Hayden teria rido na cara da pessoa. E, no entanto, era verdade. O pai tinha descumprido a lei. Tinha mentido. Traído a esposa.

Quando foi que aquele homem havia se tornado um estranho?

— Querida... — Ele engoliu em seco. A culpa marcava suas feições. — Pelo menos, me deixe explicar.

— Você cometeu um crime — acusou ela, a voz rígida. — O que há para explicar?

— Eu cometi um erro. — Ele vacilou. — Fiz alguns investimentos ruins. Eu... — O desespero tomou conta de seus olhos. — Foram só dois jogos, Hayden. Só dois. Eu precisava recuperar o dinheiro perdido e... estraguei tudo.

A fé e a confiança que sempre tivera nele começaram a se estilhaçar, vários cacos pontiagudos rasgando-a por dentro.

Como ele podia ter feito aquilo? E, droga, como Hayden podia não ter percebido?

— Por que não me ligou? — sussurrou ela.

— Eu estava com vergonha demais. — A voz dele falhou de novo. — Não queria que você soubesse que eu tinha destruído tudo que construí. — Seus olhos pareceram tão torturados, que Hayden teve que desviar o olhar. — Eu nunca quis outra mulher depois que sua mãe morreu. Nenhuma das que conheci chegava aos pés dela. Então, me concentrei no trabalho, primeiro como técnico e, depois, como proprietário. O dinheiro era tangível, entende? Algo que eu não achava que poderia perder.

Quando Hayden o olhou de novo, ficou chocada ao ver lágrimas nas bochechas do pai, que continuou:

— Mas perdi. Perdi e fiquei com medo. Achei que fosse perder Sheila também. — Ele esfregou os olhos úmidos com força. — Sei que parte da razão pela qual se casou comigo foi o dinheiro. Não sou burro, Hayden. Mas Sheila e eu também nos amávamos. Às vezes, acho que ainda a amo. Ela é tão cheia de... *vida*, talvez. E, depois de tantos anos me sentindo morto, eu precisava disso. Não quis perdê-la. Comecei a beber demais, tentando esquecer o que estava acontecendo, talvez. Sheila tentou me ajudar, mas não dei ouvidos. Eu não quis que ela pensasse que eu era fraco...

Sua voz foi sumindo, os olhos repletos de sofrimento, vergonha e lágrimas não derramadas. Lágrimas que também brotaram nos olhos de Hayden.

Ela nunca tinha visto o pai chorar. A cena partiu seu coração. E doeu ainda mais saber que ela não percebeu que a vida dele estava saindo dos trilhos. A filha sabia o quanto a carreira, a reputação e, sim, a riqueza eram importantes para ele. A ameaça de perder tudo o levou a tomar decisões terríveis. E ela estava tão ocupada com a própria vida, que deixou de estar ao lado do pai. Porque não importava quão desonroso tivesse sido o comportamento dele, aquele homem ainda era pai dela, e Hayden não podia simplesmente descartá-lo, só porque havia cometido erros.

Ela se levantou da cadeira bem devagar, então contornou a mesa e colocou a mão no ombro dele. O pai levantou a cabeça, olhos arregalados de surpresa, e logo mais lágrimas escorreram.

— Eu sinto muito — disse aos soluços.

Ela o envolveu com os braços, dando-lhe um abraço bem apertado.

— Eu sei. Não se preocupe. Vamos te arranjar ajuda. — Ela engoliu em seco. — E você... vai ter que contar a verdade hoje, está bem?

Soltando-o, encarou o pai, vendo o remorso e a culpa nos olhos dele.

Depois de um momento, ele assentiu.

— Você tem razão — afirmou ele, com a voz fraca. — Sei que preciso enfrentar as consequências das minhas ações.

— Eu estou aqui, pai. E, se quiser que eu acompanhe você no interrogatório, irei junto.

Ele balançou a cabeça.

— É algo que preciso fazer sozinho.

— Eu entendo.

Presley esfregou as bochechas. Depois, olhou para Hayden e suspirou.

— Croft está no prédio, caso esteja se perguntando.

Um calor tomou conta das bochechas dela.

— Eu não estava. Me perguntando, quer dizer.

— E esse caso de vocês… Acha que é uma boa ideia? Croft não faz seu tipo, querida.

— Não é um caso. Eu… eu o amo. — Um nó se formou em sua garganta. — Eu quero ficar com ele, pai.

Hayden ficou em silêncio enquanto absorvia as palavras. *Eu quero ficar com ele.* Então, pensou no que tinha dito ao pai, um momento antes. *Eu estou aqui.*

Por que era tão fácil dizer aquilo para o pai, mas não para Brody? Ele talvez não tivesse a vida estável que Hayden sempre desejara, mas não apresentava inúmeras outras qualidades incríveis que compensavam ter que viajar com certa frequência?

De repente, percebeu como tinha sido injusta com ele, querendo tudo do seu jeito. Brigando com Brody, quando tudo que ele tentava era fazê-la enxergar que eram bons um para o outro.

Bem, ele estava certo. Eles *eram* bons um para o outro. Brody era o primeiro homem com quem Hayden realmente tinha sido ela mesma. Ele a fazia rir. Ele a enlouquecia na cama. Ele a ouvia.

Merda, ela não o merecia. Tudo o que tinha feito, desde o dia em que se conheceram, foi estabelecer limites, criar barreiras, encontrar motivos pelos quais ele não era o cara certo para ela. Mesmo assim, Brody continuara ao seu lado. Mesmo enquanto Hayden inventava regras bobas ou insistia que ele não passava de um caso. E não era isso que ela dizia querer em um homem? Alguém estável, que ficasse ao lado dela?

E Brody não merecia a mesma coisa, uma mulher que ficasse ao lado dele? Ele se importava com ela, Hayden sabia disso, e se Brody achava que dar uma pausa no relacionamento até o escândalo passar era o melhor a se fazer, talvez precisasse confiar nele.

Afastou-se da mesa, percebendo, de repente, o que precisava fazer.

— Hayden? — chamou o pai, baixinho.

— Eu preciso resolver uma coisa — declarou ela, respirando fundo. — Nos falamos depois do seu interrogatório, pode ser? Vamos conversar sobre tudo.

O pai assentiu.

Ela estava quase saindo pela porta quando olhou por cima do ombro e acrescentou:

— Pai... espero que se lembre de fazer a coisa certa.

Brody estava do lado de fora da sala de reuniões, mexendo ansiosamente na gravata enquanto esperava. Porra, odiava aquela gravata. Estava sufocando-o. Ou, talvez, estivesse achando difícil respirar, porque, a qualquer momento, estaria sentado frente a três pessoas que poderiam muito bem destruir sua carreira.

Ambas as explicações eram lógicas, mas, no fundo, ele sabia que só havia uma razão para a turbulência assolando seu corpo.

Hayden.

Não pensava ser possível sentir tanta falta de alguém. E não conseguia parar de pensar nela desde que a mulher saíra da casa dele havia três dias. A ausência dela o incomodava mil vezes mais do que estar fora dos play-offs. Sua temporada tinha oficialmente acabado, mas, ainda assim, mal se importava. Como poderia, quando o corpo inteiro ansiava por Hayden? Embora o cérebro insistisse que tinha feito a coisa certa ao se distanciar dela, o coração se recusava a aceitar a decisão, gritando coisas tão vis para ele fazia dias, que Brody estava começando a se sentir o maior babaca do planeta.

Não queria uma pausa permanente, não pretendia terminar o relacionamento. Só queria que a investigação passasse, que o escândalo não fosse nada, a não ser uma lembrança desagradável e insignificante. Mas Hayden, bem, ela tornara a decisão permanente, pois voltou a acreditar que um relacionamento entre eles nunca poderia dar certo, de qualquer maneira.

Mas Brody não podia concordar. Ela estava errada em relação a eles. Se Hayden baixasse a guarda e abrisse o coração, veria que os dois poderiam ser incríveis juntos. Não só na cama, mas na vida. E daí que ele viajava muito a trabalho? Que sua vida não era tão estável quanto a de outros homens? Ele teria que se aposentar mais cedo ou mais tarde e, quando isso ocorresse, planejava criar raízes em algum lugar. Talvez até abrir um rinque de patinação que não cobrasse mensalidade, para que crianças de famílias mais pobres tivessem acesso às mesmas instalações que as de famílias mais ricas. Poderia até treinar uma equipe infantil. Era uma ideia que vinha cogitando havia anos.

Mas, em vez de planejar um futuro com Hayden, ele a tinha perdido.

Merda, talvez ela nunca sequer tivesse sido dele de verdade.

— Croft.

Brody ergueu a cabeça, franzindo a testa ao ver Craig Wyatt se aproximando.

O capitão dos Warriors estava espremido dentro de um terno preto sob medida, os sapatos brilhantes rangendo contra o chão azulejado e o cabelo loiro penteado para trás.

— E aí? — Brody não conseguiu evitar o toque de amargura na voz.

Um músculo tremeu no queixo quadrado de Wyatt.

— Vi o artigo sobre você e a filha de Presley. Ainda assim, espero que saiba que não tem motivos para ficar nervoso. Nós dois sabemos que você não fez nada de errado.

— Tem razão, não fiz. — Ele arqueou a sobrancelha. — Embora eu esteja curioso para saber como tem tanta certeza disso.

Wyatt acenou com a cabeça para a esquerda e disse:

— Venha comigo. Precisamos conversar.

Brody olhou para o relógio. Ele tinha mais vinte minutos antes de ser chamado para o interrogatório.

Os dois caminharam em silêncio em direção ao saguão, depois saíram pelas portas da frente direto para o ar fresco da manhã. Carros passavam em alta velocidade em frente ao rinque. Pedestres caminhavam pela calçada sem olhar duas vezes para os homens. Todos cuidavam da própria vida, seguindo alegremente para o trabalho, enquanto Brody estava ali, esperando para ser interrogado sobre algo em que nem queria ser envolvido.

Com um gemido sufocado, Wyatt passou uma das mãos pelo cabelo, bagunçando o penteado que, claramente, fizera com todo o cuidado.

— Olhe, não vou mentir. Tenho saído com a Sheila, está bem? — A voz tremia um pouco. — Eu sei que é errado. Sei que não deveria dormir com uma mulher casada, mas, porra, desde o momento em que a conheci, não tive o que fazer. Eu a amo, cara.

— Sheila contou para você quem aceitou os subornos?

Wyatt desviou o olhar.

— Contou.

— Então quem foi, caralho? Quem colocou a gente nesta situação de merda, Craig?

Houve um momento de silêncio.

— Não acho que vá querer saber, cara.

Outro silêncio. Mais longo, então. Dava para ver que a última coisa que o capitão queria era citar nomes.

Mas citou.

— Foi o Nicklaus. E... — Wyatt respirou fundo. — Sinto muito, Brody, mas... Sam Becker também.

30

Brody ficou sem chão. Curvou-se para a frente, apoiando as mãos nas coxas para se firmar. Fez uma série de longas respirações e esperou os batimentos cardíacos se acalmarem.

— Sheila só sabe sobre esses dois — dizia Wyatt. — Pode haver outros.

Brody olhou para cima, com raiva.

— É mentira. Nicklaus talvez, mas Sam, não. Ele não faria isso.

— Ele fez.

Não. Becker, não. Brody imaginou o rosto de Sam, lembrando-se do dia em que se conheceram, de como o jogador mais velho havia se tornado o mentor de Brody — na época, um novato —, ajudando-o a se transformar no jogador que era àquela altura. Becker era o melhor amigo dele no time. Um sujeito honesto. Um campeão. Uma lenda. Por que jogaria a carreira fora por dinheiro extra?

— Ele vai se aposentar no fim da temporada — disse Wyatt, como se pudesse ler os pensamentos de Brody, e deu de ombros. — Talvez precisasse de um pé-de-meia maior.

Brody fechou os olhos por um instante. Quando os abriu, viu a expressão de compaixão no rosto do outro jogador.

— Sei que vocês dois são próximos — prosseguiu Craig, a voz baixa.

— Talvez você esteja enganado. Sheila pode ter mentido.

Brody sabia que as chances eram mínimas, mas qualquer coisa era melhor do que aceitar a culpa de Becker.

— Ela falou a verdade.

Merda.

Puta merda.

Permaneceram ali por um momento, os dois em silêncio, até que Wyatt finalmente pigarreou e disse:

— A gente deveria voltar.

— Pode ir. Volto daqui a um minuto.

Depois que o capitão do time se afastou, Brody ajustou a gravata, se perguntando se algum dia conseguiria respirar de novo. O choque da revelação de Craig ainda não tinha passado. Não conseguia se convencer a acreditar naquilo.

Porra, precisava falar com Becker. Precisava encarar o amigo e exigir saber a verdade. Provar que Wyatt estava errado.

Então, ergueu os olhos e viu que seu desejo seria concedido mais cedo do que esperava.

Porque Sam Becker tinha acabado de sair do rinque.

Ele o viu e na mesma hora se aproximou.

— Já terminou sua entrevista para as investigações?

— Ainda nem comecei. — Brody tentou esconder as emoções enquanto estudava o velho amigo. — Você vai ser interrogado hoje?

— Vou — respondeu Becker. — E, como recompensa, vou levar Mary para fazer compras depois.

Brody abriu um sorriso fraco.

Os lábios do amigo se contraíram um pouco.

— Você está bem?

— Eu estou, hã... — Ele pigarreou. — Estou bem. Tudo certo.

— Tem certeza? — questionou Sam, revirando os olhos.

Ele engoliu o nó na garganta.

— Tenho. Estou apenas pensando em algumas coisas.

— Não me diga que ainda está obcecado pela filha de Presley. Eu já te falei, cara, você não deveria estar saindo com ela.

É, Sam tinha avisado... E agora Brody sentia necessidade de se perguntar quais seriam as motivações por trás do conselho. Becker estava *mesmo* preocupado com ele, ou queria mantê-lo longe de Hayden, para caso Presley decidisse fazer confidências à filha? E, assim, evitar que Brody descobrisse a verdade sobre o amigo?

Aquele pensamento fez o sangue dele gelar.

— Não vamos falar sobre Hayden — rebateu ele, com aspereza.

— Certo. — O tom de Sam ficou mais cauteloso. — Sobre o que quer falar, então?

Brody soltou um longo suspiro.

— Que tal me dizer por que aceitou os subornos de Presley?

A mandíbula de Becker se enrijeceu.

— Como é que é?

— Você me ouviu.

Depois de uma longa pausa, Becker franziu a testa.

— Já te falei que não estou envolvido nessa merda.

— Alguém me disse o contrário.

— Ah, é? Quem? — questionou Sam.

Brody decidiu arriscar. Apesar de se sentir um completo babaca, respondeu:

— Presley.

A mentira pairou entre eles, e as inúmeras emoções que Brody viu no rosto do amigo foram desconcertantes. A expressão de Becker passou de surpresa para raivosa.

Para culpada.

E, por fim, para traída.

E isso era tudo de que Brody precisava saber.

Com um aceno de cabeça rígido, passou pelo seu antigo mentor.

— Entendi. Preciso entrar.

— Brody, o que é isso? — Becker o seguiu, seu tom de voz muito infeliz. — Fala sério, não foi bem assim.

Brody se virou.

— Então quer dizer que você não traiu o time? — O outro jogador hesitou por tempo demais, então Brody concluiu: — Foi o que pensei.

— Eu fiz isso pela Mary, está bem? — explodiu Sam, soando tão angustiado, que Brody quase sentiu pena dele. — Você não sabe como é viver com uma mulher como ela. Dinheiro e poder. É só com isso que ela se importa. Vive me dizendo para ser melhor, mais rico, mais ambicioso. E, agora que vou me aposentar, ela enlouqueceu. Mary se casou comigo por causa da minha carreira, porque eu estava no auge, era o vencedor de duas Copas, a porra de um campeão.

— E você poderia ter se aposentado sabendo que *é* um campeão e um vencedor de duas Copas — retrucou Brody, tomado pela raiva. — Agora vai acabar como um criminoso. Será que Mary vai gostar disso?

Becker não respondeu. Ele parecia derrotado, fraco.

— Eu errei, Jovem.

— Porra, e *como* errou, Sam.

Brody balançou a cabeça, incapaz de sequer olhar para o amigo, com medo de socá-lo. Cerrou os dentes, fechando os punhos ao lado do corpo e se perguntando como podiam estar tendo essa conversa. Sam Becker era a última pessoa que Brody esperava que fizesse algo assim. A última.

— Desculpe — sussurrou o amigo, depois de uma pausa. — Desculpe pelos jogos, pela matéria e...

Brody contraiu a mandíbula.

— Matéria?

O companheiro desviou o olhar, como se percebendo o deslize.

Brody ficou parado por um momento, estudando Becker. A matéria... A que tinha sido divulgada em praticamente todos os sites na semana anterior? Aquela que dizia que uma "fonte" havia insinuado que Brody aceitara suborno?

O sangue começou a ferver, escaldando suas veias e revirando seu estômago, até uma névoa vermelha de fúria o envolver.

— Você mentiu para um repórter sobre mim? — rosnou ele.

Becker, finalmente, encontrou os olhos do amigo, a culpa evidente em todo o seu rosto.

— Eu sinto muito.

— Por quê? Caralho, *por que* você faria uma coisa dessas? — Ele cerrou os punhos, sabendo a resposta antes que Becker tivesse tempo de abrir a boca. — Para parecer que não era culpado. Estava perto de ser descoberto, Sam? Achou que meu relacionamento com Hayden chamaria a atenção da imprensa… E toda a pressão recairia sobre mim, em vez de em você.

Puta merda. Ele quis tanto socar o sujeito, que os punhos estavam de fato formigando. E com a raiva veio uma onda de devastação que embrulhou seu estômago e fez a náusea subir pela garganta.

— Eu sinto muito — murmurou Becker, pelo que parecia ser a milionésima vez.

Mas Brody estava cansado de ouvir as desculpas do amigo. Não. Aquele homem não era mais amigo dele. Porque um amigo de verdade nunca teria feito o que Sam Becker fez.

Sem dizer mais palavra alguma, Brody passou pelo jogador e entrou no prédio.

Que droga. Ainda estava com vontade de socar algo. Seu melhor amigo o havia traído. Becker, o jogador mais talentoso da liga, havia trapaceado. E para quê? Por dinheiro. Pelo maldito dinheiro.

Dinheiro. Poder. Ambição. Ela se casou comigo por causa da minha carreira.

De repente, Brody parou de andar, quando o peso da própria estupidez o atingiu. Havia jogado fora a mulher que amava por causa de sua carreira. Porque estava com medo de que ela afetasse sua imagem, suas negociações de contrato.

Quem se importava com contratos quando ele tinha Hayden?

Ele a amava. Não sabia bem quando isso tinha acontecido, mas não podia negar o que sentia por ela. Estava apaixonado por Hayden.

Talvez tivesse sido quando ela apareceu naquele bar e o venceu na sinuca. Ou talvez na primeira vez que se beijaram. Ou ainda na primeira vez que fizeram amor. Poderia, ainda, ter sido na noite em que ela calçou os patins e se atrapalhou toda pelo gelo, ou no dia em que o arrastou pelo museu, tagarelando com entusiasmo sobre cada pintura na parede.

Ele não sabia quando tinha sido, mas aconteceu. E, em vez de se agarrar à mulher cuja inteligência o impressionava, cuja paixão o excitava, cujos sorrisos delicados o faziam se sentir mais contente do que nunca… em vez de se agarrar a ela, ele a afastara.

E por quê? Porque tinha sido acusado de um crime que não cometera? Porque a família nunca tivera dinheiro quando ele era criança? E daí? Os pais se amavam, e o casamento deles prosperou, apesar das dificuldades financeiras. De que importavam dinheiro e sucesso, quando não se tinha alguém com quem dividir isso? Alguém que amava?

Um riso alto lhe escapou de repente dos lábios, e ele notou o olhar confuso que a recepcionista lançou em sua direção. Soltando um suspiro, ele atravessou o saguão até o corredor e pegou o caminho de volta até a sala de reuniões. Porra, ele era um idiota. Estivera procurando uma mulher que o enxergasse além do atleta, e a encontrara. Hayden não se importava se ele era um astro do hóquei nem com quanto dinheiro ele ganhava, desde que estivesse ao lado dela.

Não estava disposto a mentir para proteger Presley, mas deveria ter dito a ela que ficaria ao seu lado, não importava o que acontecesse com seu pai. O relacionamento com a filha do dono do time poderia pegar mal para sua imagem, mas valeria a pena se, com isso, Hayden continuasse em sua vida.

— Brody?

Ele quase tropeçou quando viu Hayden parada no fim do corredor, bem em frente à porta da sala de reuniões.

— Oi. O que está fazendo aqui? — perguntou ele, acelerando o passo.

Ela deu um passo na direção dele, e o jogador notou os olhos avermelhados. Ela havia chorado?

— Vim conversar com o meu pai — respondeu ela. — Então, lembrei que você também seria interrogado e pensei em tentar te encontrar antes de… — A voz foi morrendo, e ela pigarreou.

A dor nos olhos de Hayden o dilacerou por dentro. Odiava vê-la assim, e sabia por que ela andara chorando.

Colocando a mão no braço dela, puxou-a para longe da porta da sala de reuniões e a levou ao fim do corredor.

— Não vou mentir — disse ele, a voz rouca.

Confusa, ela inclinou a cabeça para encontrar seus olhos. Abriu a boca para falar, mas Brody a cortou:

— Quero que saiba que, só porque não vou mentir por Pres, não significa que não estarei ao seu lado. Porque estarei, amor. Não me importo com o que os blogs escrevam sobre nós, não me importo se isso pode afetar minha carreira. Não me importo com nada além de você. Vou ficar ao seu lado. Prometo que pode contar comigo enquanto precisar.

Brody soltou um suspiro, esperando que ela respondesse, rezando para que Hayden não falasse: "Bem, eu *não* preciso de você, seu idiota. Foi só um caso."

Mas ela não falou isso. Na verdade, não disse nada.

Em vez disso, Hayden explodiu em uma gargalhada.

— É sério? Acha isso engraçado? — perguntou ele, irritado, passando a mão pelo cabelo. — Nunca mais faço um discurso romântico na vida.

Ela continuou a rir.

— Desculpe. Achei graça... porque vim dizer que vou ficar longe de você até a investigação terminar. Que estava disposta a fazer qualquer coisa para tê-lo em minha vida, mesmo que a gente precise se separar por um tempo.

— O quê?

— Eu respeito sua decisão. Então, se precisar de um tempo até as coisas se acalmarem, tudo bem. — Ela segurou o braço dele e o encarou, suplicante. — Mas não quero que seja permanente. Não quero que a gente termine, Brody.

As feições dele se suavizaram.

— Eu também não. E não quero que a gente dê um tempo.

— Tem certeza?

Ele se aproximou, curvando-se para lhe dar um beijo na boca, ali mesmo, no meio do corredor. Não estava nem aí se alguém os visse. Só queria beijá-la. Porque não a beijava havia dias e estava morrendo de vontade. Os dois gemeram quando a língua de Brody deslizou por entre os lábios de Hayden para brincar com a dela. Ele já estava excitado em segundos, desesperado para aprofundar o beijo, para tocar cada centímetro do corpo dela.

Corada, Hayden interrompeu o beijo e recuou, antes que ele cedesse ao desejo de puxá-la para o banheiro mais próximo e eles acabassem transando.

— Você vem para o meu hotel quando terminar? — perguntou ela, a voz ofegante.

Brody sorriu.

— Estarei lá de corpo e de alma.

— Ótimo. Mas se o corpo estiver nu vai ser ainda melhor. — O sorriso daquela mulher lhe pareceu tão lindo, que o balançou. — E não me deixe esperando muito tempo. Tem algumas coisas que ainda preciso te dizer.

31

Algumas horas depois, Brody entrava no elevador do Ritz e esperava o funcionário do hotel virar a chave que permitia acesso ao andar da cobertura. Quando o rapaz saiu, Brody se encostou na parede do elevador, sentindo como se tivesse acabado de correr a Maratona de Boston e em seguida escalado o Everest. O interrogatório com os investigadores da liga tinha sido pura tortura. Ele ficara lá sentado, de terno, com aquela maldita gravata sufocante, tendo que dedurar o homem que um dia considerara um amigo e o outro que respeitara como chefe.

Graças a Deus, o dia infernal tinha chegado ao fim. Ele não sabia o que a investigação revelaria, como tudo acabaria, mas um peso havia sido tirado de seu peito.

Um dos pesos, pelo menos. Ainda não tinha aceitado que Becker o havia traído. Brody sabia que levaria mais do que uma tarde para lidar com isso. Mas saiu da sala de reuniões com a consciência limpa e agora mal podia esperar para se perder nos braços de Hayden, para se esquecer de tudo, exceto do amor que sentia por ela.

— Amor? — chamou ele, assim que as portas do elevador se abriram para a sala de estar.

A voz dela ecoou pelo corredor.

— Estou aqui.

Ele a encontrou no quarto, sentada de pernas cruzadas no meio da cama, ainda usando a saia verde esvoaçante e a blusa amarela de antes. Droga. Tivera esperanças de encontrá-la nua. Se bem que isso poderia ser facilmente resolvido.

Ela deslizou para fora do colchão, a saia envolvendo as coxas firmes enquanto se aproximava dele.

— Como foi o interrogatório?

— Terrível. Mas acho que os convenci de que não sou culpado de nada.

O alívio ficou visível nas feições dela.

— Ótimo — falou e, então, acrescentou, um pouco melancólica: — Descobri algo sobre Sam Becker de que você não vai gostar.

Ele engoliu em seco.

— Já estou sabendo. Mas quem te contou?

— Ouvi meu pai falando com ele ao telefone mais cedo. — Ela mordeu o lábio inferior. — Então... é verdade? Ele realmente é culpado?

— É. Nicklaus também aceitou suborno. A porra do goleiro, Hayden. — A raiva voltou como um soco em seu estômago. — Não consigo acreditar que eles fariam isso. Ainda mais Sam.

— Eu sinto muito — disse ela, erguendo os braços para tocar o queixo dele. — Mas acho que o perdão virá com o tempo. Se consigo perdoar meu pai, talvez você consiga perdoar seu amigo.

Ele hesitou.

— E se eu não conseguir?

— Vou te ajudar. — Ela abriu um sorrisinho irônico. — Sou boa em perdoar. Quer dizer, não te perdoei por ter me largado?

Ele soltou um risinho.

— Eu entrei em pânico, está bem? E sugeri apenas que a gente fizesse uma pausa… — Ele parou quando viu o brilho de divertimento nos olhos de Hayden. — Você não está com raiva — percebeu.

— É claro que não. — Ela passou o dedo indicador pela curva da mandíbula de Brody. — Não consigo ficar com raiva do homem por quem estou apaixonada.

Ele prendeu a respiração, não se atrevendo a se entregar à emoção que ameaçava transbordar.

— Está falando sério?

— Estou. — Ela segurou seu queixo com as duas mãos. — Eu te amo, Brody. Sei que eu sempre discutia quando você dizia que éramos perfeitos um para o outro, mas… não vou mais discutir. — Ela soltou o ar lentamente. — Eu me apaixonei por você, estrela do hóquei. Minha vida mudou desde que nos conhecemos e estou amando isso.

A alegria no coração dele aqueceu o peito e fez seu batimento cardíaco disparar, como se estivesse em um contra-ataque.

— Estou disposta a deixar o hóquei fazer parte da minha vida pelo tempo que for necessário — acrescentou ela, com um brilho de convicção nos olhos. — Até irei aos seus jogos. — Ela mordeu o lábio inferior. — Mas, provavelmente, vou levar algumas anotações de aula para aproveitar o tempo. Porque, bem, ainda não gosto muito do esporte, mas vou me esforçar para...

Ele a silenciou com um beijo, mas se afastou assim que ela abriu os lábios para receber sua língua.

— Não vou jogar hóquei para sempre — afirmou ele, a voz grave. — E existe a possibilidade de eu assinar contrato com algum time da Costa Oeste na próxima temporada. Assim, você poderia continuar lecionando em Berkeley, e poderíamos... não sei... começar a construir uma vida juntos. Um lar.

Ao dizer aquelas palavras, ele soube, sem dúvida, que era isso que queria: uma casa com Hayden, uma vida com a única mulher que olhou para além do uniforme e viu o homem por baixo dele.

— Eu te amo — disse Brody, com a voz rouca. — Mais do que hóquei, mais do que sucesso. Quero acordar todas as manhãs e ver seu sorriso, ir para a cama todas as noites te abraçando. Ouvir aquele barulhinho que você faz sempre que goza. Talvez, ter filhos com você um dia. — Ele apoiou as mãos nos quadris esbeltos dela e puxou-a para mais perto. — Você me deixaria fazer isso?

Passando os braços em volta do pescoço dele, Hayden se inclinou para beijá-lo. Foi um beijo longo e envolvente, que prometia amor, risadas, além de sexo gostoso e interminável. Afastando-se só alguns centímetros, ela sussurrou:

— Sim. — Então, ergueu os lábios até os dele de novo.

Aprofundando o beijo, Brody puxou a blusa dela do cós da saia e deslizou as mãos por baixo do tecido, enchendo as palmas com aquela pele sedosa. A língua procurou a dela, enquanto as mãos encontravam os seios.

Hayden gemeu.

— Não, aqui não.

Ela correu até a mesa de cabeceira e pegou uma camisinha. Então, sem dizer mais nada, agarrou a mão dele e o arrastou para fora do quarto até o corredor.

— Aqui — disse ela, uma luz divertida dançando nos olhos.

Ele estudou o local que ela havia escolhido, e riu quando percebeu que tinha sido bem ali que transaram pela primeira vez. No chão do corredor, enquanto Hayden se contorcia embaixo dele, apertando sua bunda e o empurrando para dentro de si o mais fundo que podia.

— Aqui vai ser perfeito — declarou ele.

Em seguida, puxou-a para seus braços e a beijou até ambos perderem o fôlego. Brody começou a tirar a roupa de Hayden — primeiro, a camisa, depois, o sutiã, a saia e a calcinha, até ela ficar nua na frente dele, uma visão perfeita. Ele sempre ficava maravilhado com aquelas curvas e a pele perfeita, os seios lindos, as pernas bem torneadas… Porra, não conseguia acreditar que aquela mulher era dele.

— Eu te amo — falou ele, a garganta embargada de emoção. — Amo tudo em você.

Ela soltou um leve suspiro de prazer quando Brody segurou seus seios, acariciando-os.

Então, ele tirou as próprias roupas às pressas, chutando-as para o lado, e logo caiu de joelhos e salpicou beijos pelo abdômen liso dela, antes de mordiscar a parte interna da coxa. Ele adorou o gemido suave que ouviu em resposta, o modo como Hayden emaranhou os dedos no cabelo dele, guiando-o até o ponto entre as pernas que ele sabia estar implorando por seu toque.

Ele começou a beijar sua boceta. Passou a língua pela pele doce e circulou o clitóris. Nunca se cansaria dela, mesmo que passasse o resto da vida tentando. Com um gemido estrangulado, deu um último beijo nela e, depois, puxou-a para o carpete.

Com uma expressão de puro contentamento nos olhos, Hayden se deitou, abriu as pernas e lhe deu um sorriso malicioso.

— Não me deixe esperando — exigiu, uma pitada de desafio na voz.

— Não se preocupe, professora. Não pretendo fazer isso.

Brody cobriu o corpo dela com o dele. O pau, quente e duro, pressionou a barriga dela, e ele logo se ajeitou para que a ponta roçasse a entrada molhada de Hayden.

Mas não deslizou para dentro. Primeiro, beijou-a de novo, um beijo longo e preguiçoso. Então, ergueu um pouco a cabeça e disse:

— Sem regras desta vez.

As pálpebras dela se abriram.

— O quê?

— Quando começamos a sair, havia algumas regras. — Ele mordiscou a carne quente de seu pescoço. — Sem regras desta vez. Você vai ter não só meu corpo, mas meu coração e minha alma. Todas as noites, pelo resto da sua vida. Ou, pelo menos, pelo tempo que você quiser. Entendido?

Ela ergueu a sobrancelha.

— De novo com as exigências, hein?

— É isso aí. Algum problema?

Com uma risada, ela agarrou o cabelo dele e o puxou para baixo. Explorando a boca de Brody com a língua, ela o beijou até fazê-lo ver estrelas, então levou a mão entre eles, agarrou seu pênis e o guiou até a abertura. Hayden ergueu os quadris ao mesmo tempo que ele mergulhava dentro dela, e ambos soltaram um suspiro satisfeito.

— Eu não tenho... — ela gemeu enquanto ele ia mais fundo — ... problema algum com isso. — Com um suspiro ofegante, abraçou-o pelo pescoço e deu um beijo em sua clavícula. — Eu te amo.

Ele recuou devagar, depois voltou a preenchê-la por completo.

— Ouvir isso de você me deixa louco — confessou ele, o tom estrangulado.

— O que, "eu te amo"?

O pau latejou em resposta.

— Sim.

Ela ergueu os quadris do chão e enlaçou o tronco dele com as pernas, mantendo-o preso em seu calor úmido.

— Que bom, porque pretendo falar isso com frequência.

Mantendo-se fiel à palavra, Hayden roçou os lábios na orelha dele e disse de novo. E de novo. E de novo. Com um gemido, Brody enterrou a cabeça na curva do pescoço dela, inalou seu doce perfume e os levou ao paraíso.

E, mais tarde, quando estavam saciados, felizes e deitados no carpete, Brody poderia jurar que a experiência tinha mudado a sua vida.

EPÍLOGO

Um ano depois

— É sério, meu bem, a gente precisa dar uma olhada nesse chuveiro — reclamou Brody, saindo do banheiro.

Hayden riu ao ver a irritação naquele belo rosto.

— O encanador vai vir na segunda-feira, *meu bem*. Não precisa dar chilique.

Ele entrou no quarto principal recém-pintado da casa em Santa Monica, com a testa ainda mais franzida.

— Isso realmente não te incomoda?

— Não, Brody. Não incomoda. É só um chuveiro removível, pelo amor de Deus. Podemos viver sem ele por mais alguns dias.

Ela revirou os olhos e se levantou da cama. Haviam comprado a propriedade dois meses antes a preço de banana, já que a casa vitoriana de três andares na Ocean Avenue precisava de reformas. Até o momento, tinham pintado todos os cômodos, refeito a sala de estar, trocado os azulejos da cozinha — e Brody estava preocupado com um chuveiro removível. O marido, com certeza, ficava obcecado com detalhes. Mas, claro, ela já sabia disso quando se casou com ele.

— A gente devia ir para o restaurante — determinou ela, querendo encerrar o assunto que Brody se recusava a abandonar. — Darcy deve estar se perguntando onde estamos.

Brody bufou, incrédulo.

— Darcy deve estar ocupada transando com um dos garçons neste exato momento.

Ela balançou o dedo para ele.

— Seja legal. Ela fez voto de celibato, lembra?

Brody bufou de novo.

— Sim, e tenho certeza de que vai durar... uns dez segundos. Não, cinco.

Hayden riu, sabendo que ele provavelmente estava certo. Os leopardos não conseguiam tirar as pintas, os leões não criavam chifres e Darcy White, com certeza, não "desistia" dos homens. Mas Hayden estava feliz pela amiga finalmente ter conseguido tirar uma folga para visitá-los. Darcy estava até pensando em se mudar para a Costa Oeste, e Hayden a encorajava a fazer isso. Adoraria ter a amiga por perto, ainda mais porque não poderia viajar com Brody para os jogos fora de casa por muito mais tempo.

Embora os Warriors não tivessem chegado longe nos play-offs na temporada anterior, as estatísticas esportivas de Brody acabaram impressionando o gerente geral dos Los Angeles Vipers, que lhe fizera uma oferta, para alívio tanto de Hayden quanto de Brody. Isso pôs fim ao dilema de "onde vamos morar?" que os afligia desde o noivado. Brody assinou contrato com os Vipers, e, como as constantes idas e vindas de São Francisco estavam sendo demais para ela, Hayden concordou em passar a dar aulas em Berkeley somente on-line. Sentia falta das grandes salas de aula, mas o novo arranjo funcionava para ambos. Os seminários on-line permitiam que ela se dedicasse ao seu doutorado na UCLA, e o trajeto a LA a partir dos subúrbios era mais fácil para Brody.

Eles se casaram em Chicago, decidindo que era apropriado trocarem os votos na cidade em que tinham se conhecido e se apaixonado. Os pais de Brody compareceram ao casamento, Darcy foi a madrinha e os convidados eram uma mistura de acadêmicos e atletas, incluindo o antigo capitão de Brody, Craig Wyatt, acompanhado pela ex-madrasta de Hayden. Surpreendentemente, Craig e Sheila agora estavam noivos, e a mulher estava feliz planejando o casamento e aproveitando o dinheiro que havia recebido no divórcio ao concordar em ficar com metade dos bens de Presley.

O pai de Hayden também compareceu, embora de maneira discreta, perguntando a ela se haveria problema caso não fizesse um discurso. Mas ele a levou ao altar e a fez chorar antes disso, quando lhe entregou uma bela carta expressando como estava feliz por ela e Brody terem encontrado o amor. Também agradeceu à filha pelo apoio, por ter ficado ao seu lado durante a reabilitação, ajudando-o com a mudança de várias casas depois que o divórcio foi finalizado.

— Ei, você está bem?

A voz preocupada de Brody a tirou de seus pensamentos. Hayden conseguiu assentir.

— Sim. Estava só pensando no meu pai.

Brody se aproximou e a envolveu com os braços fortes.

— Sei que você quer que ele se mude para cá, mas não pode monitorar cada passo dele, amor. Ele está sóbrio agora. Tenha fé de que vai continuar assim.

— Eu sei. — Ela suspirou. — Pelo menos, ele não está na cadeia.

A investigação da liga, no ano anterior, havia resultado em acusações criminais contra o pai, bem como contra os jogadores que ele subornara, mas Presley se safou com uma multa e quatro anos de liberdade condicional. Como não estava envolvido em um esquema de jogos de azar nem de crime organizado, a punição acabou sendo leve. No entanto, perdera o time, forçado a sair pelo conselho de diretores, e Hayden sabia que aquilo tinha sido um grande golpe para o pai. Os Warriors, agora, pertenciam a ninguém menos que Jonas Quade, o homem de muitas amantes e péssimo bronzeado.

Sam Becker também tinha acabado em liberdade condicional, proibido de jogar na liga de novo, e Brody ainda não havia perdoado o velho amigo. Hayden esperava que, com o tempo, os dois pudessem se reconciliar.

— Da última vez que ligou, ele mencionou que estava pensando em comprar uma casa perto do Lago Michigan — dizia Brody, ainda falando sobre Presley. — Ele comentou com você?

— Não, ele não me falou nada. — Ela sorriu, de repente se perguntando se talvez haveria esperança para seu pai, afinal. Ele podia até ter perdido o time, mas parecia muito mais feliz nos últimos tempos, e os dois estavam no caminho para recuperar o relacionamento próximo que tinham quando ela era mais jovem. — Eu já te contei que ele costumava me levar para pescar quando eu era criança?

— Contou. Se ele comprar *mesmo* a casa, talvez consigam fazer isso de novo. — Ele a beijou na bochecha e pegou sua mão. — Vamos, temos que ir.

— Tem razão. Darcy vai surtar se não aparecermos logo. Ela anda muito mal-humorada. Sabe, pela falta de sexo e tudo o mais.

— Na verdade, acho que ela vai ficar mais surtada ao ver isto. — Brody acariciou a barriga proeminente de Hayden com a palma da mão.

Ela suspirou. Estava grávida de cinco meses, e já se sentia enorme.

— Me lembre, outra vez, de como você me engravidou quando tínhamos decidido esperar uns anos?

Ele abriu um sorriso convencido.

— Eu te disse: eu nunca erro uma jogada. É meu maior defeito.

— Não, seu maior defeito é não ter me trazido o sorvete que pedi ontem à noite.

Ele saíram do quarto e desceram pela nova escadaria em caracol. O piso no saguão de entrada ainda precisava ser colocado, mas Hayden não se importava, desde que a reforma fosse concluída antes de o bebê nascer. Ela pegou a bolsa na mesa do corredor e calçou as sandálias.

Então, seguiu Brody até o alpendre, erguendo a cabeça em direção ao sol da tarde e inspirando o ar quente. Estava tão distraída olhando para cima, que quase tropeçou no último degrau. Brody rapidamente estendeu a mão para estabilizá-la.

— Cuidado, professora — avisou. — Você está carregando um futuro campeão na barriga.

Ah, não. De novo, não.

— Eu só preciso de um campeão na minha vida, muito obrigada. — Ela lhe deu um sorriso doce. — Talvez eu esteja carregando um futuro ganhador do Prêmio Nobel.

— Não. Menino ou menina, nosso bebê vai ser uma lenda dos esportes — disse Brody, confiante, abrindo um sorriso charmoso. — Você sabe que eu sempre consigo o que quero.

— Meu Deus, como você é arrogante.

— Sim, mas você gosta disso. — O sorriso dele se alargou. — E, se não fosse por mim, você ainda estaria atravessando alguma ponte da intimidade…

— Eu nunca deveria ter te contado sobre isso!

— E me privar das infinitas piadas sobre pontes?

Ela tentou franzir a testa, mas acabou rindo.

— Tudo bem. Eu me rendo. A ponte da intimidade é engraçada. Agora, vamos, antes que Darcy realmente acabe transando com um garçom.

Brody segurou seu braço enquanto caminhavam até o carro. Ele abriu a porta para ela, depois contornou o veículo e se sentou no banco do motorista.

Hayden passou o cinto de segurança por cima da barriga e o afivelou. Em seguida, colocou uma mecha de cabelo atrás da orelha. De repente, percebeu que Brody a observava e, quando virou a cabeça, perdeu o fôlego ao ver a admiração que brilhava nos olhos do marido.

— Já te disse hoje como você é linda? — perguntou ele, rouco.

— Duas vezes, na verdade. — Um calor percorreu seu corpo. — Mas fique à vontade para me dizer quantas vezes quiser.

— Pode acreditar que é exatamente o que vou fazer. — Ele se aproximou e acariciou a bochecha dela. — Sabia que o dia mais feliz da minha vida foi quando você se aproximou daquela mesa de sinuca e me chamou para o hotel?

Ela suspirou.

— Você não vai contar isso para o nosso filho, vai?

— Não. Vamos contar que nos conhecemos em um museu, que foi amor à primeira vista.

Ele passou o polegar pelo lábio inferior dela, enviando uma onda de calor e desejo pelo corpo. Hayden nunca se cansaria do toque daquele homem, mesmo se vivesse até os cem anos.

— Vamos deixar o jantar para lá — murmurou ele, e abaixou a cabeça para beijá-la.

O pulso de Hayden acelerou enquanto a língua de Brody a provocava com longas carícias sensuais.

Ela precisou de toda a sua força de vontade para se afastar.

— Não podemos. — Quando ele resmungou, ela acrescentou: — Vamos, é só um jantarzinho. Você não vai se arrepender...

Os olhos dele se iluminaram.

— É mesmo? Por quê?

Ela riu.

— Vai ter que esperar para ver.

— Por você, eu esperaria para sempre. Na verdade, eu faria praticamente qualquer coisa que você me pedisse. — O olhar dele suavizou. — Porque te amo muito, sra. Croft.

Ela se inclinou e roçou os lábios nos dele.

— Eu também te amo... então vamos jantar logo, para eu poder voltar para casa com você e te mostrar *exatamente* o quanto.

Este livro foi impresso pela Santa Marta, em 2024,
para a Harlequin. O papel do miolo é pólen
natural 70g/m², e o da capa é cartão 250g/m².